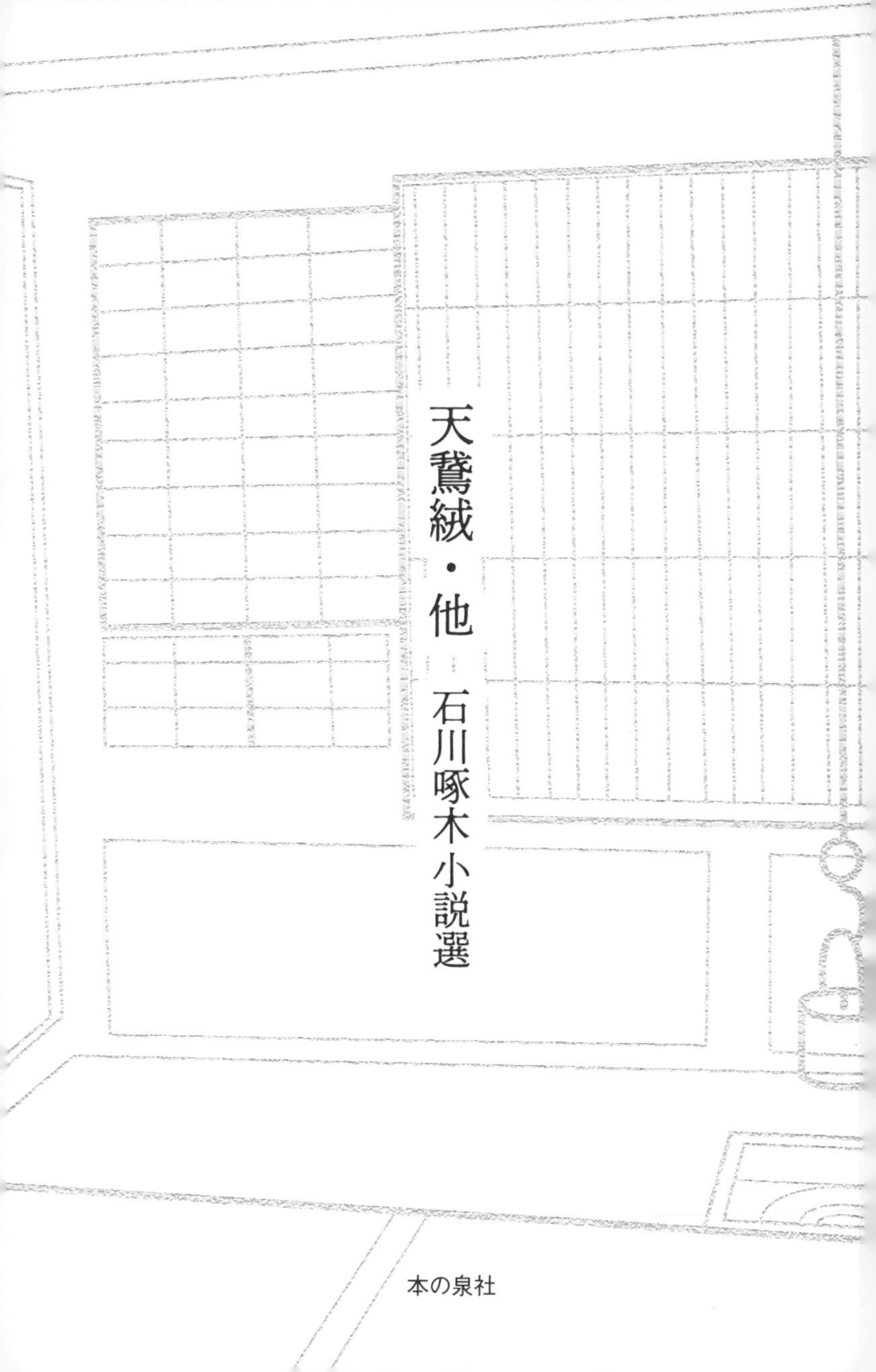

天鵞絨・他

石川啄木小説選

本の泉社

《目次》

【編集部・注】

本書は、『石川啄木全集 第三巻 小説』（筑摩書房、一九七八＝昭和五三年一〇月二五日初版第一刷発行）を底本とし、底本の表記に疑義のある箇所は『現代日本文学全集』（改造社）などを参照して補訂した。

ルビなども必要に応じて付加、消去し、全体を現代用語用字、仮名遣いに整えた。

本書には、今日の人権意識に照らして不適切な語句や表現があるが、執筆当時の時代背景と作品の文学史的意味を考慮し、原文のままとした。

天鵞絨・他

石川啄木小説選

天鵞絨
（ビロード）

一

理髪師《とこや》の源助さんが四年振で来たという噂が、何か重大な事件でも起こった様に、口から口に伝えられて、其午後のうちに村中に響き渡った。

村といっても狭いもの。盛岡から青森へ、北上川に縺《もつ》れて透迤《うねうね》と北に走った、坦々たる其一等道路（と村人が呼ぶ）の、五六町並木の松が断絶《とだ》えて、両側から傾き合った茅葺勝の家並の数が、唯九十何戸しか無いのである。村役場と駐在所が中央程《なか》に向かい合っていて、役場の隣が作右衛門店、萬《よろず》荒物から酢醤油石油莨《たばこ》、壜詰《びんづめ》の酒もあれば、前掛半襟にする布帛《きれ》もある。箸で断《ちぎ》れぬ程堅い豆腐も売る。其隣の郵便局には、此村に唯一つの軒燈がついてるけれども、毎晩点火《とも》る訳ではない。

お定がまだ少《わか》かった頃は、此村に理髪店というものが無かった。村の人達が其頃、頭の始末を奈何《どう》していたものか、今になって考えると、随分不便な思をしたものであろう。それが、九歳か十歳の時、大地主の白井様が盛岡から理髪師《とこや》を一人お呼びなさるという噂が恰も今度源助さんが四年振で来たという噂の如く、異様な驚愕《おどろき》を以て村中に伝った。間もなく、とある空地に梨箱の様な小さい家が一軒建てられて、其家が漸々《ようよう》壁塗を済ませた許りの処へ、三十恰好の、背の低い、色の黒い理髪師が遣って来た。頗るの淡白者《きさくもの》で、上方弁の滑《なめら》かな、話巧者《じょうず》の、何日《いっ》見てもお愛想が好いところから、間もなく村中の人の気に入って了った。それが即ち源助さんであった。

源助さんには、お内儀《かみ》さんもあれば息子《むすこ》もあるという事であったが、来たのは自分一人。愈々開業となってからは、其店《そこ》の大きい姿見が、村中の子供等の好奇心を刺戟したもので、お定もよく同年輩の遊び仲間と一緒に行って、見た事もない白い瀬戸の把手《ハンドル》を上に捻《ひね》り下に捻り、辛《やっ》と少許《すこし》入口の扉を開けては、種々《いろん》な道具の整然と列《なら》べられた室《へや》の中を覗いたものだ。少し開けた扉が、誰の力ともなく、何時《いっ》の間にか身体の通るだけ開くと、田舎の子供というものは因循なもので、盗みでもする様に怖《おっか》な怯《びっく》り、二寸三寸と物も言わず中に入って行って、交代《かわるがわる》に其姿見を覗く。訝《おかし》な事には、少し離れて写すと、顔が長くなったり、扁《ひらた》くなったり、目も鼻も歪《ゆが》んで見えるのであったが、お定は幼《おさな》心に、これは鏡が余り大き過ぎるからだと考えていたものだ。

月に三度の一の日を除いては、（此日には源助さんが白井様へ上がって、お家中の人の髪を刈ったり顔を剃《あた》ったりするので、）大抵村の人が三人四人、源助さんの許《とこ》で莨を喫《ふか》しながら世間話をしていぬ事はなかった。一年程経《た》ってから、白井様の番頭を勤めていた人の息子で、薄野呂なところからノロ勘と綽名《あだな》された、十六の勘之助というのが、源助さんに弟子入をした。それからというものは、今迄近づき兼ねていた子供等まで、理髪店の店を遊場にして、暇な時にはよく太閤記や、義経や蒸汽船や加藤清正の譚を聞かして貰ったものだ。源助さんが居ない時には、ノロ勘が銭函から銅貨を盗み出して、子供等に餡麺麭《あんパン》を振る舞う事もあった。振る舞うといっても、其実半分以上はノロ勘自身の口に入るので。

源助さんは村中での面白い人として、衆人《みんな》に調法がられたものである。春秋《はるあき》の彼岸《ひがん》にはお寺よりも此人の家の方が、餅を沢山貰うという事で、其代わり又、何処の婚礼にも葬式にも、此人の招《よ》ばれて行かぬ事はなかった。源助さんは、啻《たゞ》に話巧者で愛想が好い許りでなく、葬式に行けば青や赤や金の紙で花を拵えて呉れるし、婚礼の時は村の人の誰も知らぬ「高砂」の謠をやる、加之《のみならず》何事にも器用な人で、割烹の心得もあれば、植木弄《いじ》りも好き、義太夫と接木が巧者で、或時は白井様の子供衆のために大奉八枚張《だいほう》の大紙鳶《だこ》を拵えた事もあった。其処此処《こしら》の夫婦喧嘩や親子喧嘩に仲裁を怠らなかったは無論の事。

左《そ》う右《こ》うしてるうちに、お定は小学校も尋常科だけ卒えて、子守をしてる間に赤い袖口が好きになり、髪の油に汚れた手拭を独自《ひとりで》に洗って冠《かぶ》る様になった。土《つち》土用が過ぎて、肥料《こやし》つけの馬の手綱を執る様になると、もう自づと男羞しい少女心が萌して来て、盆の踊に夜を明すのが何より楽しい。随って、ノロ勘の朋輩の若衆が、無駄口を戦はしている理髪師の店にも、おのずと見舞う事が稀になったが、其頃の事、源助さんの息子さんだという親に似ぬ色白の、背のすらりとした若い男が、三月許りも来ていた事があった。

お定が十五（?）の年、も少しで盆が来るという暑気《あつさ》盛りの、踊に着る浴衣やら何やらの心構えで、娘共にとっては一時も気の落ち着く暇がない頃であった。源助さんは、郷里《くに》（と言っても、唯上方と許りしか知らなかったが、）にいる父親が死んだとかで、俄かに荷造をして、それでも暇乞だけは家毎にして、家毎から御餞別を貰って、飼馴《かいなら》した籠の鳥でも逃げるかの様に村中から惜しまれて、自分でも甚《ひど》く残惜《のこりお》しそうにして、二三日の中にふいと立って了った。立つ時は、お定も人々と共に、一里許りのステーションまで見送ったのであったが、其帰途、とある路傍《みちばた》の田に、稲の穂が五六本出初めていたのを見て、せめて初米の餅でも搗くまで居れば可いのにと、誰やらが呟《つぶや》いた事を、今でも夢の様に記憶《おぼ》えて居る。

何しろ極く狭い田舎なので、それに足下から鳥が飛立つ様な別れ方であったから、源助一人の立った後は、祭礼の翌日《あくるひ》か、男許りの田植の様で、何としても物足らぬ。閑人の誰彼は、所在無げな顔をして呆然と門口に立っていた。一月許りは、寄ると障ると行った人の話で、立つ時は白井様で二十円呉れたそうだし、村中からの御餞別を合わせると、五十円位集まったろうと、羨ましそうに計算する者もあった。それ許りじゃない、源助さんは此五六年に、百八十両もおっ貯《た》めたげなと、知ったか振をする爺もあった。が、此源助が、白井様の分家の、四六時中《しょっちゅう》リウマチで寝ている奥様に、或る特別の慇懃《いんぎん》を通じて居た事は、誰一人知る者がなかった。

二十日《はつか》許りも過ぎてからだったろうか、源助の礼状の葉書が、三十枚も一度に此村に舞込んだ。それが又、それ相応に一々文句が違ってると云うので、人々は今更の様に事々しく、渠《かれ》の萬事《よろず》に才が廻って、器用であった事を語り合った。其後も、月に一度、三月に二度と、一年半程の間は、誰へとも限らず、源助の音信があったものだ。

理髪店《とこや》の店は、其頃兎や角一人前になったノロ勘が譲られたので、唯一軒しか無い僥倖《しあわせ》には、其間が抜けた無駄口に華客《おきゃく》を減らす事もなく、かの凸凹の大きな姿見が、今猶人の顔を長く見せたり、扁《ひらた》く見せたりしている。

其源助さんが四年振で、突然遣《や》って来たというのだから、もう殆ど忘れて了っていた村の人達が、男といわず女といわず、腰の曲がった老人や子供等まで、異様に驚いて目を瞠《みは》ったのも無理はない。

二

それは盆が過ぎて二十日と経《た》たぬ頃の事であった。午中《ひるなか》三時間許りの間は、夏の最中にも劣らぬ暑気で、澄みきった空からは習《そよ》との風も吹いて来ず、素足の娘共は、日に焼けた礫の熱いのを避けて、軒下の土の湿りを歩くのであるが、裏畑の梨の樹の下に落ちて死ぬ蝉の数と共に、秋の香《かおり》が段々深くなって行く。日出前の水汲に素袷の襟元寒く、夜は村を埋めて了う程の虫の声。田という田には稲の穂が、琥珀《こはく》色に寄せっ返し波打っていたが、然し、今年は例年よりも作が遙《ずっ》と劣っていると人々が呟《こぼ》しあっていた。

春から、夏から、待ちに待った陰暦の盂蘭盆《うらぼん》が来ると、村は若い男と若い女の村になる。三晩続けて徹夜《よどほし》に踊っても、猶踊り足らなくて、雨でも降れば格別、大抵二十日盆が過ぎるまでは、太鼓の音に村中の老人達が寝つかれぬと口説《くど》く。それが済めば、苟くも病人不具者でない限り、男という男は一同泊掛《とまりがけ》で東嶽《ひがしだけ》に萩刈に行くので、娘共の心が訳もなくがっかりして、一年中の無聊を感ずるのは此時である。それも例年ならば、収穫《とりいれ》後の嫁取婿取の噂に、嫉妬交りの話の種は尽きぬのであるけれども、今年の様に作が悪くては、田畑が生命の百姓村の悲さに、これぞと気の立つ話もない。其処へ源助さんが来た。

突然四年振で来たという噂に驚いた人達は、更に其源助さんの服装の立派なのに二度驚かされて了った。萬《よろず》の知識の単純な人達には何色とも呼びかねる、茶がかった灰色の中折帽は、此村では村長様とお医者様と、白井の若旦那の外冠る人がない。絵甲斐《えかひ》絹の裏をつけた羽織も、袷も、縞ではあるが絹布物《やわらかもの》で、角帯も立派、時計も立派、中にもお定の目を聳《そばだ》たしめたのは、ずしりと重い総革の旅行鞄であった。

宿にしたのは、以前一番懇意にした大工の兼さんの家であったが、其夜は誰彼の区別なく其家を見舞ったので、奥の六畳間に三分心の洋燈《ランプ》は暗かったが、入交り立交りする人の数は少なくなく、潮の様な虫の音も聞こえぬ程、賑かな話声が、十一時過ぎるまでも戸外に洩れた。娘共は流石に、中には入りかねて、三四人店先に腰掛けていたが、其家の総領娘のお八重というのが、座敷から時々出て来て、源助さんの話を低声《こごえ》に取次した。

源助さんは、もう四十位になっているし、それに服装の立派なのが一際品格を上げて、挙動《ものごし》から話振から、昔より遙かに容体づいていた。随って、其昔「お前《めえ》」とか「其方《そご》」とか呼び慣していた村の人達も、期せずして皆「お前様《めえさま》」と呼んだ。其夜の話では、源助は今度函館にいる伯父が死んだのへ行って来たので、汽車の帰途《かえり》の路すがら、奈何《どう》しても通抜《とおりぬけ》が出来なかったから、突然ではあったが、なつかしい此村を訪問したと云う事、今では東京に理髪店を開いていて、熟練な職人を四人も使ってるが、それでも手が足りぬ程忙しいという事であった。

此話が又、響を打って直ぐに村中に伝わった。

理髪師といえば、余り上等な職業でない事は村の人達も知っている。然し東京の理髪師と云えば、怎《どう》やら少し意味が別なので、銀座通の写真でも見た事のある人は、早速源助さんの家の立派な事を想像した。

翌日は、各々《めいめい》自分の家に訪ねて来るものと思って、気早の老人などは、花茣蓙《はなござ》を押入から出して炉辺に布いて、渋茶を一摑み隣家から貰って来た。が、源助さんは其日朝から白井様へ上がって、夕方まで出て来なかった。

其晩から、かの立派な鞄から出した、手拭やら半襟やらを持って、源助さんは殆ど家毎に訪ねて歩いた。

お定の家へ来たのは、三日目の晩で、昼には野良に出て皆留守だろうと思ったから、わざわざ後廻しにして夜に訪ねたとの事であった。そして、二時間許りも麦煎餅を噛りながら、東京の繁華な話を聞かせて行った。銀座通りの賑い、浅草の水族館、日比谷の公園、西郷の銅像、電車、自動車、宮様のお葬式、話は皆想像もつかぬ事許りなので、聞く人は唯もう目を瞠《みは》って、夜も昼もなく渦巻く火炎に包まれた様な、凄じい程な華やかさを漠然と頭脳《あたま》に描いて見るに過ぎなかったが、浅草の観音様に鳩がいると聞いた時、お定は其麼所《そんな》にも鳥なぞがいるか知らと、異様に感じた。そして、其麼所《そんな》から此人はまあ、怎《ど》うして此処まで来たのだろうと、源助さんの得意気な顔を打瞶《まも》ったのだ。それから源助さんは、東京は男にゃ職業が一寸見付《みつか》り悪《にく》いけれど、女なら幾何《いくら》でも口がある。女中奉公しても月に賄付で四円貰えるから、お定さんも一二年行って見ないかと言ったが、お定は唯俯いて微笑《ほほえ》んだのみであった。そして、今日隣家《となり》の松太郎と怎《ど》うして私などが東京へ行かれよう、と胸の中で呟《つぶ》やいたのである。そして、男ならばだけれどという若者が、源助さんと一緒に東京に行きたいと言った事を思い出して、男ならばだけれども、と考えていた。

三

翌日は、例の様に水を汲んで来てから、朝草刈に行こうとしてると、秋の雨がしと〳〵降り出して来た。厩《うまや》には未だ二日分許り秣《まぐさ》があったので、隣家の松太郎の姉に誘われたけれども、父爺《おやぢ》が行かなくても可《い》いと言った。仕様事なさに、一日門口へ立って見たり、中へ入って見たりしていたが、蛇の目傘をさした源助さんの姿が、時々彼方此方《あちこち》に見えた。禿頭の忠太爺と共に、お定の家の前を通った事もあった。其時、お定は何故という事もなく家の中へ隠れた。

一日降った粛《しめ》やかな雨が、夕方近くなって霽《あが》った。と穢《きたな》らしい子供等が家々から出て来て、馬糞交りの泥濘を、素足で捏《こ》ね返して、学校で習った唱歌やら流行歌やらを歌い乍ら、他愛もなく騒いでいる。

お定は呆然《ぼんやり》と門口に立って、見るともなく其を見ていると、大工の家のお八重の小さな妹が駆けて来て、一寸来て呉れという姉の伝言《ことづて》を伝えた。

また曩日《いつか》の様に、今夜何処かに酒宴《さかもり》でもあるのかと考えて、お定は慎《つつま》しやかに水潦《みずたまり》を避けながら、大工の家へ行った。お八重は欣々《いそいそ》と迎えたが、何か四辺《あたり》を憚《はばか》る様子で、密《そっ》と裏口へ伴《つ》れて出た。

『何処さ行げ《え》や？』と大工の妻は炉辺《ろばた》から声をかけたが、お八重は後も振り向かずに、

『裏さ。』と答えた儘《まま》。戸を開けると、鶏が三羽、こつこつといいながら入った。

二人は、裏畑の中の材木小屋に入って、積み重ねた角材に凭《もた》れ乍ら、雨に湿《しめ》った新しい木の香を嗅いで、小一時間許りも密々《ひそひそ》語っていた。

お八重の話は、お定にとって少しも思設《おもいもう》けぬ事であった。

『お定さん。お前も聞いたべす、源助さんから昨晩《ゆべな》、東京の話を。』

『聞いたす。』と穏かに言って、お八重の顔を打瞶《うちまも》ったが、何故か「東京」の語一つだけで、胸が遽《にわ》かに動悸がして来る様な気がした。

ややあって、お八重は、源助さんと一緒に東京に行かぬかと言い出した。お定にとっては、無論思設《おもいもう》けぬ相談ではあったが、然し、盆過《すぎ》のがっかりした心に源助を見た娘には、必ずしも全然縁のない話でもない。切《しき》りなしに騒ぎ出す胸に、両手を重ねながら、お定は大きい目を瞬《みは》って、言葉少なにお八重の言う所を聞いた。

お八重は、もう自分一人は確然《ちゃん》と決心してる様な口吻《くちぶり》で、声は低いが、眼が若々しくも輝く。親に言えば無論容易に許さるべき事でないから、黙って行くと言う事で、請売《うけうり》の東京の話を長々とした後、怎《どう》せ生まれたからには恁麼《こんな》田舎に許り居た所で詰まらぬから、一度東京も見ようじゃないか。「若い時ぁ二度無い」という流行唄《はやりうた》の文句まで引いて、熱心にお定の決心を促すのであった。

で、其方法も別に面倒な事は無い。立つ前に密《こっそ》り衣服《きもの》などを取纒めて、幸い此村《ここ》から盛岡の停車場に行って駅夫をしてる千太郎という人があるから、馬車追の権作老爺に頼んで、豫じめ其千太郎の宅まで届けて置く。そして、源助さんの立つ前日に、一晩泊で盛岡に行って来ると言って出て行って、源助さんと盛岡から一緒に乗って行く。汽車賃は三円五十銭許りなそうだが、自分は郵便局へ十八円許りも貯金してるから、それを引き出せば何も心配がない。若し都合が悪いなら、お定の汽車賃も出すと言う。然しお定も、二三年前から田の畔《くろ》に植える豆を自分の私得《ほまち》に貰ってるので、それを売ったのやら何やらで、矢張九円近くも貯めていた。

東京に行けば、言うまでもなく女中奉公をする考えなので、それが奈何《どんな》に辛くとも野良稼ぎに比べたら、朝飯前の事じゃないかとお八重が言った。日本一の東京を見て、食わして貰った上に月四円。此村あたりの娘にはこれ程好《うま》い話はない。二人は、白粉やら油やら元結やら、月々の入費を勘定して見たが、それは奈何に諸式の高い所にしても、月に一円とは要《かか》らなかった。毎月三円宛残して年に三十六円、三年辛抱すれば百円の余にもなる、帰りに半分だけ衣服や土産を買って来ても、五十円の正金が持って帰られる。

『末蔵が家《え》でや、唯《たった》四十円で家屋敷白井様に取り上げられでねえすか。』とお八重が言った。

『雖然《だども》なす、お八重さん、源助さん真《ほんと》に伴《つ》れてって呉《け》えべすか?』とお定は心配相に訊く。

『伴れて行くともす。今朝誰も居ねえ時聞いて見たば、伴れてっても可《え》えって居《え》たもの。』

『雖然《だども》、あの人《しと》だって、お前達《めえたち》の親達さ、申訳なくなるべす。』

『それでなす、先方《あっち》ぁ着いてから、一緒に行った様でなく、後から追駆けて来たで、当分東京さ置ぐからって手紙寄越す筈にしたものす。』

『あの人《しと》だばさ、真《ほんと》に世話して呉《け》える人《しと》にゃ人《しと》だども。』

此時、懐手してぶらりと裏口から出て来た源助の姿が、小屋の入口から見えたので、お八重は手招ぎしてそれを呼び入れた。源助はにたり相好を崩して笑い乍ら、入口に立ち塞《はだか》ったが、

『まだ、日が暮れねえのに情夫《おとこ》の話じゃ、天井の鼠が笑いますぜ。』

お八重は手を挙げて其高声を制した。『あの源助さん、今朝の話ぁ真実《ほんと》でごあんすよ。』

源助は一寸真面目な顔をしたが、また直ぐ笑いを含んで、『呍《うん》、好《よ》し〱、此老爺さんが引き受けたら間違いっこはねえが、何だな、お定さんも謀叛《むほん》の一味に加ったたな？』

『謀叛《むほん》だど、まあ！』とお定は目を大きくした。

『だがねお八重さん、お定さんもだ、まあ熟《よっ》く考えてみる事《こっ》たね。俺は奈何でも構わねえが、彼方へ行ってから後悔《あとくやみ》でもする様じゃ、貴女方《あんたがた》自分の事《こっ》たからね。汽車の中で乳飲みたくなったと言って、泣き出されでもしちゃ、大変な事になるから喃《なあ》。』

『誰《だれ》ぁ其麼《そんな》に……。』とお八重は肩を聳かした。

『まあさ。然《そ》う直ぐ怒《おこ》らねえでも可いさ。』

と源助さんはまたしても笑って、『一度東京へ行きゃ、もう恁麼所《こんな》にゃ一生帰って来る気になりませんぜ。』

お八重は「帰って来なくっても可い。」と思った。お定は「帰って来られぬ事があるものか。」

と思った。

程なく四辺《あたり》がもう薄暗くなって行くのに気が付いて、二人は其処を出た。此時までお定は、まだ行くとも行かぬとも言わなかったが、兎も角も明日決然《しっかり》した返事をすると言って置いて、も一人お末という娘にも勧めようと言うお八重の言葉には、お末の家が寡人《ひとすくな》だから勧めぬ方が可いと言い、此話は二人限《きり》の事にすると堅く約束して別れた。そして、表道を歩くのが怎《どう》やら気が咎《とが》める様で、裏路伝いに家へ帰った。明日返事をするとは言ったもの、、お定はもう心の底では確然《ちゃん》と行く事に決まっていたので。

家に帰ると、母は勝手に手ランプを点けて、夕餉の準備《したく》に急わしく立働いていた。お定は馬に乾秣《やたき》を刻って塩水に掻廻《かきまわ》して与《や》って、一担ぎ水を汲んで来てから夕餉の膳に坐ったが、無暗に気がそはそはしていて、麦八分の飯を二膳とは喰べなかった。

お定の家は村でも兎に角食うに困らぬ程の農家で、借財と云っては一文もなく、多くはないが田も畑も自分の所有《もの》、馬も青と栗毛と二頭飼っていた。両親はまだ四十前の働者、母は真の好人物で、吾児にさえも強い語一つ掛けぬという性、父は又父で、村には珍しく酒も左程嗜《たしな》まず、定次郎の実直といえば白井様でも大事の用には特に選り上げて使う位で、力自慢に若者を怒らせるだけが悪い癖だと、老人達が言っていた。祖父《じい》も祖母《ばあ》も四五年前に死んで、お定を頭に男児二人、家族といっては其丈で、長男の定吉は、年こそまだ十七であるけれども、身体から働振から、もう立派に一人前の若者である。

お定は今年十九であった。七八年も前までは、十九にもなって独身でいると、余《あま》され者だと言って人に笑われたものであるが、此頃では此村でも十五六の嫁というものは滅多になく、大抵は十八十九、隣家の松太郎の姉などは二十一になって未だ何処にも縁づかずにいる。お定は打見には一歳《ひとつ》も二歳《ふたつ》も若く見える方で、背恰好の婷乎《すらり》としたさまは、農家の娘に珍しい位、丸顔に黒味勝の眼が大きく、鼻は高くないが笑窪《えくぼ》が深い。美しい顔立ではないけれど、愛嬌に富んで、色が白く、漆の様な髪の生際の揃った具合に、得も言えぬ艶《なまめ》かしさが見える。稚《ちいさ》い時から極く穏しい性質で、人に抗《さから》うという事が一度もなく、口惜しい時には物蔭に隠れて泣くぐらいなもの、年頃になってからは、村で一番老人達の気に入ってるのが此お定で、「お定っ子は穏《おとな》しくて可《え》え喃《のう》。」と言われる度、今も昔も顔を染めては、「俺《おら》知らねえす。」と人の後に隠れる。

小学校での成績は、同じ級のお八重よりは遥《ずっ》と劣っていたそうだが、唯一つ得意なのは唱歌で、其為に女教員からは一番可愛がられた。お八重は此反対に、今は他に縁づいた異腹《はらちがい》の姉と一緒に育《そだ》った所為《せい》か、負嫌いの、我の強い児で、娘盛りになってからは、手もつけられぬ阿婆擢《あばずれ》になった。顔も亦評判娘のお澄というのが一昨年赤痢で亡くなってから、村で右に出る者がないので、目尻に少し険しい皺があるけれど、面長のキリリとした輪廓が田舎に惜しい。此反対な二人の莫迦《なかよし》に親密なのは、他の娘共から常に怪まれていた位で、また半分は嫉妬気味から、「那麼阿婆擢《あんなあばずれ》と一緒にならねえ方が可《え》えす。」と、わざわざお定に忠告する者もあった。

お定が其夜枕についてから、一つには今日何にも働かなかった為か、怎《どう》しても眠れなくて、三時間許りも物思いに耽った。真黒に煤《すす》けた板戸一枚の彼方から、安々と眠った母の寝息を聞いては、此母、此家を捨てゝ、何として東京などへ行かれようと、すぐ涙が流れる。と、其涙の乾かぬうちに、東京へ行ったら源助さんに書いて貰って、手紙だけは怠らず寄越す事にしようと考える。すると、すぐ又三年後の事が頭に浮かぶ。立派な服装をして、絹張の傘を持って、金を五十円も貯めて来たら、両親だって喜ばぬ筈がない。嗚呼其時になったら、お八重さんは甚麼《どんな》に美しく見えるだろうと思うと、其お八重の、今日目を輝かして熱心に語った美しい顔が、怎《どう》やら嫉《ねた》ましくもなる。此夜のお定の胸に、最も深く刻まれてるのは、実に其お八重の顔であった。怎《どう》してお八重一人だけ東京にやられよう!

それからお定は、小学校に宿直していた藤田という若い教員の事を思い出すと、何時《いつ》になく激しく情が動いて、私が之程思ってるのにと思うと、熱《あった》かい涙が又しても枕を濡らした。これはお定の片思いなので、否、実際はまだ思うという程思ってるでもなく、藤田が四月に転任して来て以来、唯途で逢って叩頭《おじぎ》するのが嬉しかった位で、遂十日許り前、朝草刈の帰りに、背負うた千草の中に、桔梗や女郎花が交っていたのを、村端《むらはずれ》で散歩していた藤田に二三本呉れぬかと言われた、その時初めて言葉を交《かわ》したに過ぎぬ。その翌朝からは、毎朝咲残りの秋の花を一束宛、別に手に持って来るけれども、藤田に逢う機会がなかった。あの先生さえ優しくして呉れたら、何も私は東京などへ行きもしないのに、と考えても見たが、又、今の身分じゃ兎ても先生のお細君《かみ》さんなどに成れぬから、矢張三年行って来るのが第一だとも考える。

四晩に一度は屹度《きっと》忍《しの》んで寝に来る丑之助――兼大工の弟子で、男振りもよく、年こそまだ二十三だが、若者中で一番幅の利く――の事も、無論考えられた。慅《かか》る田舎の習慣で、若い男は、忍んで行く女の数の多いのを誇りにし、娘共も亦、口に出していう事は無いけれ共、通って来る男の多きを喜ぶ。さればお定は、丑之助がお八重を初め三人も四人も情婦を持ってる事は熟《よ》く知っているので、或晩の如きは、男自身の口から其情婦共の名を言わして擽《くすぐ》って遣《や》った位。二人の間は別に思い合った訳でなく、末の約束など真面目にした事も無いが、怎《どう》かして寝つかれぬ夜などは、今頃丑さんが女と寝ているかと、嫉《や》いて見た事のないでもない。私とお八重さんが居なくなったら、丑さんは屹度お作の所に許りゆくだろうと考えると、何かしら妬《ねた》ましい様な気もした。

胸に浮かぶ思の数々は、それからそれと果《はて》しも無い。お定は幾度か一人で泣き、幾度か一人で微笑《ほほえ》んだ。そして、遂うと〳〵となりかゝった時、勝手の方に寝ている末の弟が、何やら声高に寝言を言ったので、はっと目が覚め、嗚呼あの弟は淋しがるだろうなと考えて、睡気《ねむけ》交りに涙ぐんだが、少女心の他愛なさに、二人の弟が貰うべき嫁を、誰彼となく心で選んでいるうちに、何時しか眠って了《しま》った。

四

目を覚ますと、弟のお清書を横に逆まに貼った、枕の上の煤けた檽子《れんじ》が、僅かに水の如く仄めいている。誰もまだ起きていない。遠近《おちこち》で二番鶏が勇ましく時をつくる。けたゝましい羽搏《はばた》きの音がする。

お定はすぐ起きて、寝室《ねま》にしている四畳半許りの板敷を出た。手探りに草履《ぞうり》を突《つっ》かけて、表裏の入口を開けると、厩では乾秣《やたほ》を欲しがる馬の、破目板を蹴《け》る音がごとごとと鳴る。大桶を二つ担《かつ》いで、お定は村端《むらはずれ》の樋の口という水汲場に行った。

例《いつ》になく早いので、まだ誰も来ていなかった。漣《さざなみ》一つ立たぬ水槽の底には、消えかゝる星を四つ五つ鏤《ちりば》めた黎明《しののめ》の空が深く沈んでいた。清冽な秋の暁の気が、いと冷かに襟元から総身に沁む。叢にはまだ夢の様に虫の音がしている。

お定はしばし水を汲むでもなく、水鏡に写った我が顔を瞶《みつ》めながら、呆然《ぼんやり》と昨晩《ゆうべ》の事を思い出していた。東京という所は、ずっと〱遠い所になって了って、自分が怎《どう》して其麼《そんな》所まで行く気になったろうと怪まれる。矢張自分は此村に生まれたのだから、此村で一生暮らす方が本当だ。恁《か》うして毎朝水汲に来るのが何より楽しい。話の様な繁華な所だったら、屹度《きっと》恁《こ》ういう澄んだ美しい水などが見られぬだろうなどゝ考えた。と、後に人の足音がするので、振り向くと、それはお八重であった。矢張桶をぶらぶら担いで来るが、寝くたれ髪のしどけなさ、起きた許りで脹《はれ》ぼったくなっている瞼《ひとみ》さえ、殊更艶かしく見える。あの人が行くのだもの、という考えが、呆然《ぼんやり》とした頭をはっと明るくした。

『お八重さん、早《はや》えなっす。』

『お前《めえ》こそ早えなっす。』と言って、桶を地面《じべた》に下した。

『あゝ、まだ虫ぁ啼いてる！』とお八重は少し顔を歪《ゆが》めて、後れ毛を掻上げる。遠く近くで戸を開ける音が聞こえる。

『決《き》めたす、お八重さん。』

『決めたすか？』と言ったお八重の眼は、急に晴々しく輝いた。『若しもお前行かなかったら、俺《おら》一人奈何《どう》すべと思ってだっけす。』

『だってお前怎《どう》しても行くべえす？』

『お前も決《き》めたら、一緒に行くのす。』と言って、お八重は軽く笑ったが、『そだっけ、大変だお定さん、急がねえばならねえす。』

『怎《どう》してす？』

『怎してって、昨晩《ゆべな》聞いだら、源助さん明後日《あさって》立つで、早く準備《したく》せっていだす。』

『明後日《あさって》？』と、お定は目を瞠《みは》った。

『明後日！』と、お八重も目を瞠《みは》った。

二人はしばし互いの顔を打瞶っていたが、『でや、明日《あした》盛岡さ行がねばならねえな。』とお定が先《ま》ず我に帰った。

『然《そ》うだす。そして今夜《こんにゃ》のうちに、衣服《きもの》だの何《なに》包んで、権作老爺《おやじ》さ頼まねばならねえす。』

『だらはあ、今夜《こんにゃ》すか？』と、お定は又目を瞬《みは》った。

左《そ》う右《こ》うしてるうちに、一人二人と他の水汲が集まって来たので、二人はまだ何か密々《ひそひそ》と語り合っていたが、やがて満々《なみなみ》と水を汲んで担ぎ上げた。そして、すぐ二三軒先の権作が家へ行って、

『老爺《おやじ》ぁ起きたすか？』と、表から声をかけた。

『何時まで寝てるべえせぁ。』と、中から胴間声《どまごえ》がする。

二人は目を見合わして、にっこり笑ったが、桶を下して入って行った。馬車追《ひき》の老爺は丁度厩の前で乾秣《やた》を刻むところであった。

『明日《あした》盛岡さ行ぐすか？』

『明日がえ？　行くどもせぁ。権作ぁ此老年《とし》になるだが、馬車曳《ふ》っぱらねえでや、腹減って斃《くたば》死るだあよ。』

『だら、少許《すこし》持ってってって貰いてえ物が有るがな。』

『何程《なんぼ》でも可えだ。明日ぁ帰《けえ》り荷《に》だで、行ぐ時《どき》ぁ空馬車曳《ふ》っぱって行ぐのだもの。』

『其麼《そんな》に沢山《たんと》でも無えす。俺等《おら》も明日《あした》盛岡さ行ぐども、手さ持ってげば邪魔だです。』

『そんだら、はあ、お前達も馬車さ乗ってったら可《え》がべせぁ。』

二人は又目を見合わして、二言三言喋《しめ》し合っていたが、

『でぁ老爺《おやじ》な、俺等《おら》も乗せでって貰うす。』

『然《そ》うして御座《ござ》え。唯、巣子《すご》の掛茶屋さ行ったら、盛切酒《もっきりざけ》一杯《ぺえ》買うだぁぜ。』

『買うともす。』と、お八重は晴やかに笑った。

『お定っ子も行《え》ぐのがえ?』

お定は一寸狼狽《うろた》えてお八重の顔を見た。お八重は又笑って、『一人だば淋しだで、お定さんにも行って貰うべがと思ってす。』

『はあ、俺ぁ老人《としより》だで可えが、黒馬《あお》の奴ぁ怠屈《てえくつ》しねえで喜ぶでや。だら、明日《あした》ぁ早く来て御座《ござ》え。』


此日は、二人にとって此上もない忙しい日であった。お定は水汲から帰ると直ぐ朝草刈に平田野《へいたの》へ行ったが、莫迦に気がそわ〳〵して、朝露に濡れた利鎌《とがま》が、兎角休み勝になる。離れ〳〵の松の樹が、山の端に登った許りの朝日に、長い影を草の上に投げて、葉毎に珠を綴った無数の露の美しさ。秋草の香が初簟《はつたけ》の香を交えて、深くも胸の底に沁みる。利鎌の動く毎に、さっさっと音して寝る草には、萎《す》枯《が》れた桔梗の花もあった。お定は胸に往来する取留《とりとめ》もなき思いに、黒味勝の眼が曇ったり晴れたり、一背負だけ刈るに、例《いつも》より余程長くかかった。

朝草を刈って来てから、馬の手入を済ませて、朝飼を了えたが、十坪許り刈り残してある

山手の畑へ、父と弟と三人で粟刈に行った。それも午前には刈り了えて、弟と共に黒馬《あお》と栗毛の二頭で家の裏へ運んで了った。

母は裏の物置の側に荒蓆を布いて、日向ぼっこをしながら、打残しの麻絲を砧《う》っている。三時頃には父も田廻りから帰って来て、厩の前の乾秣場《やた》で、鼻唄ながらに鉈や鎌を研ぎ始めた。お定は唯もう気がそわ〳〵して、別に東京の事を思うでもなく、明日の別れを悲むでもない、唯何という事なくそわ〳〵していた。裁縫も手につかず、坐っても居られず、立っても居られぬ。

大工の家へ裏伝いにゆくと、恰度お八重一人いた所であったが、もう風呂敷包が二つ出来上がって、押入れの隅に隠してあった。其処へ源助が来て、明後日の夕方までに盛岡の、停車場前の、松本という宿屋に着くから、其処へ訪ねて一緒になるという事に話をきめた。

それからお八重と二人家へ帰ると、父はもう鉈鎌を研ぎ上げたと見えて、薄暗い炉辺《ろばた》に一人踏み込んで、莨を吹かしている。

『父爺《おやじ》や。』とお定は呼んだ。

『何しや？』

『明日《あした》盛岡さ行っても可えが？』

『お八重っ子どがえ？』

『然《そ》うしや。』

『八幡様のお祭礼《まつり》にゃ、まだ十日もあるべえどら。』

『八幡様までにゃ、稲刈が始るべえな。』

『何しに行《え》ぐだあ?』

『お八重さんが千太郎さま宅《とこ》さ用あって行くで、俺も伴《つ》れてぐ言うでせぁ。』

『可《え》がべす、老爺《おやじ》な。』とお八重も喙《くち》を容れた。

『小遣銭《こづけえ》あるがえ?』

『少許《すこし》だばあるども、呉《け》えらば呉《け》えで御座え。』

『まだお八重っ子がら、御馳走《ごっちょう》になるべな。』

と言って、定次郎は腹掛から五十銭銀貨一枚出して、上框《あがりがまち》に腰かけているお定へ投げてよこした。

お八重はチラとお定の顔を見て、首尾よしと許り笑ったが、お定は父の露疑わぬ様を見て、温《おとな》しい娘だけに胸が迫った。さしぐんで来る涙を見せまいと、ツイと立って裏口へ行った。

五

夕方、一寸でも他所《よそ》ながら暇乞に、学校の藤田を訪ねようと思ったが、其暇もなく、農家の常とて夕餉は日が暮れてから済ましたが、お定は明日着て行く衣服《きもの》を畳み直して置くと云って、手ランプを持った儘《まま》、寝室にしている四畳半許りの板敷に入った。間もなくお八重が訪ねて来て、さり気ない顔をして入ったが、

『明日着て行ぐ衣服《きもの》すか？』と、わざと大きい声で言った。

『然うす。明日着て行ぐで、畳み直してるす。』と、お定もわざと高く答えて、二人目を見合わせて笑った。

お八重は、もう全然準備《すっかりしたく》が出来たという事で、今其風呂敷包は三つとも持ち出して来たが、此家《ここ》の入口の暗い土間に隠して置いて入ったと言う事であった。で、お定も急がしく萌黄の大風呂敷を拡げて、手廻りの物を集め出したが、衣服といっても唯《たった》六七枚、帯も二筋、娘心には色々と不満があって、この袷は少し老《ふ》けているとか、此袖口が余り開き過ぎているとか、密々《ひそ》話に小一時間もかゝって、漸々準備《ようようしたく》が出来た。

父も母もまだ炉辺《ろばた》に起きてるので、も少し待ってから持ち出そうと、お八重は言い出したが、お定は些《ち》と躊躇してから、立つと明《あかり》とりの煤けた櫺子《れんじ》に手をかけると、端の方三本許り、格子が何の事もなく取れた。それを見たお八重は、お定の肩を叩いて、

『この人《しと》ぁまあ、可《え》え工夫してるごど。』と笑った。お定も心持顔を赧くして笑ったが、風呂敷包は、難なく其処から戸外へ吊り下された。格子は元の通りに直された。

二人はそれから権作老爺の許へ行って、二人前の風呂敷包を預けたが、戸外の冷やかな夜風が、耳を聾する許りな虫の声を漂わせて、今夜限り此生れ故郷を逃げ出すべき二人の娘に

いう許りない心悲《うら》しい感情を起こさせた。所々降って来そうな秋の星、八日許りの片割月が浮雲の端に澄み切って、村は家並の屋根が黒く、中央程《なかほど》の郵便局の軒燈のみ淋しく遠く光っている。二人は、何という事もなく、もう湿声《うるみごえ》になって、片々に語りながら、他所ながら家々に別れを告げようと、五六町しかない村を、南から北へ、北から南へ、幾度となく手を取合って吟行《さまよ》うた。路で逢う人には、何日《いつ》になく狃々《なれなれ》しく此方《こっち》から優しい声を懸けた。作右衛門店にも寄って、お八重は帉帨《はんけち》を二枚買って、一枚はお定に呉れた。何処ともない笑声、子供の泣く声もする。とある居酒屋の入口からは、火光《あかり》が眩《まぶし》く洩れて、街路を横さまに白い線を引いていたが、虫の音も憚からぬ酔うた濁声《だみごえ》が、時々けたゝましい其店の嬶の笑声を伴って、喧嘩でもあるかの様に一町先までも聞こえる。二人は其騒々しい声すらも、なつかしそうに立ち止まって聞いていた。

それでも、二時間も歩いてるうちには、気の紛れる話もあって、お八重に別れてすたすたと家路に帰るお定の眼には、もう涙が滲んでいず、胸の中では、東京に着いてから手紙を寄越すべき人を彼是《あれこれ》と数えていた。此村《ここ》から東京へ百四十五里、其麽事《そんなこと》は知らぬ。東京は仙台という所より遠いか近いかそれも知らぬ。唯明日は東京にゆくのだと許り考えている。

枕に就くと、今日位身体も心も急がしかった事がない様な気がして、それでも何となく物足らぬ様な、心悲《うら》しい様な、恍乎《ぼうっ》とした疲心地《つかれごこち》で、すぐうと〳〵と眠って了った。

ふと目が覚めると、消すを忘れて眠った枕辺《まくらもと》の手ランプの影に、何処から入って来たか、蟋蟀《こおろぎ》が二匹、可憐な羽を顫わして啼いている。遠くで若者が吹く笛の音のする所から見れば、まだ左程夜が更けてもいぬらしい。

と櫺子《れんじ》の外にこつこつと格子を叩く音がする。あ之で目が覚めたのだなと思って、お定は直ぐ起き上がって、密《こっそ》りと格子を脱《はず》した。丑之助が身軽《みがる》に入って了った。

手ランプを消して、一時間許り経《た》つと、丑之助がもう帰準備《かえりじたく》をするので、これも今夜限《きり》だと思うとお定は急に愛惜の情が喉に塞って来て、熱い涙が瀧の如く溢れた。別に丑之助に未練を残すでも何でもないが、唯もう悲さが一時に胸を充たしたので、お定は矢庭に両手で力の限り男を抱擁《だきし》めた。男は暗の中にも、遂ぞ無い事なので吃驚《びっくり》して、目を円くもしていたが、やがてお定は忍び音で歔欷《すすりなき》し始めた。

丑之助は何の事とも解りかねた。或は此お定っ子が自分に惚れたのじゃないかとも思ったが、何しろ余り突然なので、唯目を円くするのみだった。

『怎《どう》したけな？』と囁いてみたが返事がなくて一層歔欷《すすりな》く。と、平常《ふだん》から此女の温《おとな》しく優しかったのが、俄かに可憐《いじらし》くなって来て、丑之助は又、

『怎したけな、真《ほんと》に？』と繰り返した。『俺ぁ何が悪い事でもしたげえ？』

お定は男の胸に密接《ぴったり》と顔を推着《おしつ》けた儘《まま》で、強く頭を振った。男はもう無性にお定が可憐《いじらし》くなって、

『だから怎《どう》したゞよ？　俺ぁ此頃少し急しくて四日許《ば》り来ねえでたのを、汝《うな》ぁ憤《おこ》ったのげえ？』

『嘘《うそ》だ！』とお定は囁く。

『嘘でねえでや。俺ぁ真実《ほんと》に、汝《うな》ぁせえ承知して呉《け》えれば、夫婦《いっしょ》になりてえど思ってるのに。』

『嘘だ！』とお定はまた繰り返して、一層強く男の胸に顔を埋めた。

しばしは女の歔欷《すすりな》く声のみ聞こえていたが、丑之助は、其漸く間断《とぎれ》々《とぎれ》になるのを待って、

『汝《うな》ぁ頰片《ほっぺた》、何時来ても天鵞絨《びろうど》みてえだな。十四五の娘子《めらしこ》と寝る様だ。』と言った。これは此若者が、殆んど来る毎にお定に言ってゆく讃辞《ことば》なので。

『十四五の娘子供《めらしやど》ども寝でるだべせぁ。』とお定は鼻をつまらせ乍ら言った。男は、女の機嫌のやや直ったのを見て、

『嘘だあでや。俺ぁ、酒でも飲んだ時ぁ他《ほか》の女子さも行《え》ぐども、其麽《そんな》に浮気ばしてねえでや。』

お定は胸の中で、此丑之助にだけは東京行の話をしても可《よ》かろうと思って見たが、それではお八重に済まぬ。といって、此儘何も言わずに別れるのも残惜しい。さて怎《どう》したものだろうと頻りに先刻《さっき》から考えているのだが、これぞという決断もつかぬ。

『丑さん。』ややあってから囁いた。

『何しや？』

『俺ぁ明日《あした》……』

『明日？　明日の晩も来るせえ。』

『そでねえだ。』

『だら何しや？』

『明日《あした》俺《おれ》ぁ、盛岡さ行って来るす。』

『何しにせや？』

『お八重さんが千太郎さん許《とこ》さ行くで、一緒に行って来るす。』

『然《そ》うが、八重っ子ぁ今夜《こんにゃ》、何とも言わながっけえな。』

『だらお前、今夜《こんにゃ》もお八重さんさ行って来たな？』

『然うだねえでや。』と言ったが、男は少し狼狽《うろた》えた。

『だら何時逢《いづ》ったす？』

『何時って、八時頃にせ。ほら、あのお芳っ子の許《とこ》の店でせえ。』

『嘘だす、此人《このしと》ぁ。』

『怎《どう》してせえ？』と益々狼狽《うろた》える。

『怎してても佸《か》うしても、今夜日《こんにゃひ》や暮れっとがら、俺ぁお八重さんと許《ば》り歩いてだもの。』

『だって。』と言って、男はくすくす笑い出した。

『ほれ見らせえ！』と女はやや声高く言ったが、別に怒ったでもない。

『明日《あした》汽車で行くだか？』

『権作老爺《おやじ》の荷馬車で行くで。』

『だら、朝早かべせえ。』と言ったが、『小遣銭《こづげえ》呉《け》えべがな？ どら、手ランプ点《つ》けろでや。』

お定が黙っていたので、丑之助は自分で手探りに燐寸《マッチ》を擦って手ランプに移すと、其処に脱捨てゝある襯衣《シャツ》の衣嚢《かくし》から財布を出して、一円紙幣を一枚女の枕の下に入れた。女は手ランプを消して、

『余計《よげえ》だす。』

『余計な事ぁ無《ね》えせぁ。もっと有るものせえ。』

お定は、平常《いつも》ならば恁麼事《こんなこと》を余り快く思わぬのだが、常々添寝した男から東京行の銭別を貰ったと思うと、何となく嬉しい。お八重には恁麼事《こんなこと》が無かろうなどゝ考えた。

先刻《さっき》の蟋蟀《こおろぎ》が、まだ何処か室の隅っこに居て、時々思い出した様に、哀れな音を立てゝいた。此夜お定は、怎《どう》しても男を抱擁《だきし》めた手を弛《ゆる》めず、夜明近い鶏の頻りに啼立てるまで、厩の馬の鬣《たてがみ》を振う音や、ごとごと破目板を蹴る音を聞きながら、これという話もなかったけれど、丑之助を帰してやらなかった。

六

其翌朝は、ぐっすり寝込んでいる所をお八重に起こされて、眠い眼を擦《こす》り〳〵、麦八分の

冷飯に水を打懸けて、形許り飯を済まし、起きたばかりの父母や弟に簡単な挨拶をして、村端れ近い権作の家の前へ来ると、方々から一人二人水汲の女共が、何れも眠相な眼をして出て来た。荷馬車はもう準備が出来ていて、権作は嚊《かかあ》に何やら口小言を言いながら、脚の太い黒馬《あお》を曳き出して来て馬車に繋いでいた。

『何処へ』と問う水汲共には『盛岡へ』と答えた。二人は荷馬車に布いた莫蓙の上に、後向になって行儀よく坐った。傍には風呂敷包。馬車の上で髪を結って行くというので、お八重は別に櫛やら油やら懐中鏡やらの小さい包みを持って来た。二人共木綿物ではあるが、新しい八丈擬《まが》いの縞の袷を着ていた。

やがて権作は、ぴしゃりと黒馬《あお》の尻を叩いて、『はいはい』と言いながら、自分も場車に飛び乗った。馬は白い息を吐きながら、南を向けて歩き出した。

二人は、まだ頭脳《あたま》の中が全然《すっかり》覚めきらぬ様で、呆然《ぼんやり》として、段々後ろに遠ざかる村の方を見ていたが、道路の両側はまだ左程古くない松並木、暁の冷さが爽かな松風に流れて、叢の虫の音は細い。一町許り来た時、村端れの水汲場の前に、白手拭を下げた男の姿が見えた。それは、毎朝其処に顔洗いに来る藤田であった。お定は膝の上に握っていた新しい帕帨《はんけち》を取るより早く、少し伸び上がってそれを振った。藤田は立ち止まって凝然《じっ》と此方《こっち》を見ている様だったが、下げていた手拭を上げたと思う間に、道路は少し曲がって、並木の松に隠れた。と、お定は今の素振《そぶり》を、お八重が何と見たかと気がついて、心羞《うらはず》かしさと落膽《がっかり》した心地でお八重の顔を見ると、其美しい眼には涙が浮かんでいた。それを見ると、お定の眼にも遽《にわ》かに涙が湧いて来た。

盛岡へ五里を古い新しい松並木、何本あるか数えた人はない。二人が髪を結って了うまでに二里過ぎた。あとの三里は権作の無駄口と、二人が稚い時の追憶談《おもいでばなし》。

理髪師《とこや》の源助さんは、四年振で突然村に来て、七日の間到る所に歓待《かんたい》された。そして七日の間東京の繁華な話を繰り返した。村の人達は異様な印象を享けて一同多少ずつ羨望の情を起こした。もう四五日も居たなら、お八重お定と同じ志願を起こす者が、三人も五人も出たかも知れぬ。源助さんは満腹の得意を以て、東京見物に来たら必ず自分の家に寄れという言葉を人毎に残して、七日目の午後に此村を辞した。好摩《こうま》のステーションから四十分、盛岡に着くと、約の如く松本という宿屋に投じた。

不取敢《とりあえず》湯に入ってると、お八重お定が訪ねて来た。一緒に晩餐《めし》を了えて、明日の朝は一番汽車だからというので、其晩二人も其宿屋に泊まる事にした。

源助は、唯一本の銚子に一時間も費《かか》りながら、東京へ行ってからの事――言語《ことば》を可成《なるべく》早く改《あらた》めねばならぬとか、二人がまだ見た事のない電車への乗方とか、掏摸《すり》に気を付けねばならぬとか、種々《いろいろ》な事を詳《くど》く喋《しゃべ》って聞かして、九時頃に寝る事になった。八畳間に寝具が三つ、二人は何れへ寝たものかと立っていると、源助は中央《まんなか》の床へ潜り込んで了った。仕方がないので二人は右と左に離れて寝たが、夜中になってお定が一寸目を覚ました時は、細めて置いた筈の、自分の枕辺《まくらもと》の洋燈《ランプ》が消えていて、源助の高い鼾《いびき》が、怎《どう》やら畳三畳許り彼方《あっち》に聞こえていた。

翌朝は二人共源助に呼起されて、髪を結うも朝飯を食うも夙卒《そそくさ》に、五時発の上り一番汽車に乗った。

七

途中で機関車に故障があった為、三人を乗せた汽車が上野に着いた時は、其日の夜の七時過であった。長い長いプラットフォーム、潮の様な人、お八重もお定も唯小さくなって源助の両袂に縋った儘《まま》、漸々《ようよう》の思で改札口から吐出されると、何百輌とも数知れず列んだ腕車《くるま》、広場の彼方は昼を欺く満街の燈火《ともしび》、お定はもう之だけで気を失う位おっ魂《たまげ》消て了った。

腕車が三輌、源助にお定にお八重という順で駆け出した。お定は生まれて初めて腕車に乗った。まだ見た事のない夢を見ている様な心地で、東京もなければ村もない、自分というものも何処へ行ったやら、在るものは前の腕車に源助の後姿許り。唯懵乎《ぼんやり》として了って、別に街々の賑いを仔細に見るでもなかった。燦爛たる火光《あかり》、千萬の物音を合わせた様な轟々たる都の響、其火光がお定を溶かして了いそうだ。其響がお定を押潰して了いそうだ。お定は唯もう膝の上に載せた萌黄の風呂敷包を、生命よりも大事に抱いて、胸の動悸を聴いていた。四辺《あたり》を数限りなき美しい人立派な人が通る様だ。高い高い家もあった様だ。

少し暗い所へ来て、ホッと息を吐いた時は、腕車が恰度《ちょうど》本郷四丁目から左に曲がって、菊坂町に入った所であった。お定は一寸振り返ってお八重を見た。

やがて腕車が止まって、『山田理髪店』と看板を出した明るい家の前。源助に促されて硝子戸の中に入ると、目が眩む程明るくて、壁に列んだ幾面の大鏡、洋燈《ランプ》が幾つも幾つもあって、白い物を着た職人が幾人も幾人もいる。何《ど》れが実際の人で何れが鏡の中の人なやら、見分もつかぬうちに、また源助に促されて、其店の片隅から畳を布いた所に上った。

上ったは可《い》いが、何処に坐れば可いのか一寸周章《まごつい》て了って、二人はしばし其所に立っていた。源助は、

『東京は流石に暑い。腕車《くるま》の上で汗が出たから喃《なあ》。』と言って突然《いきなり》羽織を脱いで投げようとすると、三十六七の小作《こづく》りな内儀《おかみ》さんらしい人がそれを受け取った。

『怎《どう》だ、俺の留守中何も変わりはなかったかえ？』

『別に。』

源助は、長火鉢の彼方《あっち》へどっかと胡坐《あぐら》をかいて、

『さあ〳〵、お前さん達もお坐《すわ》んなさい。さあ、ずっと此方《こっち》へ。』

『さあ、何卒《どうぞ》。』と内儀《おかみ》さんも言って、不思議相に二人を見た。二人は人形の様に其処に坐っ

た。お八重が叩頭《おじぎ》をしたので、お定も遅れじと真似《まね》をした。源助は、

『お吉や、この娘さん達はな、そら俺がよく話した南部の村の、以前非常《えら》い事世話になった家の娘さん達でな。今度是非東京へ出て一二年奉公して見たいというので、一緒に出て来た次第だがね。これは俺の嗅ですよ。』と二人を見る。

『まあ然《そ》うですか。些《ちょっ》とお手紙にも其麼事《そんなこと》があったって、新太郎が言ってましたがね。お前さん達、まあ遠い所をよくお出になったことねえ。真《ほんと》に。』

『何卒《どうか》はあ……』と、二人は血を吐く思で漸く言って、温《おとな》しく頭を下げた。

『それにな、今度七日遊んでるうち、此方の此お八重さんという人の家に厄介になって来たんだよ。』

『おや然う。まあ甚麼《どんな》にか宅じゃ御世話様になりましたか、真《ほん》に遠い所をよく入来《いらっしゃ》った。まあ〳〵お二人共自分の家へ来た積もりで、緩《ゆっく》り見物でもなさいましよ。』

お定は此時、些《ちっ》とも気が付かずに何もお土産を持って来なかったことを思って、一人胸を痛めた。

お吉は小作りなキリリとした顔立の女で、二人の田舎娘には見た事もない程立居振舞《たちいふるまい》が敏捷《すばしこ》い。黒繻子の半襟をかけた唐桟《とうざん》の袷を着ていた。

二人は、それから名前や年齢《とし》やをお吉に訊《き》かれたが、大抵源助が引き取って返事をして呉れた。負けぬ気のお八重さえも、何か喉《のど》に塞《つま》った様で、一言も口へ出ぬ。況《ま》してお定は、こ

れから、怎《どう》して那麽滑《あんななめら》かな言葉を習ったもんだろうと、心細くなって、お吉の顔が自分等の方に向くと、また何か問われる事と気が気でない。

『阿父様《おとっつぁん》、お帰んなさい。』と言って、源助の一人息子の新太郎も入って来た。二人にも挨拶して、六年許り前に一度お定らの村に行った事があるところから、色々と話を出す。二人は又之の応答《うけこたえ》に困らせられた。新太郎は六年前の面影が殆ど無く、今はもう二十四五の立派な男、父に似ず背が高くて、キリリと角帯を結んだ恰好の好さ。髪は綺麗に分けていて、鼻が高く、色だけは昔ながらに白い。

一体、源助は以前《もと》静岡在の生まれであるが、新太郎が二歳《ふたつ》の年に飄然《ぶらり》と家出して、東京から仙台盛岡、其盛岡に居た時、恰も白井家の親類な酒造家の隣家の理髪店《とこや》にいたものだから、世話する人あってお定らの村に行っていたので、父親に死なれて郷里に帰ると間もなく、目の見えぬ母とお吉と新太郎を連れて、いささかの家屋敷を売払い、東京に出たのであった。其母親は去年の暮に死んで了ったので。

お茶も出された。二人が見た事もないお菓子も出された。

源助とお吉との会話が、今度死んだ函館の伯父の事、其葬式の事、後に残った家族共の事に移ると、石の様に堅くなってるので、お定が足に痲痺《しびれ》がきれて来て、膝頭《ひざがしら》が疼《うず》く。泣きたくなるのを漸く辛抱して、凝《じっ》と畳の目を見ている辛さ。九時半頃になって、漸々《ようよう》『疲れているだろうから』と、裏二階の六畳へ連れて行かれた。立つ時は足に感覚がなくなっていて、危く前に仆《のめ》ろうとしたのを、これもふらふらしたお八重に抱きついて、互いに辛そうな笑いを洩らした。

風呂敷包を持って裏二階に上ると、お吉は二人前の蒲団を運んで来て、手早く延べて呉れた。そして狭い床の間に些《ちょっ》と腰掛けて、三言四言お愛想を言って降りて行った。

二人限《きり》になると、何れも吻《ほっ》と息を吐いて、今し方お吉の腰掛けた床の間に膝をすれ〳〵に腰掛けた。かくて十分許りの間、田舎言葉で密々《こそこそ》話合った。お土産を持って来なかった失策《しくじり》は、お八重も矢張気がついていた。二人の話は、源助さんも親切だが、お吉も亦、気の隔《お》けぬ親切な人だという事に一致した。郷里《くに》の事は二人共何にも言わなかった。

訝《おか》しい事には、此時お定の方が多く語った事で、阿婆摺《あばずれ》と謂われた程のお八重は、始終《しょっちゅう》受身に許りなって口寡《くちすくな》にのみ応答《うけこたえ》していた。枕についたが、二人とも仲々眠られぬ。さればといって、別に話すでもなく、細めた洋燈《ランプ》の光に、互いの顔を見ては温《おとな》しく微笑《ほほえみ》を交換《かわ》していた。

八

翌朝は、枕辺の障子が白み初めた許りの時に、お定が先《ま》ず目を覚ました。嗚呼東京に来たのだっけと思うと、昨晩《ゆうべ》の足の麻痺《しびれ》が思い出される。で、膝頭を伸ばしたり屈《かが》めたりして見たが、もう何ともない。階下《した》ではまだ起きた気色《けはい》がない。世の中が森と沈まり返っていて、腕車《くるま》の上から見た雑沓が、何処かへ消えて了った様な気もする。不図、もう水汲に行かねばならぬと考えたが、否、此処は東京だったと思って幽かに笑った。それから二三分の間は、東京じゃ怎《どう》して水を汲むだろうと云う様な事を考えていたが、お八重が寝返りをして此方へ顔を向けた。何夢を見ているのか、眉と眉の間に皺寄せて苦し相に息をする。お定はそれを見ると直ぐ起き出して、声低くお八重を呼び起こした。

お八重は、深く息を吸って、ぱっちりと目を開けて、お定の顔を怪訝相《けげんさう》にみていたが、『あ、家《え》に居《え》だのでやなかったけな。』と言って、むくりと身起こした。それでもまだ得心がいかぬといった様に周囲《あたり》を見廻していたが、

『お定さん、俺《おれ》ぁ今夢見て居《え》だっけおんす。』と甘える様な口調。

『家《え》の方のすか?』

『家の方のす。ああ、可怖《おっかな》がった。』と、お定の膝に投げる様に身を凭《もた》せて、片手を肩にかけた。

其夢というのは怎《か》うで。――村で誰か死んだ。誰が死んだのか解らぬが、何でも老人だった様だ。そして其葬式が村役場から出た。男も女も、村中の人が皆野送の列に加ったが、巡査が剣の柄に手をかけながら、『物を言うな、物を言うな。』と言っていた。北の村端から東に折れると、一町半の寺道、其半ば位まで行った時には、野送の人が男許り、然も皆洋服を着たり紋付を着たりして、立派な帽子を冠った髭の生えた人達許りで、其中に自分だけが腕

車の上に縛られてゆくのであったが、甚麽人《どんな》が其腕車を曳いたのか解らぬ。杉の木の下を通って、寺の庭で三遍廻って、本堂に入ると、棺桶の中から何ともいえぬ綺麗な服装をした、美しいお姫様の様な人が出て中央《まんなか》に坐った。自分も男達と共に坐ると、『お前は女だから。』と言って、ずっと前の方へ出された。見た事もない小僧達が奥の方から沢山出て来て、鐃《かね》や太鼓を鳴らし始めた。それは喇叭節の節であった。と、例《いつも》の和尚様が払子《ほっす》を持って出て来て、綺麗なお姫様の前へ行って叩頭《おじぎ》をしたと思うと、自分の方へ歩いて来た。高い足駄を穿いている。そして自分の前に突っ立って、『お八重、お前はあのお姫様の代わりにお墓に入るのだぞ。』と言った。すると何時の間にか源助さんが側に来ていて、自分の耳に口をあてて『厭だと言え、厭だと言え。』と教えて呉れた。で、『厭だす。』と言って横を向くと、(此時寝返りしたのだろう。)和尚様が廻って来て、鬚の無い顎に手をやって、丁度鬚を撫で下げる様な具合にすると、赤い〳〵血の様な鬚が、延びた〳〵臍のあたりまで延びた。そして、眼を皿の様に大きくして、『これでもか?』と怒鳴った。其時目が覚めた。

お八重がこれを語り終わってから、二人は何だか気味が悪くなって来て、しばらく意味あり気に目と目を見合わせていたが、何方《どっち》でも胸に思う事は口に出さなかった。左《そ》う右《こ》うしてるうちに、階下《した》では源助が大きな欠《あくび》をする声がして、やがてお吉が何か言う。五分許り過ぎて誰やら起きた様な気色《けはい》がしたので、二人も立って帯を締めた。で、蒲団を畳もうとしたが、お八重は、

『お定さん、昨晩持《ゆべな》って来た時、此蒲団どぁ表出《おもで》して畳まさってらけすか、裏出して畳まさってらけすか?』と言い出した。

『さあ、何方《どちら》だたべす。』

『何方だたべな。』

『困ったなぁ。』

『困ったなす。』と、二人はしばらく、呆然《ぼんやり》立って目を見合わせていたが、

『表なようだっけな。』とお八重。

『表だったべすか。』

『そだっけ。』

『そだたべすか。』

やがて二人は蒲団を畳んで、室の隅に積み重ねたが、恁麼《こんな》に早く階下《した》に行って可いものか怎《どう》か解らぬ。怎しよと相談した結果、兎も角も少し待って見る事にして、室の中央《まんなか》に立った儘四辺《ままあたり》を見廻した。

『お定さん、細え柱だなす。』と大工の娘。奈何様《いかさま》、太い材木を不体裁に組立てた南部の田舎の家に育った者の目には、東京の家は地震でも揺れたら危い位、柱でも鴨居でも細く見える。

『真《ほん》にせえ。』とお定も言った。

で、昨晩《ゆうべ》見た階下の様子を思い出して見ても、此室の畳の古い事、壁紙の所々裂けた事、

天井が手の届く程低い事などを考え合わせて見ても、源助の家は、二人及び村の大抵の人の想像した如く、左程立派でなかった。二人はまた其事を語っていたが、お八重が不図、五尺の床の間にかけてある。縁日物の七福神の掛物を指さして、

『あれぁ何だか知《おべ》だすか？』

『恵比須大黒だべす。』

二人は床の間に腰掛けたが、

『お定さん、これぁ何だす？』と図の人を指さす。

『槌持ってるもの、大黒様だべぁすか。』

『此方ぁ？』

『恵比須だす。』

『すたら、これぁ何だす？』

『布袋様《ほていさま》す、腹ぁ出てるもの。あれ、忠太老爺《おやじ》に似たぜ。』と言うや、二人は其忠太の恐ろしく肥った腹を思い出して、口に袂をあてた儘《まま》、しばしは子供の如く笑い続けていた。

階下《した》では裏口の戸を開ける音や、鍋の音がしたので、お八重が先に立って階段を降りた。

お吉はそれと見て、

『まあ早いことお前さん達は、まだ〳〵寝《やす》んでらっしゃれば可いのに。』と笑顔を作った。

二人は勝手への隔《へだて》の敷居に両手を突いて、『お早えなっす。』を口の中だけに言って、挨拶を

すると、お吉は可笑しさに些《ちょっ》と横向いて笑ったが、

『怎もお早う。』と晴やかに言う。

よく眠れたかとか、郷里《くに》の夢を見なかったかとか、お吉は昨晩《ゆうべ》よりもずっと狃《なれ》々しく種々《いろいろ》な事を言ってくれたが、

『お前さん達のお郷里《くに》じゃ水道はまだ無いでしょう?』

二人は目を見合わせた。水道とは何の事やら、其話は源助からも聞いた記憶《おぼえ》がない。何と返事をして可《い》いか困ってると、

『何でも一通り東京の事知ってなくちゃ、御奉公に上がっても困るから、私と一緒に入来《いらっ》しゃい。教えて上げますから。』と、お吉は手桶を持って下り立った。『は。』と答えて、二人とも急いで店から自分達の下駄を持って来て、裏に出ると、お吉はもう五六間先方《むかう》へ行って立っている。

何の事はない、郵便函の小さい様なものが立っていて、四辺《あたり》の土が水に濡れている。

『これが水道って言うんですよ。可《よ》ござんすか。それで恁うすると水が幾何《いくら》でも出て来ます。』

とお吉は笑いながら栓《せん》を捻《ひね》った。途端《とたん》に、水がゴウと出る。

『やあ。』とお八重は思わず驚きの声を出したので、すぐに羞《はず》かしくなって、顔を火の様にした。お定も口にこそ出さなかったが、同じ『やあ。』が喉元まで出かけたったので、これも顔を紅くしたが、お吉は其中に一杯になった桶と空《から》なのと取り代えて、

『さあ、何方《どなた》なり一つ此栓を捻《ひね》って御覧なさい。』と宛然《さながら》小学校の先生が一年生に教える様な調子。二人は目と目で互に譲り合って、仲々手を出さぬので、

『些《ちっ》とも怖い事はないんですよ。』とお吉は笑う。で、お八重が思切って、妙な手つきで栓を力委せに捻ると、特別な仕掛がある訳ではないから水が直ぐ出た。お八重は何となく得意になって、軽く声を出して笑いながらお定の顔を見た。

帰りはお吉の辞するも諾《き》かず、二人で桶を一つ宛《ずつ》軽々と持って勝手口まで運んだが、背後《うしろ》からお吉が、

『まあお前さん達は力が強い事！』と笑った。此の後に潜んだ意味などを察する程に、怜悧《かしこ》いお定ではないので、何だか賞められた様な気がして、密《そっ》と口元に笑を含んだ。

それから、顔を洗えといわれて、急いで二階から浅黄の手拭やら櫛やらを持って来たが、鏡は店に大きいのがあるからといわれて、怖る〳〵種々《いろいろ》の光る立派な道具を飾り立てた店に行って、二人は髪を結び出した。間もなく、表二階に泊まってる職人が起きて来て、二人を見ると、『お早う。』と声をかけて妙な笑を浮かべたが、二人は唯もうきまりが悪くて、顔を赤くして頭を垂れている儘《まま》、鏡に写る己が姿を見るさえも羞しく、堅くなって匆卒《そそくさ》に髪を結っていたが、それでもお八重の方はちょいちょい横目を使って、職人の為る事を見ていた様であった。

すべて恁麼《こんな》具合で、朝餐《あさめし》も済んだ。其朝餐の時は、同じ食卓に源助夫婦と新さんとお八重

お定の五人が向かい合ったので、二人共三膳とは食べなかった。此日は、源助が半月に余る旅から帰ったので、それ〴〵手土産を持って知辺《しるべ》の家を廻らなければならぬから、お吉は家が明けられぬと言って、見物は明日に決まった。

二人は、不器用な手つきで、食後の始末にも手伝い、二人限《きり》で水汲にも行ったが、其時お八重はもう、一度経験があるので上級生の様な態度をして、『流石は東京だでやなっす！』と言った。

かくて此日一日は、殆んど裏二階の一室で暮らしたが、お吉は時々やって来て、何呉となく女中奉公の心得を話してくれるのであった。お定は生中《なまなか》礼儀などを守らず、つけつけ言ってくれる此女を、もう世の中に唯一人の頼りにして、嘗て自分等の村の役場に、盛岡から来ていた事のある助役様の内儀《おかみ》さんより親切な人だと考えていた。

お吉が二人に物言うさまは、若し傍で見ている人があったなら、甚麼《どんな》に可笑《おか》しかったか知れぬ。言葉を早く直さねばならぬと言っては、先《ま》ず短いのから稽古せよと、『かしこまりました。』とか『行ってらっしゃい。』とか、『お帰んなさい。』とか『左様《さい》でございますか。』とか、繰り返し〳〵教えるのであったが、二人は胸の中でそれを擬《ま》ねて見るけれど、仲々お吉の様にはいかぬ。郷里《くに》言葉の『然《そ》だすか。』と『左様《さい》でございますか。』とは、第一長さが違う。二人には『で』に許り力が入って、兎角『さいで、ございますか。』と二つに切れる。『さあ、一《ひと》つ口《くち》に出して行《や》って御覧なさいな。』とお吉に言われると、二人共すぐ顔を染めては、『さあ』『さあ』と互いに譲り合う。

それからお吉は、また二人が余り温《おと》なしくして許りいるので、店に行って見るなり、少し街上《おもて》を歩いてみるなりしたら怎《どう》だと言って、

『家の前から昨晩《ゆうべ》腕車《くるま》で来た方へ少し行くと、本郷の通りへ出ますから、それは〳〵賑かなもんですよ。其処の角には勧工場と云って何品《なん》でも売る所があるし、右へ行くと三丁目の電車、左へ行くと赤門の前——赤門といえば大学の事ですよ、それ、日本一の学校、名前位は聞いた事があるでしょうさ。何《なぁ》に、大丈夫気をつけてさえ歩けば、何処まで行ったって迷児《まいご》になんかなりゃしませんよ。角の勧工場と家の看板さえ知ってりゃ。』と言ったが、『それ、家の看板には恁う書いてあったでしょう。』と人差指で畳に『山田』と覚束なく書いて見せた。『やい、まだと読むんですよ。』

二人はやや得意な笑顔をして頷き合った。何故なれば、二人共尋常科だけは卒えたのだから、山の字も田の字も知っていたからなので。

それでも仲々階下《した》にさえ降《お》り渋《しぶ》って、二人限《きり》になれば何やら密々《ひそひそ》話合っては、袂を口にあてて声立てずに笑っていたが、夕方近くなってから、お八重の発起で街路《そと》へ出て見た。成程大きなペンキ塗の看板には『山田理髪店』と書いてあって、花の様なお菓子を飾ったお菓子屋と向かいあっている。二人は右視左視《とみこうみ》して、此家忘れてなるものかと見廻してると、理髪店の店からは四人の職人が皆二人の方を見て笑っていた。二人は交る〳〵に振り返っては、

もう何間歩いたか胸で計算しながら、二町許りで本郷館の前まで来た。

盛岡の肴町位だとお定の思った菊坂町は、此処へ来て見ると宛然《まるで》田舎の様だ。ああ東京の街！　右から左から、刻一刻に満干《さしひき》する人の潮《うしお》！　三方から電車と人が崩《なだ》れて来る三丁目の喧囂《さわがしさ》は、宛《さな》がら今にも戦が始まりそうだ。お定はもう一歩も前に進みかねた。

勧工場は、小さいながらも盛岡にもある。お八重は本郷館に入って見ないかと言出したが、お定は『此次にすべす。』と言って渋った。で、お八重は決しかねて立っていると、車夫が寄って来て、頻りに促す。二人は怖ろしくなって、もと来た路を駆け出した。此時も背後《うしろ》に笑声《わらいごえ》が聞こえた。

第一日は斯くて暮れた。

九

第二日目《ふつかめ》は、お吉に伴れられて、朝八時頃から見物に出た。

先《ま》ず赤門、『恁麼《こんな》学校にも教師《せんせ》ぁ居《え》べすか？』とお定は囁《さゝ》やいたが、『居るのす。』と答えたお八重はつんと済していた。不忍の池では海の様だと思った。お定の村には山と川と田と畑としか無かったので。さて上野の森、話に聞いた銅像よりも、木立の中の大佛の方が立派に見えた。電車というものに初めて乗せられて、浅草は人の塵溜、玉乗に汗を握り、水族館の地下室では、源助の話を思い出して帯の間の財布を上から抑えた。人の数が掏摸に見える。凌雲閣には余り高いのに怖気立《おじけだ》って、到頭上らず。吾妻橋に出ては、東京では川まで大きいと思った。両国の川開きの話をお吉に聞かされたが、甚麼事《どんなこと》をするものやら遂に解らず了《じま》い。上潮に末広の長い尾を曳く川蒸汽は、仲々異《い》なものであった。銀座の通り、新橋のステーション、勧工場にも幾度か入った。二重橋は天子様の御門と聞いて叩頭《おじぎ》をした。日比谷の公園では、立派な若い男と女が手をとり合って歩いてるのに驚いた。

須田町の乗換に方角を忘れて、今来た方へ引き返すのだと許り思っているうちに、本郷三丁目に来て降りるのだという。お定はもう日が暮れかかってるのに、まだ引っ張り廻されるのかと気が気でなくなったが、一町と歩かずに本郷館の横へ曲がった時には、東京の道路は訝《おか》しいものだと考えた。

理髪店に帰ると、源助は黒い額に青筋立てて、長火鉢の彼方《あっち》に怒鳴っていた。其前には十七許りの職人が平蜘蛛《ひらくも》の如く蹲《うずくま》っている。此間から見えなかった斬髪機《バリカン》が一挺、此職人が何処かに隠し込んで置いたのを見付かったとかで、お定は二階の風呂敷包が気になった。

二人はもう、身体も心も綿の如く疲れきっていて、昼頃何処やらで蕎麦を一杯宛食っただけなのに、燈火《あかり》がついて飯になると、唯一膳の飯を辛《やっ》と喉を通した。頭脳《あたま》は懵乎《ぼうっ》としていて、これという考えも浮ばぬ。話も興がない。耳の底には、まだ轟々たる都の轟きが鳴っている。幸い好い奉公の口があったが、先《ま》ず四五日は緩《ゆっく》り遊んだが可《よ》かろうという源助の話を聞いて、二人は夕餐が済むと間もなく二階に上った。二人共『疲れた。』と許り、べたりと横に坐って、話もない。何処かしら非常に遠い所へ行って来た様な心地である。浅草とか日比谷とかいう語だけは、すぐ近間《ちかく》にある様だけれど、それを口に出すには遠くまで行って来なきゃならぬ様に思える。一時間前まで見て来て色々の場所、あれも〳〵と心では数えられるけれど、さて其景色は仲々眼に浮ばぬ。目を瞑ると轟々たる響。玉乗や、勧工場の大きな花瓶が、チラリ、チラリと心を掠《かす》める。足下から鳩が飛んだりする。

お吉が、『電車ほど便利なものはない。』と言った。然しお定には、電車程怖ろしいものはなかった。線路を横切った時の心地は、思い出しても冷汗が流れる。後先を見廻して、一町も向こうから電車が来ようものなら、もう足が動かぬ、漸《や》っとそれを遣《や》り過して、十間も行ってから思切って向側に駆ける。先《ま》ず安心と思うと胸には動悸が高い。況《ま》して乗った時の窮屈《きゅうくつ》さ。洋服着た男とでも肩が擦れ〳〵になると、訳もなく身体が縮んで了って、些《ちょい》と首を動かすにも頸筋が痛い思い。停《と》まるかと思えば動き出す。動き出したかと思えば停まる。しっきりなしの人の乗降《のりおり》、よくも間違が起こらぬものと不思議に堪えなかった。電車に一町乗るよりは、山路を三里素足《はだし》で歩いた方が遙か優《ま》しだ。

大都は其凄まじい轟々たる響きを以て、お定の心を圧した。然しお定は別に郷里に帰りたいとも思わなかった。それかと言って、東京が好なのでもない。此処に居ようとも思わねば、居まいとも思わぬ。一刻の前をも忘れ、一刻の後をも忘れて、温《おと》なしいお定は疲れているのだ。ただ疲れているのだ。

煎餅を盛った小さい盆を持って、上がって来たお吉は、明日お湯屋に伴《つ》れて行くと言って下りて行った。

九時前に二人は蒲団を延べた。


三日目は雨。


四日目は降りみ降らずみ。九月ももう二十日を過ぎたので、残暑の汗を洗う雨の糸を、初秋めいたうそ寒さが白く見せて、蕭々《しとしと》と廂《ひさし》を濡らす音が、山中の村で聞くとは違って、厭に陰気な心を起こさせる。二人はつくねんとして相対した儘《まま》、言葉少なに郷里《くに》の事を思い出していた。

午餐《おひる》が済んで、二人がまだお吉と共に勝手にいたうちに、二人の奉公口を世話してくれたという、源助と職業《しごと》仲間の男が来て、先様《さきさま》では一日も早くというから、今日中に遣《や》る事にしたら怎《どう》だと言った。

源助は、二人がまだ何も東京の事を知らぬからと言う様な事を言っていたが、お吉は、行って見なきゃ何日までだって慣れぬという其男の言葉に賛成した。

遂に行く事に決まった。

で、お吉は先《ま》ずお八重、次にお定と、髪を銀杏返しに結ってくれたが、お定は、余り前髪を大きく取ったと思った、帯も締めて貰った。

三時頃になって、お八重が先《ま》ず一人源助に伴《とも》なわれて出て行った。お定は急に淋しくなって七福神の床の間に腰かけて、小さい胸を犇《ひし》と抱いた。眼には大きい涙が。

一時間許りで源助は帰って来たが、先様の奥様は淡白《きさく》な人で、お八重を見るや否や、これじゃ水道の水を半年もつかふと、大した美人になると言った事などを語った。

早目に晩餐《ばんめし》を済まして、今度はお定の番。すぐ近い坂の上だという事で、風呂敷包を提げた儘《まま》、黄昏時《たそがれどき》の雨の霽間《はれま》を源助の後に跟《つ》いて行ったが、何と挨拶したら可いものかと胸を痛めながら悄然《しょんぼり》と歩いていた。源助は、先方でも真《ほん》の田舎者な事を御承知なのだから、萬事間違のない様に奥様の言う事を聞けと繰り返し教えて呉れた。

真砂町のとある小路、右側に『小野』と記した軒燈の、点《と》火《も》り初めた許りの所へ行って、『此の家だ。』と源助は入口の格子をあけた。お定は遂ぞ覚えぬ不安に打たれた。

源助は三十分許り経《た》つと帰って行った。

竹筒台の洋燈《ランプ》が明るい。茶棚やら、箪笥やら、時計やら、箪笥の上の立派な鏡台やら、八畳の一室にありとある物は皆、お定に珍しく立派なもので。黒柿の長火鉢の彼方に、二寸も厚い座蒲団に坐った奥様の年は二十五六、口が少しへの字になって鼻先が下に曲がってるけれども、お定には唯立派な奥様に見えた。お定は洋燈の光に小さくなって、石の如く坐っていた。

銀行に出る人と許り聞いて来たのであるが、お定は銀行の何ものなるも知らぬ。其旦那様はまだお帰りにならぬという事で、五歳《いつつ》許りの、眼のきょろ〳〵した男の児が、奥様の傍に横になって、何やら絵のかいてある雑誌を見つゝ、時々不思議相にお定を見ていた。

奥様は、源助を送り出すと、其儘手づから洋燈を持って、家の中の部屋々々をお定に案内して呉れたのであった。玄関の障子を開けると三畳、横に六畳間、奥が此八畳間、其奥にも一つ六畳間があって主人夫婦の寝室《ねま》になっている。台所の横は、お定の室と名指された四畳の細長い室で、二階の八畳は主人の書斎である。

さて、奥様は、真白な左の腕を見せて、長火鉢の縁《ふち》に臂《ひじ》を突き乍ら、お定のために明日からの日課となるべき事を細々と説くのであった。何処の戸を一番先に開けて、何処の室の掃除は朝飯過で可いか。来客のある時の取次の仕方から、下駄靴の揃え様、御用聞に来る小僧等への応対の仕方まで、艶のない声に諄々と喋り続けるのであるが、お定には僅かに要領だけ聞きとれたに過ぎぬ。

其処へ旦那様がお帰りになると、奥様は座を譲って、反対の側の、先刻まで源助の坐った座蒲団に移ったが、

『貴郎《あなた》、今日は大層遅かったじゃございませんか?』

『ああ、今日は重役の鈴木ん許《とこ》に廻ったもんだからな。(と言ってお定の顔を見ていたが、)

これか、今度の女中は？』

『ええ、先刻菊坂の理髪店《とこや》だってのが伴れて来ましたの。（お定を向いて）此方が旦那様だから御挨拶しな』

『は。』と口の中で答えたお定は、先刻からもう其挨拶に困って了って、肩をすぼめて切ない思いをしていたので、恁《か》ういわれると忽ち火の様に赤くなった。

『何卒《どうか》は、お頼申《たのみもう》します。』と、聞こえぬ程に言って、両手を突く。旦那様は、三十の上を二つ三つ越した髭の厳しい立派な人であった。

『名前は？』

というを冒頭《はじめ》に、年も訊かれた、郷里も訊かれた、両親のあるか無いかも訊かれた。学校へ上ったか怎《どう》かも訊かれた。お定は言葉に窮《こま》って了って、一言言われる毎に穴あらば入りたくなる。足が耐えられぬ程痲痺《しび》れて来た。

ややあってから、『今晩は何もしなくても可《い》いから、先刻《さっき》教えたあの洋燈《ランプ》をつけて、四畳に行ってお寝《やす》み。蒲団は其処の押入に入ってある筈だし、それから、まだ慣れぬうちは夜中に目をさまして便所にでもゆく時、戸惑いしては不可《いけない》から、洋燈は細めて危なくない所に置いたら可いだろう。』と言う許可《ゆるし》が出て、奥様から燐寸《マッチ》を渡された時、お定は甚麼《どんな》に嬉しかったか知れぬ。

言われた通りに四畳へ行くと、お定は先《ま》ず両脚を延ばして、膝頭を軽く拳《こぶし》で叩いて見た。

一方に障子二枚の明りとり、昼はさぞ暗い事であろう。窓と反対の、奥の方の押入を開けると、蒲団もあれば枕もある。妙な臭気が鼻を打った。

お定は其処に膝をついて、開けた襖に片手をかけた儘《まま》一時間許りも身動きをしなかった。先《ま》ず明日の朝自分の為《せ》ねばならぬ事を胸に数えたが、お八重さんが今頃怎《ど》うしてる事かと、友の身が思われる。郷里《くに》を出て以来、片時も離れなかった友と別れて、源助にもお吉にも離れて、ああ、自分は今初めて一人になったと思うと、温なしい娘心はもう涙ぐまれる。東京の女中！　郷里《くに》で考えた時は何ともいえぬ華やかな楽しいものであったに、……然《そ》ういえば自分はまだ手紙も一本郷里へ出さぬ。と思うと、両親の顔や弟共の声、馬の事、友達の事、草苅の事、水汲の事、生まれ故郷が詳らかに思い出されて、お定は凝《じっ》と涙の目を押瞑《おしつむ》った儘《まま》、『阿母《あっぱあ》、許してけろ。』と胸の中で繰り返した。

左《そ》う右《こ》うしてるうちにも、神経が鋭くなって、壁の彼方から聞こえる主人夫婦の声に、若しや自分の事を言やせぬかと気をつけていたが、時計が十時を打つと、皆寝て了った様だ。お定は若しも明朝寝坊をしてはと、漸々《ようよう》涙を拭って蒲団を取り出した。

三分心の置洋燈を細めて、枕に就くと、気が少し暢然《ゆったり》した。お八重さんももう寝たろうかと、又しても友の上を思い出して、手を伸べて掛蒲団を引っ張ると、何となくふわりとして綿が柔かい。郷里で着て寝たのは、板の様に薄く堅い、荒い木綿の飛白《かすり》の皮をかけたのであったが、これは又源助の家で着たのよりも柔かい。そして、前にいた幾人の女中の汗やら髪の膩《あぶら》やらが浸みてるけれども、お定には初めての、黒い天鵞絨の襟がかけてあった。お定は不図、丑之助がよく自分の頬片《ほっぺた》を天鵞絨の様だと言った事を思い出した。

また降り出したと見えて、蕭《しめ》やかな雨の音が枕に伝わって来た。お定はしばらく恍乎《ぼんやり》として、自分の頬を天鵞絨の襟に擦って見ていたが、幽かな微笑を口元に漂わせた儘《まま》で、何時しか安らかな眠に入って了った。

十

目が覚めると、障子が既に白んで、枕辺の洋燈は昨晩の儘《まま》に点いてはいるけれど、光が鈍く蟋々《じじ》と幽かな音を立てている。寝過しはしないかと狼狽《うろた》えて、すぐ寝床から飛起きたが、誰も起きた様子がない。で、昨日まで着ていた衣服《きもの》は手早く畳んで、萌黄の風呂敷包から、荒い縞の普通着《ふだんぎ》（郷里《くに》では無論普通に着なかったが）を出して着換えた。帯も紫がかった繻子ののは畳んで、幅狭い唐縮緬を締めた。

奥様が起きて来る気色がしたので、大急ぎに蒲団を押入に入れ、劃《しきり》の障子をあけると、『早いね。』と奥様が声をかけた。お定は台所の板の間に膝をついてお叩頭《じぎ》をした。

それからお定は吩咐《いいつけ》に随って、焜炉《こんろ》に炭を入れて、石油を注いで火をおこしたり、縁側の雨戸を繰ったりしたが、

『まだ水を汲んでないじゃないか。』

と言われて、台所中見廻したけれども、手桶らしいものが無い。すると奥様は、

『それ其処にバケツがあるよ。それ、それ、何処を見てるだろう、此人は。』と言って、
三和土《たゝき》になった流場の隅を指した。お定は、指された物を自分で指して、叱られたと思ったから顔を赤くしながら、

『これでごあんすか？』と奥様の顔を見た。バケツという物は見た事がないので。

『然うとも。それがバケツでなくて何ですよ。』とやや御機嫌が悪い。

お定は、怎麼《こんな》物に水を汲むのだもの、俺には解る筈がないと考えた。

此家では、『水道』が流場の隅にあった。

長火鉢の鉄瓶の水を代えたり、方々雑布を掛けさせられたりしてから、お定は小路を出て一町程行った所の八百屋に使いに遣られた。奥様は葱とキャベーヂを一個買って来いというのであったが、キャベーヂとは何の事か解らぬ。で、恐る〳〵聞いて見ると、『それ恁麼《こんな》ので（と両手で円を作って）白い葉が堅く重なってるのさ。お前の郷里《くに》にゃ無いのかえ。』と言われた。でお定は、

『はあ、玉菜でごあんすか。』と言うと、

『名は怎《どう》でも可《い》いから早く買って来なよ。』と急《せ》き立てられる。お定はまた顔を染めて戸外へ出た。

八百屋の店には、朝市へ買出しに行った車がまだ帰って来ないので、昨日の売残りが四種五種列べてあるに過ぎなかったが、然しお定は、其前に立つと、妙な心地になった。何とやらいう菜に茄子が十許り、脹切《はちき》れそうによく出来た玉菜《キャベーヂ》が五個六個《いつつむつつ》、それだけではあるけれ共、野良育ちのお定には此上なく慕《なつ》かしい野菜の香が、仄かに胸を爽《さわや》かにする。お定は、露を帯びた裏畑を頭に描き出した。ああ、あの紫色の茄子の畝《うね》！　這い蔓《はびこ》った葉に地面を隠した瓜畑！　水の様な暁の光に風も立たず、一夜さを鳴き細った虫の声！

萎びた黒繻子の帯を、だらしなく尻に垂れた内儀《おかみ》に、『入来《いらっ》しゃい。』と声をかけられたお定は、もうキャベーヂという語を忘れていたので、唯『それを』と指さした。葱は生憎《あいにく》一把もなかった。

風呂敷に包んだ玉菜一個を、お定は大事相に胸に抱いて、仍《やはり》旦郷里《くに》の事を思いながら主家に帰った。勝手口から入ると、奥様が見えぬ。お定は密《こっそ》りと玉菜を出して、膝の上に載せた儘《まま》、しばしは飽かずも其香を嗅いでいた。

『何してるだろう、お定は？』と、直ぐ背後《うしろ》から声をかけられた時の不愍《きまりわる》さ！

朝餐後の始末を兎に角終わって、旦那様のお出懸に知らぬ振をして出て来なかったと奥様に小言を言われたお定は、午前十時頃、何を考えるでもなく呆然《ぼんやり》と、台所の中央《まんなか》に立っていた。と、他所行の衣服を着たお吉が勝手口から入って来たので、お定は懐かしさに我を忘れて、

『やあ』と声を出した。お吉は些《ちょっ》と笑顔を作ったが、

『まあ大変な事になったよ、お定さん。』

『怎《どう》したべす？』

『怎したも恁うしたも、お郷里《くに》からお前さん達の迎えが来たよ。』

『迎えがすか？』と驚いたお定の顔には、お吉の想像して来たと反対に、何ともいえぬ嬉しさが輝いた。

お吉はしばらく呆れた様にお定の顔を見ていたが、『奥様は被居《いらっ》しゃるだろう、お定さん。』

お定は頷いて障子の彼方を指した。

『奥様にお話して、これから直ぐお前さんを伴《つ》れてかなきゃならないのさ。』

お吉は、お定に取次を頼むも面倒といった様に、自分で障子に手をかけて、『御免下さいまし。』と言った儘《まま》、中に入って行った。お定は台所に立ったり、右手を胸にあてて奥様とお吉の話を洩れ聞いていた。

お吉の言う所では、迎えの人が今朝着いたという事で、昨日上げた許りなのに誠に申訳がないけれど、これから直ぐお定を帰してやって呉れと、言葉滑《なめ》らかに願っていた。

『それはもう、然《そ》ういう事情なれば、此方で置きたいと言ったって仕様がない事だし、伴れて帰っても構いませんけれど、』と奥様は言って、『だけどね、漸《や》っと昨晩《ゆうべ》来た許りで、まだ一昼夜にも成らないじゃないかねえ。』

『其処ん所は何ともお申訳がございませんのですが、何分手前共でも迎えの人が来ようなどとは、些《ちっ》とも思い懸けませんでしたので。』

『それはまあ仕方がありませんさ。だが、郷里《くに》といっても随分遠い所でしょう？』

『ええ、ええ、それはもう遙《ずっ》と遠方で、南部の鉄瓶を拵える処よりも、まだ余程田舎なそうでございます。』

『其麼《そんな》処からまあ、よくねえ。』と言って、『お定や、お定や。』

お定は、怎《どう》やら奥様に済まぬ様な気がするので、怖る怖る行って坐ると、お前も聞いた様な事情だから、まだ一昼夜にも成らぬのにお前も本意《ほんい》ないだろうけれども、この内儀《おかみ》さんと一緒に帰ったら可《よ》かろうと言う奥様の話で、お定は唯顔を赤くして堅くなって聞いていたが、やがてお吉に促されて、言葉寡《ことばすくな》に礼を述べて其家を出た。

戸外《おもて》へ出ると、お定は直ぐ、

『甚麼《どんな》人だべ、お内儀《かみ》さん！』と訊いた。

『いけ好かない奥様だね。』と言ったが、『迎えの人かえ？　何とか言ったけ、それ、忠吉さんとか忠次郎さんとかいう、禿頭《はげあたま》の腹の大《でっ》かい人だよ。』

『忠太って言うべす、そだら。』

『然《そ》う〳〵其忠太さんさ。面白い言葉な人だねえ。』と言ったが、『来なくても可いのに、お前さん達許り詰まらないやね、わざわざ出て来て直ぐ伴れて帰られるなんか。』

『真《ほん》に然《そ》うでごあんす。』と、お定は口を噤んで了った。

ややあってから又、『お八重さんは怎《どう》したべす?』と訊いた。

『お八重さんには新太郎が迎いに行ったのさ。』

源助の家へ帰ると、お八重はまだ帰っていなかったが、腰までしか無い短い羽織を着た、布袋の様に肥った忠太爺が、長火鉢に源助と向かい合っていて、お定を見るや否や、突然《いきなり》、『七日八日見ねえでいる間《うち》に、お定っ子ぁ遙《ぐっ》と美《え》え女子《おなご》になった喃《なぁ》。』と四辺《あたり》構わず高い声で笑った。

お定は路々、郷里から迎いが来たというのが嬉しい様な、また、其人が自分の嫌いな忠太と訊いて不満な様な心地もしていたのであるが、生まれてから十九の今まで毎日々々慣れた郷里言葉《くにことば》を其儘に聞くと、もう胸の底には不満も何も消えて了った。

で、忠太は先ず、二人が東京へ逃げたと知れた時に、村では両親初め甚麼《どんな》に驚かされたかを語った。源助さんの世話になってるなれば心配はない様なものの、親心というものは又別なもの、自分も今は忙しい盛りだけれど、強《たっ》ての頼みを辞《こば》み難く、わざわざ迎いに来たと語るのであったが、然し一言もお定に対して小言がましい事は言わなかった。何故なれば忠太は其実、矢張源助の話を聞いて以来、死ぬまでに是非共一度は東京見物に行きたいものと、家には働手が多勢いて自分は閑人なところから、毎日考えていた所へ、幸いと二人の問題が起こったので、構わずにゃ置かれぬから何なら自分が行って呉れても可いと、不取敢《とりあえず》気の小さい兼大工を説き落とし、兼と二人でお定の家へ行って、同じ事を遠廻しに諄々《くどくど》と喋り立てたのであるが、母親は流石に涙顔をしていたけれども、定次郎は別に娘の行末を悲観してはいなかった。それを漸々《ようよう》納得させて、二人の帰りの汽車賃と、自分のは片道だけで可いというので、兼から七円に定次郎から五円、先《ま》ず体の可い官費旅行の東京見物を企てたのであった。

やがてお八重も新太郎に伴れられて帰って来たが、坐るや否や先《ま》ず険《けわ》しい眼尻を一層険しくして、凝《じっ》と忠太の顔を睨むのであった。忠太は、お定に言ったと同じ様な事を、繰り返してお八重にも語ったが、お八重は返事も碌々《ろくろく》せず、脹《ふく》れた顔をしていた。

源助の忠太に対する歓待振《かんたいぶり》は、二人が驚く許り奢《おご》ったものであった。無論これは、村の人達に伝えて貰いたい許りに、少しは無理までして外見《みえ》を飾ったのであるが。

其夜は、裏二階の六畳に忠太とお八重お定の三人枕を並べて寝せられたが、三人限《きり》になると、お八重は直ぐ忠太の膝をつねりながら、

『何しや来たす此人《このふと》ぁ。』と言って、執念《しつこ》くも自分等の新運命を頓挫させた罪を詰《なじ》るのであったが、晩酌に陶然とした忠太は、間もなく高い鼾をかいて、太平の眠に入って了った。するとお八重は、お定の温しくしてるのを捉えて、自分の行った横山様が、何とかいう学校の先生をして、四十円も月給をとる学士様な事や、其奥様の着ていた衣服の事、自分を大層可愛がってくれた事、それからそれと仰々しく述べ立てて、今度は仕方がないから帰るけれど、必ず又自分だけは東京に来ると語った。そしてお八重は、其奥様のお好みで結わせられたと

言って、生まれて初めての庇髪に結っていて、奥様から拝領の、少し油染みた焦橄欖《こげオリーブ》のリボンを大事相に挿《さ》していた。

お八重は又自分を迎いに来て呉れた時の新太郎の事を語って、『那麼《あんな》親切な人ぁ家《え》の方にゃ無《ね》えす。』と讃めた。

お定はお八重の言うが儘《まま》に、唯温しく返事をしていた。

その後二三日は、新太郎の案内で、忠太の東京見物に費された。お八重お定の二人も、もう仲々来られぬだろうから、よく見て行けと言うので、毎日其お伴をした。

二人は又、お吉に伴れられて行って、本郷館でいささかな土産物をも買い整えた。

十一

お八重お定の二人が、郷里を出て十二日目の夕、忠太に伴れられて、上野のステーションから帰郷の途に就いた。

貫通車の三等室、東京以北の総有《あらゆる》国々の訛《なまり》を語る人々を、ぎっしりと詰めた中に、二人は相並んで、布袋の様な腹をした忠太と向かい合っていた。長い〳〵プラットフォームに数限りなき掲燈《あかり》が昼の如く輝き初めた時、三人を乗せた列車が緩《ゆる》やかに動き出して、秋の夜の暗を北に一路、刻一刻東京を遠ざかって行く。

お八重はいう迄もなく、お定さえも此時は妙に淋しく名残惜しくなって、密々《こそこそ》と其事を語り合っていた。

忠太は、棚の上の荷物を気にして、時々其を見上げ見上げしながら、物珍し相に乗合の人々を、しげしげと見比べていたが、一時間許り経《た》つと少し身体を屈めて、

『尻《けつ》ぁ痛くなって来た。』と呟やいた。『汝《うな》ぁ痛くねえが?』

『痛くねえす。』とお定は囁いたが、それでも忠太がまだ何か話欲しそうに屈《かが》んでるので、

『家《え》の方でや玉菜だの何ぁ大きくなったべなす。』

『大きくなったどもせえ。』と言った忠太の声が大きかったので、周囲《あたり》の人は皆此方を見る。

『汝《うな》ぁ共ぁ逃げでがら、まだ二十日にも成んめえな。』

お定は顔を赤くしてチラと周囲を見たが、その儘《まま》返事もせず俯《うつむ》いて了った。お八重は顔を蹙《しか》めて、忌々し気に忠太を横目で見ていた。

十時頃になると、車中の人は大抵こくり〳〵と居睡《いねむり》を始めた。忠太は思う様腹を前に出して、ぐっと背後《うしろ》に凭《もた》れながら、口を開けて、時々鼾《いびき》をかいている。お八重は身体を捻って背中合わせに腰掛けた商人体の若い男と、頭を押接《つ》けた儘《まま》、眠ったのか眠らぬのか、凝《じっ》としている。

窓の外は、機関車に悪い石炭を焚くので、雨の様な火の子が横様に、暗を縫うて後ろに飛ぶ。懐手をして円い頤《あご》を襟に埋めて俯いているお定は、郷里を逃げ出して以来の事を、それ

からそれと胸に数えていた。お定の胸に刻みつけられた東京は、源助の家と、本郷館の前の人波と、八百屋の店と、への字口の鼻先が下向いた奥様とである。この四つが、目眩《めまぐ》ろしい火光《あかり》と轟々たる物音に、遠くから包まれて、はっと明るい。お定が一生の間、東京という言葉を聞く毎に、一人胸の中に思い出す景色は、恐らく此四つに過ぎぬであろう。

やがてお定は、懐手した左の指を少し許り襟から現して、柔かい己が頬を密《そっ》と撫《な》でて見た。小野の家で着て寝た蒲団の、天鵞絨の襟を思い出したので。

瞬く間、窓の外が明るくなったと思うと、汽車は、とある森の中の小さい駅を通過《パッス》した。お定は此時、丑之助の右の耳朶《みみたぶ》の、大きい黒子《ほくろ》を思い出したのである。

新太郎と共に、三人を上野まで送って呉れたお吉は、さぞ今頃、此間中は詰まらぬ物入《ものいり》をしたと、寝物語に源助にこぼしている事であろう。

※生前未発表・一九〇八＝明治四一年五月〜六月頃

鳥影《ちょうえい》

【其二】

一

小川静子は、兄の信吾が帰省するというので、二人の小妹《いもうと》と下男の松蔵を伴れて、好摩《こうま》の停車場《ステーション》まで迎いに出た。もと〳〵鋤《すき》一つ入れたことのない荒蕪地《あれち》の中に建てられた小さい三等駅だから、乗降《のりおり》の客と言っても日に二十人が関の山、それも大抵は近村の百姓や小商人《こあきんど》許りなのだが、今日は姉妹《きょうだい》の姿が人の目を牽《ひ》いて、夏草の香《かおり》に埋もれた駅内も常になく艶《なまめ》いている。

小川家といえば、郡でも相応な資産家として、また、当主の信之が郡会議員になっている所から、主なる有志家の一人として名が通っている。信吾は其家《そこ》の総領で、今年大学の英文科を三年に進んだ。何と思ったか知らぬが、この暑中休暇を東京で暮らす積《つもり》だと言って来たのを、故家《うち》では、村で唯一人の大学生なる吾子の夏毎の帰省を、何よりの誇見《みえ》にて楽しみにもしている、世間不知《しらず》の母が躍起になって、自分の病気や静子の縁談を理由に、手酷く反対した。それで信吾は、格別の用があったでもなかったが、案外穏《おとな》しく帰ることになったのだ。

午前十一時何分かに着く筈の下り列車が、定刻を三十分も過ぎてるのに、未《ま》だ着かない。姉妹を初め、三四人の乗客が皆もうプラットフォームに出ていて、迥《はる》か南の方《かた》の森の上に煙の見えるのを、今か今かと待っている。二人の小妹《いもうと》は、裾短かな、海老茶《えびちゃ》の袴、下髪《おさげ》に同じ朱鷺色《ときいろ》のリボンを結んで、訳もない事に笑い興じて、追いつ追われつする。それを羨まし気《げ》に見ながら、同年輩の見悄《みすぼ》らしい装《なり》をした、洗洒しの白手拭を冠《かぶ》った小娘が、大時計の下に腰掛けている、目のしょぼ〳〵した婆様の膝に凭れていた。

駅員が二三人、駅夫室の入口に倚《よ》り懸《かか》ったり、蹲《しゃが》んだりして、時々此方《こっち》を見ながら、何か小声に語り合っては、無遠慮に哄《どっ》と笑う。静子はそれを避ける様に、ずっと端の方の腰掛に腰を掛けた。銘仙矢絣の単衣に、白茶の繻珍《しゅちん》の帯も配色《うつり》がよく、生際《はえぎわ》の美しい髪を油気なしのS巻に結って、幅広の鼠《ねず》のリボンを生温かい風が煽る。化粧《よそお》ってはいないが、七難隠す色白に、長い睫毛《まつげ》と恰好のよい鼻、よく整った顔容《かおだち》で、二十二という齢《とし》よりは、誰《た》が目にも二つか三つは若い。それでいて、何処か恷《こ》う落ち着いた、と言うよりは寧ろ、沈んだ処のある女だ。

六月下旬《すえ》の日射《ひざし》がもう正午《ひる》に近い。山国《さんごく》の空は秋の如く澄んで、姫神山《ひめかみさん》の右の肩に、綿の様な白雲が一団《ひとかたまり》、彫出《ほりだ》された様に浮かんでいる。燃ゆる様な、好摩が原の夏草の中を、驀地《ましぐら》に走った二條の鉄軌《レール》は、車の軋った痕に激しく日光を反射して、それに疲れた眼が、逈か彼方に快い蔭をつくった、白樺の木立の中に、蕩々《とろとろ》と融けて行きそうだ。

静子は眼を細くして、恍然《うっとり》と兄の信吾の事を考えていた。去年の夏は、休暇がまだ二十日も余ってる時に、信吾は急に言出して東京に発《た》った。それは静子の学校仲間であった平沢清子が、医師の加藤と結婚する前日であった。清子と信吾が、余程以前から思い合っていた事は、静子だけがよく知っていた。

今度帰るまいとしたのも、或は其《その》、己に背いた清子と再び逢うまいとしたのではなかろうかと、静子は女心に考えていた。それにしても帰って来るというのは嬉しい、恁う思い返して呉れたのは、細々《こまごま》と訴えてやった自分の手紙を読んだ為だ、兄は自分を援けに帰るのだと許り思っている。静子は、目下《いま》持ち上がっている縁談が、種々《いろいろ》の事情があって両親始め祖父《おじいちゃん》までが折角勧めるけれど、自分では奈何《どう》しても嫁《ゆ》く気になれない、此心をよく諒察《くみと》って、好《うま》く其間に斡旋してくれるのは、信吾の外にないと信じているのだ。

『来た、来た。』と、背の低い駅夫が叫んだので、フォームは俄かに色めいた。も一人の髯面《ひげづら》の駅夫は、中に人のいない改札口へ行って、『来ましたよう。』と怒鳴った。濃い煙が、眩しい野末の青葉の上に見える。

二

凄じい地響をさせて突進して来た列車が停まると、信吾は手づから二等室の扉《ドア》を排《あ》けて身軽に降り立った。乗降の客や駅員が、慌しく四辺《あたり》を駆ける。汽笛が澄んだ空気を振わして、汽車は直ぐ発《た》った。

荷札扱《チェッキ》いにして来た、重そうな旅行鞄を、信吾が手伝って、頭の禿げた松蔵に背負《しょわ》してる間に、静子は熟々《つくづく》其容子を見ていた。ネルの単衣に涼しそうな生絹《きぎぬ》の兵子帯、紺キャラコの夏足袋から、細い柾目の下駄まで、去年の信吾とは大分違っている。中肉の、背は婷乎《すらり》として高く、帽子にはわざと徽章も付けてないから、打見には誰にも学生と思えない。何処か厭味のある、にやけた顔ではあるが、母が妹の静子が聞いてさえ可笑《おかし》い位自慢してるだけあって、男には惜しい程肌理《きめ》が濃《こまか》く、色が白い。秀でた鼻の下には、短い髭を立てていた。それが怎《どう》やら老《ふ》けて見える。老けて見えると同時に、妹の目からは、今迄の馴々しさが顔から消え失せた様にも思われる。軽い失望の影が静子の心を掠めた。

『何を其麽《そんな》に見てるんだ、静さん？』

『ホホ、少し老《ふ》けて見えるわね。』と静子は嫣乎《にっこり》する。

『あゝ之か？』と短い髭をわざとらしく捻り上げて、『見落されるかと思って心配して来たんだ。ハハハ。』

『ハハハ。』と松蔵も声を合わせて、背《せな》の鞄を揺《ゆす》り上げた。

『怎《どう》だ、重いだろう？』

『何有《なぁに》、大丈夫でごあんす。年は老《と》っても、』と復《また》揺り上げて、『さあ、松蔵が先に立ちますべ。』

連立って停車場を出た。静子は、際どくも清子の事を思浮かべて、杖形《ステッキがた》の洋傘《かさ》を突いた信吾の姿が、吾兄ながら立派に見える、高が田舎の開業医づれの妻となった彼の女《あひと》が、今度この兄に逢ったなら、甚麼《どんな》気がするだろうなどと考えた。

二町許りも構内の木柵に添うて行くと、信号柱《シグナル》の下で踏切になる。小川家へ行くには、此処から線路伝いに南へ辿って、松川の鉄橋を渡るのが一番の近道だ。二人の妹は、早く帰って阿母《おっか》さんに知らせると言って、足並揃えてずん〳〵先に行く。松蔵は大胯にその後に跟《つ》いた。

信吾と静子は、相並んで線路の両側を歩いた。梅雨後《つゆあがり》の勢《いきお》いのよい青草が熱蒸《いき》れて、真面《まとも》に照りつける日射が、深張の女傘《かさ》の投影《かげ》を、鮮かに地に印した。静子は、この夏は賑やかに楽しく暮らせると思うと、逢ったら先《ま》ず話して置かうと考えていたことも忘れて、もう怡々《いそいそ》した心地になった。

『皆が折角待ってることよ。』

『然《そ》うか。実は此夏少し勉強しようと思ったんだがね。』

『勉強は家でだって出来ない事なくってよ。其麼《そんな》にお邪魔しないわ。』

『それも然うだが、子供が大勢いるからな。』

『だって阿母さんが那麼《あんな》に待ってますもの。』

『その阿母さんの病気ってな甚麼《どんな》だい？　タント悪いんじゃないだろう？』

『え丶、其麼《そんな》に悪いという程じゃないんですけど……。』

『臥《ね》ているか？』

『臥たり起きたり。例《いつも》のリウマチに、胃が少し悪いんですって。』

『胃の悪いのは喰い過ぎだ。朝っから煙草許り喫《の》んでいて、躰屈《たいくつ》まぎれに種々《いろん》な物を間食するから悪いんだよ。』

『でもないでしょうが、一体阿母さんは丈夫じゃないのね。』

『若い時の応報《むくい》さ。』

『まあ！』と眼を大きく睜《みは》った。母のお柳《りう》は昔盛岡で名を売った芸妓であったのを、父信之が学生時代に買馴染んで、其為に退校にまでなり、家中反対するのも諾《き》かずに無理に落籍《ひか》さしたのだとは、まだ女学校にいる頃叔母から聞かされて、訳もなく泣いた事があった……が、今迄遂ぞ恁麼《こんな》言葉を兄の口から聞いた事がない。静子は、宛然《さながら》自分の秘密でも言現《いいあらわ》された様な気がした。

三

信吾も少し言過ぎたと思ったかして直ぐに、

『だが何か服薬はしてるだろうね？』

『えゝ。……加藤さんが毎日来て診《み》て下さるのよ。』

『然うか。』と言って、またわざとらしく、『然うか、加藤という医師があったんだな。』

静子はチラリと兄の顔を見た。

『医師が毎日来る様じゃ、余り軽いんでもないんだね？』

『然うじゃないのよ。加藤さんは交際家なんですもの。』

『ふむ、交際家か！』と短い髭を捻って、

『其麼風《そんな》じゃ相応に繁昌《はや》ってるんだろう？』

『えゝ、宅の方へ廻診に来る時は、大抵自転車よ。でなきゃ馬に乗って来るわ。』

『ほう、景気をつけたもんだな。そして何か、もう子児《こども》が生まれたのか？』

『……まだよ。』と低い声で答えて目を落とした。

『それじゃ清子さんも暇があって可《い》いんだろう。』

『えゝ。』

『女は子児を有《も》つと、もう最後だからな。』

静子は妙にとちって、其儘口を噤《つぐ》んで了った。人は長く別れていると、その別れていた月日の事は勘定に入れないで、お互いにまだ別れなかった時の事を基礎《どだい》に想像する。静子は、清子が加藤と結婚した事について、少からず兄に同情している。今度帰って来て、毎日来る加藤と顔を合わせるのも、兄は甚麽《どんな》に不愉快な思いをするだろう、などとまで狭い女心に心配もしていた。そして、何かしらそれに関した事を言出されるかと、宛然《さながら》自分の持っている鋭い刄物に対手が手を出すのを、ハラ〳〵して見ている様な気がしていたが、信吾の言葉は、故意かは知れないが余りに平気だ、余りに冷淡だ。今迄の心配は杞憂《きゆう》に過ぎなかった様にも思う。又、兄は自ら偽ってるのだとも思う。そして、心の底の奈辺《どこか》では、信吾がもう清子の事を深く心にとめても居ないらしい口吻《くちぶり》を、何となく不満に感じられる。

その素振を見て取って、信吾は亦自分の心を妹に勝手に忖度されてる様な気がして、これも黙って了った。

二人は並んで歩いた。蒸す様な草いきれと、乾いた線路の土砂《つち》の反射する日光とで、額は何時しか汗ばんだ。静子の顔は、先刻《さっき》の怡々《いそいそ》した光が消えて、妙に真面目に引緊《ひきしま》っていた。小妹《いもうと》共はもう五六町も先方《さき》を歩いている。十間許り前を行く松蔵の後姿は、荷が重くて屈《こご》んでるから、大きい鞄に足がついた様だ。

ややあってから信吾は、

『あの問題は、一体奈何《どう》なってるんだい?』と妹を見かえった。

『あの問題って、……松原の方?』と兄の顔を仰ぐ。

『あゝ。余程切迫してるのかい?』

『そうじゃ無いんですけど……。』

『手紙の様子じゃ然う見えたんだが。』

『そうじゃ無いんですけど。』と繰り返して、『怎《どう》せ貴兄《あなた》の居る間《うち》に、何とか決《き》めなきゃならない事よ。』

『然うか、それで未だ先方には何とも返事してないんだね?』

『え、。兄様《にいさん》の帰ってらしゃるのを待ってたんだわ。』

信吾は少し言い淀んで、『昨日発《た》つ時にね、松原君が上野まで見送りに来て呉れたんだ……。』

静子は黙って兄の顔を見た。松原政治《せいじ》というのは、近衛の騎兵中尉で、今は乗馬学校の生徒、静子の縁談の対手なのだ。

四

『発つ四五日前にも、』と信吾は言葉を次いだ。『突然訪《や》って来て大分夜更《よふけ》まで遊んで行ったた。今度の問題に就いちゃ別段話もなかったが、(俺も二十七ですからねえ。)なんて言っていたっけ。』

静子は黙って聞いていた。

『休暇で帰るのに見送りなんか為《し》て貰わなくっても可いと言ったのに、わざわざ俥でやって来てね。麦酒《ビール》や水菓子なんか車窓《まど》ん中へ抛《ほう》り込んでくれた。皆様に宜敷《よろしく》って言ってたよ。』

『然《そ》うでしたか。』と気の無さ相な返事である。

『皆様にじゃない静さんにだろうと、余程《よっぽど》言ってやろうかと思ったがね。』

『まあ！』

『なに唯思った丈さ。まさか口に出しはしないよ。ハッハハ。』

この松原中尉というのは、小川家とは遠縁の親戚で、十里許りも隔った某村《なにがしむら》の村長の次男である。兄弟三人皆軍籍に身を置いて、三男の狷介《けんすけ》と云うのが静子の一歳下の弟の志郎と共に士官候補生になっている。

長男の浩一は、過る日露の役に第五聯隊に従って、黒溝台の悪戦に壮烈な戦死を遂げた。――これが静子の悲哀《かなしみ》である。静子は、女学校を卒えた十七の秋、親の意に従って、当時歩兵中尉であった此浩一と婚約を結んだのであった。

それで翌年の二月に開戦になると、出征前に是非盃事《さかづきごと》をしようと小川家から言出した。これは浩一が、生きて帰らぬ覚悟だと言って堅く断ったが、静子の父信之の計いで、二月許りも青森へ行って、浩一と同棲した。

浩一の遺骨が来て盛んな葬式が営まれた時は、母のお柳の思惑《おもわく》で、静子は会葬することも許されなかった。だから、今でも表面では小川家の令嬢に違いないが、其実、もう其時から未亡人になってるのだ。

その夏休暇《やすみ》で帰った信吾は、さらでだに内気の妹が、病後の如く色沢《つや》も失せて、力なく沈んでるのを見ては、心の底から同情せざるを得なかった。そして慰めた。信吾も其頃は感情の荒んだ今とは別人のようで、血の熱《あたた》かい真摯《まじめ》な二十二の若々しい青年であったのだ。

九月になって上京する時は、自ら両親を説いて静子を携えて出たのであった。兄妹《ふたり》は本郷真砂町の素人屋に室《へや》を並べていて、信吾は高等学校へ、静子は某の美術学校へ通った。当時少尉の松原政治が、兄妹《ふたり》に接近し初めたのは、其後間もなくの事であった。

『姉さん。』と或時政治が静子を呼んだ。静子はサッと顔を染めて俯向《うつむ》いた。すると、『僕は今迄一度も、貴女を姉さんと呼ぶ機会がなかった。これからももう機会がないと思うと、実に残念です。』と真摯《まじめ》になって言った事がある。静子も其初め、亡き人の弟という懐しさが先に立って、政治が日曜毎の訪問を喜ばぬでもなかった。

何日の間にかぱったりと足が止まった。其間に政治は同僚に捲込まれて酒に親む事を知った。そして一昨年の秋中尉に昇進してからは、また時々訪ねて来た。然しもう以前の単純な、素朴な政治ではなかった。或時は微醺《びくん》を帯びて来て、些々《ちょいちょい》擽る様な事を言った事もある。又或時は同じ中隊だという、生半可《なま》な文学談などをやる若い少尉を伴《つ》れて来て、わざと其前で静子と親しい様に見せかけた。そして、静子が次の間へ立った時、『怎《ど》だ、仲々美《い》いだろう？』と低い声で言ったのが襖越しに聞こえた。静子は心に憤《いきどお》っていた。

昨年の春、母が産後の肥立が悪くて二月も患った時、看護に帰って来た儘《まま》静子は再び東京に出なかった。そして、此六月になってから、突然政治から結婚の申込みを受けたのだ。

『それで、兄様は奈何《ど》思《う》って？』と、静子は、並んで歩いている信吾の横顔を眤《じっ》と見つめた。

五

『奈何って言った所で、問題は頗る簡単だ。』

『然う？』と静子は兄の顔を覗く様にする。

『簡単さ。本人が厭なら仕様がないじゃないか。』

『そんなら可いけど……。』と嫣乎《にっこり》する。

『だがまあ、お父さんやお母さんの意見も聞いて見なくちゃならないし、それに祖父さんだって何か理屈を言うだろうしね。』

『ですけど、私奈何したって嫁《い》かないことよ。』

『そう頭っから我《が》を張ったって仕方がないが、まあ可いよ、僕に任して置きゃ心配する事は無い。お前の心はよく解ってるから。』

『ハハハ。まるで小児《こども》みたいだ。』と信吾は無造作に笑う。

静子も声を合わせて笑ったが、『ま、嬉しい。』と言って額の汗を拭く。顔が晴やかになって、心持や声も華やいだ。

『兄様、あの面白い事があってよ。』

『何だ？』

『叔父さんが私《あたし》に同情してるわ。』

『叔父さんて誰？　昌作さんか？』

『え〻。』と言って、さも可笑相《おかしそう》な目付をする。昌作というのは父信之の末の弟、兄妹《ふたり》には叔父に違いないが、齢は静子よりも一つ下の二十一である。

『今度の事件にか？』

『然うよ。過日《こないだ》奥の縁側で、祖母《おばあ》さんと何か議論してるの。そして静子々々って何か私の事言ってる様なんですからね、悪いと思ったけど私立って聞いたことよ。そしたら、（結婚というものは恋愛によって初めて成立するもので、他から圧制的に結びつけようとするのは間違いだ。）なんて、そりゃ真面目よ。すると祖母さんが、（ああ〳〵然うだろうともさ。）が可笑《おか》しいじゃありませんか。圧制的なんて祖母さんに解るもんですかねえ。ホホ、、、。』

『そして奈何《どう》した。』

『真個《ほんと》？』

『奈何もしやしないけど、面白かったわ。そして折角祖父さん許り攻撃《ばっか》してるのよ。旧時代の思想だの何のってね……お父さんやお母さんの事は言えないもんだから。』

『ふむ、然うか。……それで奈何《どう》する気なんだろう、今後。』

『南米に行きたいんですって。』

『南米に？　そんな事で学校も廃《よ》したんだな。』

『許りじゃないわ。今年卒業するのでしたのを落第したんですもの。』

『中学も卒業せずに南米に行ったたって奈何《どう》なるもんか。それに旅費だって大分費《かか》る。』

『全体で二百円ありりゃ可《いい》んですって。』

『何処から出す積もりだろう。家じゃ出せまいし……。』

『出せないことは無いと思うわ。』

『だって余り無謀な計画だ。』

『……ですけど、お母さんも少し酷《ひど》いわね、昌作叔父さんに。私時々そう思う事があってよ。』

『そりゃ昌作さんが悪いんだ。そして今は何をしてるだろう？　唯遊んでるのか？』

『和歌《うた》を作ってるのよ。新派の和歌。』

『和歌？　那麼《あんな》格好してて和歌作るのか？　ハハハ。』

『仲々得意よ。そして少し天狗になってるけど、真個《ほんと》に巧いと思うのもあるわ。』

『莫迦《ばか》な。其麼事《そんなこと》してるから駄目なんだ。少し英語でも勉強すりゃ可いのに。』

この時、重い地響が背後《うしろ》に聞こえた。二人は同時に振り返って見て、急がしく線路の外に出た。信吾の乗って来た列車と川口駅で擦違《すれちが》って来た、上りの貨物列車が、凄じい音を立てて、二人の間を飛ぶが如くに通った。

【其二】

一

通行《とおり》の少なき青森街道を、盛岡から北へ五里、北上川に架けた船綱橋《ふなたばし》というを渡って六七町も行くと、若松の並木が途絶《とだ》えて見すぼらしい田舎町に入る。両側百戸足らずの家並の、十が九までは古い茅葺勝《かやぶきがち》で、屋根の上には百合や萱草や桔梗が生えた、昔の道中記にある渋民《しぶたみ》の宿場の跡がこれで、村人はただ町と呼んでいる。小さいながらも呉服屋、雑貨店、さては荒物屋、理髪店《とこや》、豆腐屋まであって、素朴な農民の需要は大抵此処で充される。町の中央《なかほど》の、四隣《あたり》不相応に厳《いかめ》しく土塀を繞《めぐら》した酒造屋《さかや》と対合《むかいあ》って、大きな茅葺の家に村役場の表札が出ている。

役場の外に、郵便局、駐在所、登記所も近頃新しく置かれた。小学校は、町の南端れ近くにある。直径《まわたし》尺五寸もある太い丸太の、頭を円くして二本植えた、それが校門で、右と左、手頃の棒の先を尖らして、無造作に鋼線《はりがね》で繋いだ木柵は、疎《まば》らで、不規則で、歪んで、破れた鎧の袖を展《の》べた様である。

柵の中は、左程広くもない運動場になって、二階建の校舎が其奥に、愛宕山の鬱蒼《こんもり》した木立を背負った様にして立っている。

日射《ひざし》は午後四時に近い。西向の校舎は、後ろの木立の濃い緑と映り合って殊更に明るく、授業は既《とう》に済んだので、坦《たいら》かな運動場には人影もない、夏も初の鮮かな日光が溢れる様に流れた。先刻《さっき》まで箒を持って彷徨《さまよ》っていた、年老った小使も何処かに行って了って、隅の方には隣家の鶏が三羽、柵を潜って来てちょこ〱遊び廻っている。

と、門から突き当たりの玄関が開《あ》いて、女教師の日向《ひなた》智恵子はパッと明るい中へ出て来た。其拍子に、玄関に隣った職員室の窓から賑やかな笑声が洩れた。

くっきりとした、輪廓の正しい、引緊った顔を真面《まとも》に西日が照すと切《きれ》のよい眼を眩しそうにした。紺飛白《こんがすり》の単衣に長過ぎる程の紫の袴――それが一歩毎《ひとあし》に日に燃えて、静かな四囲《あたり》の景色も活きる様だ。齢は二十一二であろう。少し鳩胸《はとむね》の、肩に程よい円《まる》みがあって、歩き方がしっかりしている。

門を出て右へ曲がると、智恵子は些《ちょっ》と学校を振り返って見て、『気障《きざ》な男だ。』と心に言った。故もない微笑がチラリと口元に漂う。

家々の前の狭い浅い溝には、腐れた水がちょろ〱と流れて、縁に打込んだ杭が朽ちて白い菌《きのこ》が生えた。屋根が低くて広く見える街路には、西並の家の影が疎《まばら》な鋸の歯の様に落ちて、処々に馬を脱《はず》した荷馬車が片寄せてある。鶏が幾群も、其下に出つ入りつ、零《こぼ》れた米を土埃《ほこり》の中に猟《あさ》っていた。会って頭を下げる小児等に、智恵子は一々笑い乍ら会釈を返して行く。

一人、煮絞《にし》めた様な浅黄の手拭を冠って、赤児を背負《せお》った十一二の女の児が、とある家の軒下に立って妹らしいのと遊んでいたが、智恵子を見ると、鼻のひしゃげた顔で卑しくにた〳〵笑って、垢だらけの首を傾《かし》げる。智恵子は側へ寄って来た。

『先生《しぇんせぇ》！』

『お松、お前また此頃学校に来なくなったね？』と、柔かな物言いである。

『これ。』と背中の児を揺《ゆすぶ》って、相変わらずにた〳〵と笑ってる。子守をするので学校に出られぬというのだろう。

『背負《おぶ》ってでも可《い》いからお出なさい。ね、子供の泣く時だけ外に出れば可いんだから。』

お松はそれには答えないで、『先生《しぇんせぇ》ぁ今日お菓子喰ってらけな。皆してお茶飲んで……。』

『ホホ、、。』と智恵子は笑った。『何処から見ていたの？……今日はお客様が被来《いらし》ったから然《そ》うしたの。お前さんの家でもお客さんが行ったらお茶を出すんでしょう？』

『出さねえ。』

信吾は帰省の翌々日、村の小学校を訪問したのであった。

二

智恵子の泊まっている浜野という家は町でもずっと北寄りの——と言っても学校からは五六町しかない——寺道の入口の小さい茅葺家がそれである。智恵子が此家の前まで来ると、洗晒しの筒袖を着た小造りの女が、十許りの女の児を上框《あがりがまち》に腰掛けさせて髪を結ってやって居た。

それと見た智恵子は直ぐ笑顔になって、溝板を渡りながら、

『只今。』

『先生、今日は少し遅う御座《ごあ》んしたなっす。』

『は。』

『小川の信吾さんが、学校にお出で御座《ごあ》んしたろう?』

『え、被来《いらし》ってよ。』と言った顔は心持赧かった。『それに、今日は三十日ですから少し月末の調べ物があって……。』と何やら弁疏《いいわけ》らしく言いながら、下駄を脱いで、

『あの、郵便は来なくて小母《おば》さん?』

『は、何にも……然うく、先刻《さっき》静子さんがお出でになって、あの、兄様もお帰省《かえり》になったから先生に遊びに被来《いらし》って下さる様にって。』

『然う? 今日ですか?』

『否《いいえ》。』と笑を含んだ。『何日《いつ》とも被仰《おっしゃ》らな御座《ごあ》んした。』

『然うでしたか。』と安心した様に言って、『祖母さんは今日は？』

『少し好い様で御座《ごあ》んす。今よく眠ってあんすから。』

『夜になると何日でも悪くなる様ね。』と言いながら、直ぐ横の破れた襖を開けて中を覗いた。薄暗い取散らかした室の隅に、臥床《ふしど》が設けてあって、汚れた布団の襟から、彼方向《あちらむき》の小さい白髪頭が見えている。枕頭《まくらもと》には、漆の剝げた盆に茶碗やら、薬瓶やら、流通の悪い空気が、薬の香と古畳の香に湿って、気持悪くムッとした。

智恵子はややしばしその物憐れな室の中を見ていたが、黙って襖を閉めて、自分の室に入って行った。

上り口の板敷から、敷居を跨げば、大きく焚火の炉を切った、田舎風の広い台所で、其炉の横の滑りの悪い板戸を開けると、六畳の座敷になっている。隔ての煤びた障子一重で、隣りは老母の病室――畳を布いた所は此二室《ふたま》しかないのだ。

東向に格子窓があって、室の中は暗くはない。畳も此処は新しい。が、壁には古新聞が手際悪く貼られて、真黒に煤びた屋根裏が見える、壁側に積重ねた布団には白い毛布が被《かか》って、其に並んだ箪笥の上に、枕時計やら鏡台やら、種々《いろん》な手廻りの物が整然と列べられた。

脱いだ袴を畳んで、桃色メリンスの袴下を、同じ地の、大きく菊模様を染めた腹合わせの平生帯《ふだんおび》に換《か》えると、智恵子は窓の前の机に坐って、襟を正して新約全書《バイブル》を開いた。――これは基督信者《クリスチャン》なる智恵子の自ら定めた日課の一つ、五時間の授業に相応に疲れた心の兎《と》もすれば弛むのを、恁うして励まそうとするのだ。

展《ひら》かれたのは、もう手癖のついている例《いつも》の馬太伝《マタイ》第二十七章である。智恵子は心を沈めて小声に読み出した。縛られた耶蘇《イエス》がピラトの前に引き出されて罪に定められ、棘《いばら》の冕《かんむり》を冠せられ、其面《おもて》に唾せられ、雨の様な嘲笑を浴《あ》びて、遂にゴルゴダの刑場に、二人の盗人と相並んで死に就くまでの悲壮を尽くした詩――『耶蘇《イエス》また大声に呼《よば》りて息絶えたり。』と第五十節迄読んで来ると、智恵子は両手を強く胸に組み合わせて、ややしばし黙禱に耽った。何時でも此章を読むと、言うに言われぬ、深い〳〵心持になるのだ。

やがて智恵子は、昨日来た友達の手紙に返事を書こうと思って、墨を磨《す》り乍ら考えていると、不図、今日初めて逢った信吾の顔が心に浮かんだ。……

丁度此時、信吾は学校の門から出て来た。

三

長過ぎる程の紺絣の単衣に、軽やかな絹の兵子帯、丈高い体を少し反身《そりみ》に何やら勢いづいて学校の門を出て来た信吾の背後《うしろ》から、

『信吾さん！』と四辺《あたり》憚からぬ澄んだ声が響いて、色褪せた紫の袴を靡かせ乍ら、一人の女

が急ぎ足に追駆けて来た。
『呀《おや》！』と振り返った信吾は笑顔を作って、『貴女ももう帰るんですか？』
『は、其辺《そこいら》まで御同伴《ごいっしょ》。』と馴々しく言い乍ら、羞《はにか》む色もなく男と並んで、『まあ私の方が這麼《こんな》に小さい！』

矢張女教師の神山富江といって、女にして背の低い方ではないが、信吾と並んでは肩先までしか無い。それは一つは、葡萄《えび》色の緒の、穿き減した低い日和下駄を穿いてる為でもある。肉の緊った青白い細面の、醜い顔ではないが、少し反歯《そっぱ》なのを隠そうとする様に薄い唇を窄《すぼ》めている。かと思えば、些細の事にも其歯を露出《むきだし》にして淡白《きさく》らしく笑う。よく物を言う眼が間断《ひま》なく働いて、解《ほど》けば手に余る程の髪は黒い。天賦か職業柄か、時には二十八という齢に似合わぬ若々しい挙動も見せる。一つには未《ま》だ子を持たぬ為でもあろう。

富江には夫がある。これも盛岡で学校教師をしているが、人の噂では二度目の夫だとも言う。それが頗る妙で、富江が此村に来てからの三年の間、正月を除いては、農繁の休暇にも暑中の休暇にも、盛岡に帰ろうとしない。それを怪んで訊ねると、
『何有《なぁに》、私なんかもうお婆さんで、夫の側に喰付《くっつ》いていたい齢《とし》でもありません。』と笑っている。対手によっては、女教師の口から言うべきでない事まで平気で言って、恥づるでもなく冗談にして了う。

村の人達は、富江を淡白な、さばけた、面白い女として心置なく待遇《あしら》っている。殊にも小

川の母——お柳にはお気に入りで、よく其家にも出入する。其麼事《そんなこと》から、この町に唯一軒の小川家の親戚という、立花という家《うち》に半自炊の様にして泊まっているのだ。服装《みなり》を飾るでもなく、書《ほん》を読むでもない。盛岡には一文も送らぬそうで、近所の内儀さんに融通してやる位の小金は何日でも持っていると言う。

街路《みち》は八分通り蔭《かげ》って、高声に笑い交してゆく二人の、肩から横顔を明々《あかあか》と照す傾いた日ももう左程暑くない。

『だが何だ、神山さんは何日見ても若いですね。』と揶揄《からか》う様に甘ったるく舌を使って、信吾は笑いながら女を見下した。

『奢《おご》りませんよ。』と言う富江の声は訛《なま》っている。『ホ、、、いくら髭を生やしたって其麼年《そんなとし》老《と》った口は利くもんじゃありませんよ。』

『呀《おや》、また髭を……。』

『寄ってらっしゃい。』と富江は俄かに足を留めた。何時しか已が宿の前まで来たのだ。

『次にしましょう。』

『何故？　もう虐《いじ》めませんよ。』

『御馳走しますか？』

『しますとも……。』

と言ってる所へ、家の中から四十五六の汚らしい装《なり》をした、内儀《かみ》さんが出て来て、信吾が先刻《さっき》寄って呉れた礼を諄々《くどくど》と述べて、夫ももう帰る時分だから是非上れと言う。夫の金蔵という此家《このや》の主人は、二十年も前から村役場の書記を勤めているのだ。

信吾がそれを断って歩き出すと、

『信吾さん、それじゃ屹度押しかけて行きますよ。』

『あ、被来《いらっしゃ》い、歌留多《かるた》なら何時でもお相手になって上げるから。』

『此方から教えに行くんですよ。』と笑い乍ら、富江は薄暗い家の中へ入って行った。

と、信吾は急に取済した顔をして大股に歩き出したが、加藤医院の手前まで来ると、ふと物忘れでもした様に足を緩《ゆる》めた。

四

今しもその、五六軒彼方の加藤医院へ、晩餐《ばんめし》の準備《したく》の豆腐でも買って来たらしい白い前掛の下女が急ぎ足に入って行った。

『何有《なあに》、たかが知れた田舎女じゃないか！』と、信吾は足の緩んだも気が付かずに、我と我が撓《ひる》む心を嘲った。人妻となった清子に顔を合わせるのは、流石に快《こころよ》くない。快くないと思う心の起こるのを、信吾は自分で不愉快なのだ。

寄らなければ寄らなくても済む、別に用があるのでもないのだ。が、狭い村内の交際は、それでは済まない。殊には、さまでもない病気に親切にも毎日廻診に来てくれるから是非顔出しして来いと母にも言われた。加之《のみならず》、今日は妹の静子と二人で町に出て来たので、其妹は加藤の宅で兄を待合して一緒に帰ることにしてある。

『疚《やま》しい事があるんじゃなし……。』と信吾は自分を励ました。『それに加藤は未だ廻診から帰っていまい。』と考えると、『然《そ》うだ。玄関だけで挨拶を済まして、静子を伴れ出して帰ろうか。』と、つい卑怯な考えも浮かぶ。

『清子は甚麼《どんな》顔をするだろう？』という好奇心が起こった。と、

『私はあの、貴方の言葉一つで……。』と言って眤と瞳を据えた清子の顔が目に浮かんだ。

──それは去年の七月の末加藤との縁談が切迫《せっぱつま》って、清子がとある社《やしろ》の杜《もり》に信吾を呼び出した折のこと。──その眼には、「今迄この私は貴方の所有《もの》と許り思ってました。恁《こ》う思ったのは間違いでしょうか？」という、心を張りつめた美しい質問が涙と共に光っていた。二人の上に垂れた楓の枝が微風《そよかぜ》に揺れて、葉洩れの日影が清子の顔を明るくし又暗くしたことさえ、鮮かに思い出される。

　稚い時からの恋の最後《おわり》を、其時、二人は人知れず語ったのだ。……此追憶《おもいで》は、流石に信吾の心を軽くはしない。が、その時の事を考えると、『俺は強者だ。勝ったのだ。』という浅猿《あさま》しい自負心の満足が、信吾の眼に荒《すさ》んだ輝きを添える……。

　取済ました顔をして、信吾は大股に杖を医院の玄関に運んだ。

昔は町でも一二の浜野屋という旅籠屋であった、表裏に二階を上げた大きい茅葺家に、思切った修繕を加えて、玄関造にして硝子戸を立てた。その取ってつけた様な不調和な玄関には、『加藤医院』と鹿爪らしい楷書で書いた、まだ新しい招牌《かんばん》を掲げた。——開業医の加藤はもと他村の者であるが、この村に医者が一人も無いのを見込んで一昨年《おととし》の秋、この古家を買って移って来た。生まれ村では左程の信用もないそうだが、根が人好きのする男で、技術《うで》の巧拙《よしあし》よりは患者への親切が、先《ま》ず村人の気に入った。そして、村長の娘の清子と結婚してからは馬を買い自転車を買い、田舎者の目を驚かす手術台やら機械やらを置き飾って、隣村二ヶ村の村医までも兼ねた。

信吾が落ち着いた声で案内を乞うと、小生意気らしい十七八の書生が障子を開けた。其処は直ぐ薬局で、加藤の弟の代診をしている慎次が、何やら薄紅い薬を計量器《メートルグラス》で計っていた。

『や、小川さんですか。』と計量器を持った儘《まま》で、『さ何卒《どうぞ》お上り下さいまし。』と無理に擬《ま》ねた様な訛言《なまり》を使った。

そして『姉様《ねえさん》、姉様。』と声高く呼んで、『兄ももう帰る時分ですから。』

『は、有難う。妹は参っていませんですか?』

其処へ横合いの襖が開いて清子が出て来た。信吾を見ると、『呀《あ》。』と抑えた様な声を出して、膝をついて、『ようこそ。』と言うも口の中。信吾はそれに挨拶をし乍らも、頭を下げた清子の耳の、薔薇《そうび》の如く紅きを見のがさなかった。

『さ何卒《どうぞ》。静さんも待ってらっしゃいますから。』

『否《いや》、然《そ》うしては……。』と言おうとしたのを止して、信吾は下駄を脱いだ。処女《むすめ》らしい清子の挙動が、信吾の心に或る皮肉な好奇心を起こさしめたのだ。

五

二十分許り経って、信吾兄妹は加藤医院を出た。

一筋町を北へ、一町許り行くと、傾き合った汚らしい、家と家の間から、家路を左へ入る、路は此処から、水車場の前の小橋を渡って、小高い広い麦畑を過ぎて、阪を下りて、北上川に架けられた、鶴飼橋という吊橋を渡って十町許りで大字川崎の小川家に行く。落ちかけた夏の日が、熟して割れた柘榴《ざくろ》色の光線を、青々とした麦畑の上に流して、真面《まとも》に二人の顔を彩《いろど》った。

信吾は何気ない顔をして歩き乍らも心では清子の事を考えていた。僅か二十分許りの間、座には静子も居れば、加藤の母や慎次も交る〴〵挨拶に出た。信吾は極く物慣れた大人振った口をきいた。清子は茶を薦め菓子を薦めつゝ、唯淑《しとや》かに、口数は少なかった。そして男の顔を真面には得見なかった。

唯一度、信吾は対手を「奥様《おくさん》」と呼んで見た。清子は其時俯《うつむ》いて茶を注《つ》いでいたが、返事はしなかった。また顔も上げなかった。信吾は女の心を読んだ。

清子の事を考えると言っても、別に過ぎ去った恋を思い出しているのではない。また予期していた様な不快を感じて来たのでもない。寧ろ、一種の満足の情が信吾の心を軽くしている。一口に言えば、信吾は自分が何処までも勝利者であると感じたので。清子の挙動がそれを証明した。そして信吾は、加藤に対して些《すこ》しの不快な感を抱いていない、却ってそれに親しもう、親しんで而《そ》して繁く往来しよう、と考えた。

加藤に親しみ、清子を見る機会を多くする、――否、清子に自分を見せる機会を多くする。此方《こっち》が、清子を思っては居ないが、清子には何時までも此方を忘れさせたくない。それ許りでなく、猫が鼠を嬲《なぶ》る如く敗者の感情を弄ばうとする、荒んだ恋の驕慢《プライド》は、も一度清子をして自分の前に泣かせて見たい様な希望さえも心の底に孕んだ。

『清子さんは些《ちっ》とも変わらないでしょう。』と何かの序に静子が言った。静子は、今日の兄の応待振の如何にも大人びていたのに感じていた。そして、兄との恋を自ら捨てた女友《とも》が、今となって何故那麼《なぜあんな》未練気のある挙動《そぶり》をするだろう。否、清子は自ら恥じているのだ、其為に臆すのだ、と許り考えていた。

『些とも変わらないね。』と信吾は短い髭を捻った。『幸福に暮してると年は老《と》らないよ。』

『そうね。』

其話はそれ限《きり》になった。

『今日随分長く学校に被居《いらし》たわね。貴兄《あなた》智恵子さんに逢ったでしょう？』

『智恵子？　うん日向さんか。逢った。』

『何《ど》う思って、兄様は？』と笑を含む。

『美人だね。』と信吾も笑った。

『顔許りじゃないわ。』と静子は真面目な眼をして、『そりゃ好い方よ心も。私姉様の様に思ってるわ。』と言って、熱心に智恵子の性格の美しく清い事、其一例として、浜野（智恵子の宿）の家族の生活が殆んど彼女の補助によって続けられている事などを話した。

信吾は其話を、腹では真面目に、表面《うわべ》はにや〳〵笑い乍ら聴いていた。

二人が鶴飼橋へ差掛った時、朱盆の様な夏の日が岩手山の巓《いただき》に落ちて、夕映の空が底もなく黄橙色《だいだいいろ》に霞んだ。と、丈高い、頭髪《かみのけ》をモジャ〳〵さした、眼鏡をかけた一人の青年が、反対の方から橋の上に現れた。静子は、

『あら昌作叔父さんだわ。』と兄に囁《ささや》く。

『おーい。』と青年は遠くから呼んだ。

『迎いに来た。家じゃ待ってるぞ。』

言う間もなく踵を返して、今来た路を自暴《やけ》に大胯で帰って行く。信吾は其後姿を見送り乍ら、慭《あわ》れむ様な軽蔑した様な笑いを浮かべた。静子は心持眉を顰めて、『阿母《おっか》さんも酷《ひど》いわね。迎いなら昌作さんでなくたって可いのに！』と独語《ひとりごと》の様に呟《つぶや》いた。

【其三】

一

暁方《あけがた》からの雨は午《ひる》少し過ぎに霽《あが》った。庭は飛石だけ先《ま》ず乾いて、子供等の散らかした草花が生々としている。池には鯉が跳ねる。池の彼方が芝生の築山、築山の真上に姿優しい姫神山が浮かんで空には断《ちぎ》れ〲の白雲が流れた。——それが開放《あけはな》した東向の縁側から見える。地《つち》から発散する水蒸気が風なき空気に籠って、少し蒸す様な午後の三時頃。

『それで何で御座いますか、えゝ、お食事の方は？　矢張お進みになりませんですか？』と言い乍ら、加藤は少し腰を浮かして、静子が薦める金盥《かなだらい》の水で真似許り手を洗う。今しもお柳の診察——と言っても毎日の事でほんの型許り——が済んだところだ。

『はあ、怎うも。……それでいて恁う、始終《しょっちゅう》何か喰べて見たい様な気がしまして、一日口按排《あんばい》が悪う御座いましてね。』とお柳も披《はだ》った襟を合わせ、片寄せた煙草盆などを医師の前に直したりする。

痩せた、透徹るほど蒼白い、鼻筋の見事に通った、険のある眼の心持吊った——左褄とった昔を忍ばせる細面の小造りだけに遙《ずうっ》と若く見えるが、四十を越した証《しるし》は額の小皺に争われない。

『胃の所為《せい》ですな。』と頷いて、加藤は新しい手巾《ハンカチ》で手を拭き乍ら坐り直した。『で何です、明日からタカヂヤスターゼの錠剤を差上げて置きますから、食後に五六粒宛召上がって御覧なさい。え？　然《そ》うです。今までの水薬と散剤の外にです。噛砕《かみくだ》くと不味《まず》う御座いますから、微温湯《ぬるまゆ》か何かで其儘お嚥みになる様に。』と頤《おとがい》を突出して、喉仏を見せて嚥み下す時の様子をする。

見るからが人の好さ相な、丸顔に髭の赤い、でっぷりと肥った、色沢《いろつや》の好い男で、襟の塞った背広の、腿《もも》の辺が張り裂けそうだ。

茶を運んで来た静子が出てゆくと、奥の襖が開いて、巻莨《タバコ》の袋を摑んだ信吾が入って来た。

『や、これは。』と加藤は先《ま》ず挨拶する、信吾も坐った。

『ようこそ。暑いところを毎日御足労で……。』

『怎う致しまして。昨日はわざわざお立寄り下すった相ですが、生憎と芋田の急病人へ行っていたものですから失礼致しました。今度町へ被来《いらし》たら是非何卒《どうか》。』

『は、有難う。これから時々お邪魔したいと思ってます。』と莨に火を点《つけ》る。

『何卒そう願いたいんで。これで何ですからな、無論私などもお話相手には参りませんが、何しろ狭い村なんで。』

『で御座いますからね。』とお柳が引き取った。『これが（頤で信吾を指して）退屈をしまして、去年なんぞは貴方、まだ二十日も休暇《やすみ》が残ってるのに無理無体に東京に帰った様な訳で御座いましてね。今年はまた私が這麼にぶら〳〵していて思う様に世話もやけず、何彼と不自由をさせますもんですから、もう昨日あたりからぼつ〳〵小言が始まりましてね。ホ、、、。』

『然《そ》うですか。』と加藤は快活に笑った。

『それじゃ今年は信吾さんに逃げられない様に、成るべく早くお癒りにならなきゃ不可《いけ》ませんね。』

『え、もうお蔭様で、腰が大概良いもんですから、今日も恁うして朝から起きていますので。』

『何ですか、リウマチの方はもう癒ったんで？』と信吾は自分の話を避けた。

『左様、根治とはまあ行き難《にく》い病気ですが、……何卒。』と信吾の莨を一本取り乍ら、『撒里矢爾酸曹達《ちるさんそうだ》が阿母《おっか》さんのお体に合いました様で……。』とお柳の病気の話をする。

開放した次の間では、静子が茶棚から葉鉄《ぶりき》の罐を取り出して、麦煎餅か何か盆に盛っていたが、それを持って彼方《むこう》へ行こうとする。

『静や、何処へ？』とお柳が此方から小声に呼び止めた。

『昌作《おぢ》さん許《とこ》へ。』と振り返った静子は、立ち乍ら母の顔を見る。

『誰が来てるんだい？』と言う調子は低いながらに譴《たしな》める様に鋭かった。

二

『山内様《さん》よ。』と、静子は温《おと》なしく答えて心持顔を曇らせる。

『然うかい。三尺さんかい！』とお柳は蔑《さげす》む色を見せたが、流石に客の前を憚《はばか》って、『ホホ、、。』と笑った。

『昌作さんの背高《のっぽ》に山内さんの三尺じゃ釣り合わないやね。』

『昌作さんにお客？』と信吾は母の顔を見る。其間に静子は彼方の室へ行った。

『然《そ》うだとさ。山内さんて、登記所のお雇さんでね、月給が六円だとさ。何で御座いますね。』と加藤の顔を見て、『然う言っちゃ何ですけれど、那麽《あんな》小さい人も滅多にありませんねえ、家《うち》じゃ子供らが、誰が教えたでもないのに三尺さんという綽名《あだな》をつけましてね。幾何《いくら》叱ってても山内さんを見りゃ然う言うもんですから困って了いますよ。ホホ、、。七月児《ななつきご》だってのは真個《ほんと》で御座いましょうかね？』

『ハッハ、、。怎うですか知りませんが、那麽《あんな》に生まれついちゃお気の毒なもんですね。顔だっても綺麗だし、話して見ても色んな事を知ってますが……。』

『えゝえゝ。』とお柳は俄かに真面目臭った顔をして、

『そりゃあもう山内さんなんぞは、体こそ那麽《あんな》でも、兎に角一人で喰って行くだけの事をしてらっしゃるんだから立派なもので御座いますが、昌作叔父さんと来たらまあ怎うでしょ

う！　町の人達も嘸《さぞ》小川の剰《あまさ》れ者だって笑ってるだろうと思いましてね。』

『其麼《そんな》ことは御座いません……。』

と加藤が何やら言おうとするのを、お柳は打ち消す様にして、

『学校は勝手に廃《や》めて来るし、あゝして毎日碌々《ごろごろ》していて何をする積もりなんですか。私は這麼《こんな》性質ですから諄々《つべこべ》言って見ることも御座いますが、人の前じゃ眼許りぱちぱちさしていて、からもう現時《いま》の青年《わかいもの》の様じゃありませんので。お宅にでも伺った時は何とか忠告して遣って下さいましょ。』

『ハハ、、。否《いや》、昌作さんにした所で何か屹度大きい御志望を有《も》って居られるんでしょうて。それに何ですな、譬《たと》え何を成さるにしても、あの御体格なら大丈夫で御座いますよ。……昌作さんも何ですが（と信吾を見て）失礼乍ら貴君も好い御体格ですな。五寸……六寸位はお有りでしょうな？　何方がお高う御座います？』

気の無い様な顔をして煙りを吹いていた信吾は、『さあ、何方《どっち》ですか。』と、吐月峯《はいふき》に莨の吸殻を突込む。

『何方ももう背許り延びてから役に立ちませんので、……電信柱にでも売らなきゃ一文にもなるまいと申していますんで。ホホ、、、。』と、お柳は取って付けた様に高笑いする。加藤も為方《しかた》なしに笑った。

十分許り経って加藤は自転車で帰って行った。信吾は玄関から直ぐ書斎の離室《はなれ》へ引き返そ

うとすると
『信吾や、まあ可いじゃないか。』と言って、お柳は先刻の座敷に戻る。

『お父様《とうさん》は今日も役場ですか?』と、信吾は縁側に立って空を眺めた。

『然《そ》うだとさ、何の用か知らないが……町へ出さえすりゃ何日でも昨晩の様に酔っぱらって来るんだよ。』と、我子の後姿を仰ぎ乍ら眉を顰める。

『為方がない、交際《つきあい》だもの。』と投げる様に言って、敷居際に腰を下した。

『時にね。』とお柳は顔を和《やわら》げて、『昨晩の話だね。お父様のお帰りで其儘になったっけが、お前よく静に言ってお呉れよ。』

『何です、松原の話?』

『然うさ。』と眼をまじ〱する。

信吾は霎時《しばらく》庭を眺めていたが、『まあ可いさ。休暇中に決めて了ったら可いでしょう?』

と言って立ち上がる。

『だけどもね……。』

『任《まか》して置きなさい。俺も少し考えて見るから。』と叱り付ける様に言って、まだ何か言いたげな母の顔を上から見下した。そして我が室《へや》へは帰らずに、何を思ってか昌作の室の方へ行った。

三

穢苦《むさくる》しい六畳室の、西向の障子がパッと明るく日を享《う》けて、室一杯に莨の煙が蒸した。信吾が入って来た時、昌作は、窓側の机の下に毛だらけの長い脛を投げ入れて、無態《ぶざま》に頬杖をついて熱心に喋《しゃべ》っていた。

山内謙三は、チョコナンと人形の様に坐って、時々死んだ様に力のない咳《せき》をし乍ら、狡《ずる》そうな眼を輝かして温《おと》なしく聞いている。萎《な》えた白絣の襟を堅く合わせて、柄に合わぬ縮緬の大幅の兵子帯を、小さい体に幾廻りも捲いた、狭い額には汗が滲んでいる。

二人共、この春徴兵検査を受けたのだが、五尺足らずの山内は誰が目にも十七八にしか見えない。それでいて何処か挙動が老人染みてもいる。昌作の方は、背の高い割に肉が削《こ》けて、漆黒《まっくろ》な髪をわざとモジャ〳〵長くしてるのと、度の弱い鉄縁の眼鏡を掛けてるのとで二十四五にも見える。

『……然《そ》うじゃないか、山内さん。俺はあの時、奈何《どう》してもバイロンを死なしたくなかった。彼にして死なずんばだな。山内さん、甚麼偉《どんなえら》い事をして呉れたか知れないじゃないか！　それを考えると俺は、夜寝てゝもバイロンの顔が……』と景気づいて喋《しゃべ》っていた昌作は、信吾の顔を見ると神経的に太い眉毛を動かして、『実に偉い！』と俄かに言葉を遁がした。そして可厭《いや》な顔をして、口を噤んだ。

信吾はにや〳〵笑い乍ら入って来て、無造作に片膝を付く。と見ると山内は喰かけの麦煎餅の遺場に困った様に臆病らしくモジ〳〵して、顔を赧めて頭を下げた。

『貴方は山内さんですね？』と信吾は鷹揚に見下す。

『は。』と又頭を下げて、其拍子に昌作の方をチラと偸視《ぬす》む。

『何です、昌作さん？　大分気焔の様だね。バイロンが怎《ど》うしたんです？』と信吾は矢張にや〳〵して言う。

『怎うもしない。』と、昌作は不愉快な調子で答えた。

『怎うもしない？　ハ、、、。何ですか、貴方もバイロンの崇拝者で？』と山内を見る。

『は、否《いいえ》。』と喉《のど》が塞《つま》った様に言って、山内は其狡《ずる》そうな眼を一層狡そうに光らして、短かい髭を捻っている信吾の顔をちらと見た。

『然《そ》うですか。だが何だね、バイロンは最《も》う古いんでさ。あんなのは今じゃ最う古典《クラシック》になってるんで、彼国《むこう》でも第三流位にしきゃ思ってないんだ。感情が粗雑で稚気があって、独《ひとり》で感激してると言った様な詩なんでさ。新時代の青年が那麼《あんな》古いものを崇拝してちゃ為様《しよう》が無いね。』

『真理と美は常に新しい！』と、一度砂を潜《もぐ》った様にざらざらした声を少し顫《ふる》わして、昌作は倦怠相《けだるそう》に胡座《あぐら》をかく。

『ハッハ、、。』と、信吾は事も無げに笑った。『だが何かね？　昌作さんはバイロンの詩を何《ど》れ〳〵読んだの？』

昌作の太い眉毛が、痙攣《ひきつ》ける様にぴりりと動いた。山内は臆病らしく二人を見ている。

『読まなくちゃ為様が無い！』と嘲る様に対手の顔を見て、

『読まなくちゃ崇拝もない。何処を崇拝するんです？』

と揶揄《からか》う様な調子になる。

『信吾や。』と隣の室からお柳が呼んだ。『富江さんが来たよ。』

昌作はじろりと其方を見た。そして信吾が山内に挨拶して出てゆくと、不快な冷笑を憚《はばか》りもなく顔に出して、自暴《やけ》に麦煎餅を頬張った。

次の間にはお柳が不平相な顔をして立っていて、信吾の顔を見るや否や、『何だねえお前、那麼奴等《あんな》の対手になってさ！　九月になりゃ何処かの学校へ代用教員に遣るって阿父様《おとうさん》が然《そ》う言ってるんだから、那麼愚物《あんなばか》にゃ構わずにお置きよ。お前の方が愚物《ばか》になるじゃないか！』

と、険のある眼を一汐《ひとしお》激しくして譴《たしな》める様に言った。

彼方《むこう》の室からは子供らの笑声に交って、富江の躁《はしゃ》いだ声が響いた。

【其四】

一

遠くから見ただけの人は、智恵子をつんと取済した、愛相のない、大理石の像の様に冷たい女とも思う。が、一度近づいて見ては、その滑《なめら》かな美しい肌の下に、晴朗《ぱっちり》とした黒味勝の眼の底の、温かい心を感ぜずには居られぬ。

同情《おもいやり》の深い智恵子は、宿の子供――十歳《とお》になる梅ちゃんと五歳《いつつ》の新坊――が、もう七月になったのに垢染みた袷を着て暑がってるのを、例《いつ》もの事ながら見るに見兼ねた。今日は幸い土曜日なので、授業が済むと直ぐ帰った。そして、帰途《かえり》に買って来た――一円某の安物ではあるが――白地の荒い染の反物を裁《た》って、二人の単衣を仕立に掛った。

障子を開けた格子窓の、直ぐ下から青い田が続いた。其青田を貫いて、此家の横から入った寺道が、二町許りを真直《まっしぐら》に、宝徳寺の門に隠れる。寺を囲んで蓊鬱《こんもり》とした杉の木立の上には、姫神山が金字塔《ピラミット》の様に見える。午後の日射は青田の稲のそよぎを生き〳〵と照らして、有るか無きかの初夏の風が心地よく窓に入る。壁一重の軒下を流れる小堰《こぜき》の水に、蝦を掬う子供等の叫び、さては寺道を山や田に往き返りの男女の暢気《のんき》の濁声《だみごえ》が手にとる様に聞こえる――智恵子は其聞苦しい訛にも耳慣れた。去年の秋転任になってから、もう十ヶ月を此村に過したので。

隣室からは、床に就いて三月にもなる老女の、幽かな呻き声が聞こえる。主婦《あるじ》のお利代は盥《たらい》を門口に持ち出して、先刻《さきほど》からぱちゃ〳〵と洗濯の音をさしている。智恵子は白い布《きれ》を膝に披げて、余念もなく針を動かしていた。

子供の衣服《きもの》を縫う——という事が、端なくも智恵子をして亡き母を思い出させた。智恵子は箪笥の上から、葡萄色天鵞絨《えびいろビロード》の表紙の、厚い写真帖を取り下ろして、机の上に展《ひら》いた。

何処か俤《おもかげ》の肖通《にかよ》った四十許りの品の良い女の顔が写されている。智恵子はそれに懐し気な眼を遣り乍ら針の目を運んだ。亡き母！……智恵子の身にも悲しき追憶《おもいで》はある。生まれたのは盛岡だと言うが、まだ物心付かぬうちから東京に育った……父が長いこと農商務省に技手をしていたので……十五の春御茶の水女学校に入るまで、小学の課程は皆東京で受けた。智恵子が東京を懐しがるのは、必ずしも地方に育った若い女の虚栄と同じではなかった。十六の正月、父が俄かの病で死んだ。母と智恵子は住み慣れた都を去って、盛岡に帰った。——唯一人の兄が県庁に奉職していたので。——浮世の悲哀というものを、智恵子は其の時から知った。間もなく母は病んだ。兄には善からぬ行いがあった。智恵子は学校にも行けなかった。教会に足を入れ初めたのは其頃で。

長患いの末、母は翌年《あくるとし》になって遂に死んだ。程なく兄は或る芸妓を落籍《ひか》して夫婦になった。智恵子は其賎き女を姉と呼ばねばならなかった。遂に兄の意に逆って洗礼を受けた。

智恵子は堅くも自活の決心をした。そして、十八の歳に師範学校の女子部に入って、去年の春首尾克《よ》く卒業したのである。兄は今青森の大林区署《だいりん》に勤めている。父は厳しい人で、母は優しい人であった。その優しかった母を思い出す毎に智恵子は東京が恋しくてならぬ。住居は本郷の弓町であった。四室《よま》か五室《いつま》の広からぬ家ではあったが、……玄関の脇の四畳が智恵子の勉強部屋にされていた。衡門《かぶきもん》から筋向かいの家に、それは〳〵大きい楠が一株《ひともと》、雨も洩さぬ程繁った枝を路の上に拡げていた。――静子に訊けば、それが今猶残っていると言う。

『那《あ》の辺の事を、怎《ど》う変わったか詳しく小川さんの兄様に訊いて見ようか知ら！』とも考えてみた。そして、『訊いた所で仕方がない！』と思い返した。

と、門口に何やら声高に喋る声が聞こえた。洗濯の音が止んだ。『六銭。』という言葉だけは智恵子の耳にも入った。

二

すると、お利代の下駄を脱ぐ音がして、軽い跫音《あしおと》が次の間に入った。

何やら探す様な気勢《けはい》がしていたが、鏗《がちゃ》りと銅貨の相触れる響。――霎時《しばし》の間何の物音もしない、と老女の枕元の障子が静かに開いて、窶《やつ》れたお利代が顔を出した。

『先生、何とも……。』と小声に遠慮し乍ら入って来て、『あの、これが来まして……。』と言悪気《いいにくげ》に膝をつく。

『何です！』と言って、見ると、それは厚い一封の手紙、（浜野お利代殿）と筆太に書かれて、不足税の印が捺してある。

『細かいのが御座んしたら、あの、一寸二銭だけ足りませんから……。』

『あ、然う？』と皆まで言わせず軽く答えて、智恵子はそれを出してやる。お利代は極り悪気にして出て行った。

智恵子は不図針の手を留めて、『子供の衣服《きもの》よりは、お銭《あし》で上げた方が好かったか知ら！』と、考えた。そして直ぐに、『否《いいや》、まだ有るもの！』と、今しも机の上に置いた財布《かみいれ》に目を遣った。幾何《いくら》かの持越と先月分の俸給十三円、その内から下宿料や紙筆油などの雑用の払いを済まし、今日反物を買って来て、まだ五円許りは残ってるのである。

お利代は直ぐ引き返して来て、櫛巻にした頭に小指を入れて掻き乍ら、

『真個《ほんとう》に何時も〳〵先生に許り御迷惑をかけて。』と言って、潤みを有《も》った大きい眼を気の毒相に瞬《しばたた》く。左の手にはまだ封も切らぬ手紙を持っていた。

『まあ其麼《そんな》こと！』と事も無げに言ったが、智恵子は心の中で、此女《このひと》にはもう一銭も無いのだと考えた。

『今夜あの衣服《きもの》を裁縫《こしら》えて了えば、明日幾何《いくら》か取れるので御座んすけれど……唯《たった》四銭しか無かったもんですから。』

『小母さん！』と智恵子は口早に圧付《おしつ》ける様に言った。そして優しい調子で、

『私小母さんの家の人よ。じゃなくって？』

初めて聞いた言葉ではないが、お利代は大きい眼を瞠《みは》って昵《じっ》と智恵子の顔を見た。何と答えて可いか解らないのだ。

母は早く死んだ。父は家産を倒して行方が知れぬ。先夫は良い人であったが、梅という女児《こども》を残して之も行方知れず（今は函館にいるが）二度目の夫は日露の戦に従って帰らずになった。何か軍律に背いた事があって、死刑にされたのだという。七十を越した祖母一人に子供二人、己が手一つの仕立物では細い煙も立て難くて、一昨年《おととし》から女教師を泊めた。去年代わった智恵子にも居て貰うことにした。この春祖母が病み付いてからは、それでも足らぬ。足らぬ所は何処から出る？　智恵子の懐から！

言って見れば赤の他人だ。が、智恵子の親切は肉身の姉妹も及ばぬとお利代は思っている。美しくって、優しくって、確固《しっかり》した気立、温かい情《こころ》……かくまで自分に親しくしてくれる人が、またと此世にあろうかと、悲しきお利代は夜更けて生活《なりわい》の為の裁縫をし乍らも、思わず智恵子の室に向いて手を合わせる事がある。智恵子を有難いと思う心から、智恵子の信ずる神様も有難いものに思った。

『あの……小母さん。』と智恵子はやや躊躇《ためら》い乍ら、机の上の財布を取って其中から紙幣を一枚、二枚、三枚……若しや軽蔑したと思われはせぬかと、直ぐにも出しかねて右の手に握ったが、

『あの、小母さん、私小母さんの家の人よ。ね。だからあの毎日我儘《まま》許りしてるんですから悪く思わないで頂戴よ。ね。私小母さんを姉さんと思っているんですから。』

『それはもう……』と言って、お利代は目を落として畳に片手をついた。

『だからあの、悪く思われる様だと私却って済まないことよ。ね。これはほんのお小遣よ。祖母さんにも何か……』と言い乍ら握ったものを出すと、俯いたお利代の膝に龍鍾《はらはら》と霰の様な涙が落ちる。と見ると智恵子はぐっと胸が迫った。

『小母さん！』と、出した其手で矢庭に畳に突いたお利代の手を握って、『神よ！』と心に叫んだ。『願わくば御恵《みめぐみ》を垂れ給え！』と瞑ぢた其眼の長い睫毛を伝って、美しい露が溢れた。

三

『あゝ、。』という力無い欠伸が次の間から聞こえて、『お利代、お利代。』と、嗄れた声で呼び、老女が目を覚まして、寝返りでも為たいのであろう。

智恵子は、はっとした様に手を引いた。お利代は涙に濡れた顔を挙げて、『は、只今。』と答えたが、其顔に言う許りなき感謝の意《こころ》を湛えて、『一寸』と智恵子に会釈して立つ。急がしく涙を拭って、隔ての障子を開けた。

其後姿を見送った目を其処に置いて行った手紙の上を移《ママ》して、智恵子は眤と呼吸を凝《こら》した。

神から授った義務を果たした様な満足の情が胸に溢れた。そして、『私に出来るだけは是非して上げねばならぬ！』と自分に命ずる様に心に誓った。

『あゝ、よく寝た。もう夜が明けたのかい、お利代？』と老女《としより》の声が聞こえる。

『ホホ、、、今午後《ひるすぎ》の三時頃ですよ祖母さん。お気分は？』

『些《ちっ》とも平生《ふだん》と変わらないよ。なにか、先生はもうお出掛けか？』

『否《いいえ》、今日は土曜日ですから先刻《さっき》にお帰りになりましたよ。そしてね祖母さん、あの、梅と新坊に単衣を買って来て下すって、今縫って下すってるの。』

『呀《おや》、然うかい。それじゃお前、何か御返礼に上げなくちゃ不可《いけ》ないよ。』

『まあ祖母さんは！　何時でも昔の様な気で……。』

『ホ、、。然《そ》うだったかい。だがねお利代、お前よく気を付けてね、先生を大事にして上げなけりゃ不可《いけ》ないよ。今度の先生の様に良い人はお前、何処へ行ったって有るものじゃないよ。』と子供にでも訓《おし》える様に言う。

智恵子はそれを聞くと、又しても眼の底に涙の鍾《あつま》るを覚えた。

『あ痛、あ痛、寝返りの時に限ってお前は邪慳《じゃけん》だよ。』と、今度はお利代を叱っている。智恵子は気が付いた様に、また針を動かし出した。

五分許り経ってお利代が再び入って来た時は、何を泣いてか其頬に新しい涙の痕が光っていた。

『お気分が宜い様ね？』

『は。もう夜が明けたかなんて恍《とぼ》けて……。』と少し笑って、『皆先生のお蔭で御座います。』

『まあ小母《おば》さんは！』と同情深い眼を上げて、『小母《おば》さんは何だわね、私を家の人の様にはして下さらないのね？』

『ですけれど先生、今もあのお祖母さんが、先生の様な人は何処に行っても無いと申しまして……。』

と、流石は世慣れた齢《とし》だけに厚く礼を述べる。

『辛いわ、私！』と智恵子は言った。

『何も私なんかに然《そ》う被仰《おっしゃ》る事はなくてよ、小母さんの様に立派な心掛を有ってる人は、神様が助けて下さるわ。』

『真個《ほんと》に先生、生きた神様ったら先生の様な人かと思いまして。』

『まあ！』と心から驚いた様な声を出して、智恵子は涼しい眼を瞠《みは》った。其麼事《そんなこと》被仰《おっしゃ》るもんじゃないわ。』

『は。』と言ってお利代は俯いた。今の言葉を若しやお世辞とでも取られたかと思ったのだろう。手は無意識に先刻の手紙に行く。

『あら小母さん、お手紙御覧なさいよ。何処から？』

『は。』と目を上げて、『函館からですの。……あの梅の父から。』と心持極り悪気に言う。

『ま、然う？』と軽く言ったが、悪い事を訊いたと心で悔《くや》んだ。

『あの、先月……十日許り前にも来たのを、返事を遣らなかったもんですから……』と言ってる時、門口に人の気勢《けはい》。

『日向さんは？』

『静子さんですよ。』と囁《ささや》いたお利代は急いで立つ。

『小母さん、これ。』と智恵子は先刻の紙幣を指さしたのでお利代は『それでは！』と受け取って室を出た。

四

挨拶が済むと、静子は直ぐ、智恵子が片付けかけた裁縫物に目をつけて、『まあ好い柄ね。』

『でも無いわ。』

『貴女《あなた》んの？』

『まさか！　這麼《こんな》小さいの着られやしないわ。』と、笑い乍ら縫掛けのそれを抓《つま》んで見せる。

『梅ちゃんの？』と少し声を潜めた。

『え、新坊さんと二人《ふたあり》の。』

『然う？』と言って、静子は思い有気《ありげ》な眼付をした。無論、智恵子が買ってくれたものと心に察したので。

智恵子は身の周囲《まわり》を取片付けると、改めて嬉気《うれしげ》な顔をして、『よく被来《いらし》ったわね！』

『貴女は些《ちっ》とも被来《いらし》って下さらないのね？』

『済まなかったわ。』と何気なく言ったが、一寸目の遣場《やりば》に困った。そして、微笑《ほほえ》んでる様な静子の目と見合わせると色には出なかったが、ぽっと顔の赧《あから》むを覚えた。静子清子の外には友も無い身の、（富江とは同僚乍ら余り親しくなかった。）小川家にも一週に一度は必ず訪ねる習慣であったのに、信吾が帰ってからは、何という事なしに訪ねようとしなかった。

『今日はお忙しくって？』

『否《いいえ》。土曜日ですもの、緩《ゆっく》りしてらしても可いわね』

『可けないの。今日は私、お使いよ。』

『でもまあ可いわ。』

『あら、貴女のお迎いに来たのよ。今夜あの、宅《うち》で歌留多会を行《や》りますから母が何卒《どうぞ》って。

……被来《いらっしゃ》るわね？』

『歌留多、私取れなくってよ。』

『まあ、貴女御謙遜ね？』

『真個《ほんと》よ。随分久しく取らないんですもの。』

『可いわ。私だって下手《へた》ですもの。ね、被来《いらっしゃ》るわね？』

と静子は姉にでも甘える様な調子。

『然うね？』と智恵子は、心では行く事に決めてい乍ら、余り気の乗らぬ様な口を利いて、

『誰々？　集るのは？』

『十人許《ばか》しよ。』

『随分大勢ね？』

『だって、宅許りでも選手《チャンピオン》が三人いるんですもの。』

『おや、その一人は？』と智恵子は調戯《からか》う様に目で笑う。

『此処に。』と頤で我が胸を指して、『下手組の大将よ。』と無邪気に笑った。

智恵子は、信吾が帰ってからの静子の、常になく生々と噪《はしゃ》いでいることを感じた。そして、それが何かしら物足らぬ様な情緒《こころもち》を起こさせた。自分にも兄がある。然し、その兄と自分との間に、何の情愛がある？

智恵子は我知らず気が進んだ。『何時《なんじ》から？　静子さん。』

『今直ぐ、何にも無いんですけど晩餐《ごはん》を差上げてから始めるんですって。私これから、清子さんと神山さんをお誘いして行かなきゃならないの。一緒に行って下すって？　済まないけど。』

『は。貴女となら何処までゞも。』と笑った。

やがて智恵子は、『それでは一寸。』と会釈して、『失礼ですわねえ。』と言い乍ら、室の隅で着換えに懸ったが、何を思ってか、取り出した衣服は其儘に、着ていた紺絣の平常着《ふだんぎ》へ、

袴だけ穿いた。

　其後姿を見上げていた静子は、思い出す事でもあるらしく笑を含んでいたが少し小声で、

『あの、山内様ね。』

『え。』と此方へ向く。

『あのう……』と、智恵子の真面目な顔を見ては悪いことを言出したと思ったらしく、心持極り悪気に頬を染めたが、『詰まらない事よ。……でも神山さんが言ってるの。あの、少し何してるんですって、神山さんに。』

『何してるって、何を？』

『あら！』と静子は耳まで紅くした。

『まさか！』

『でも富江さん自身で被仰《おっしゃ》ったんですわ。』と、自分の事でも弁解する様に言う。

『まあ彼《あ》の方は！』と智恵子は少し驚いた様に目を瞠《みは》った。それは富江の事を言ったのだが、静子の方では、山内の事の様に聞いた。

　程なくして二人は此家を出た。

五

二人が医院の玄関に入ると、薬局の椅子に靠《もた》れて、処方簿か何かを調べていた加藤は、やおら其帳簿を伏せて快活に迎えた。

『や、婦人隊の方は少々遅れましたね、昌作さんの一隊は二十分許り前に行きましたよ。』

『然《そ》うで御座いますか。あの慎次さんも被来《いらし》って？』

『は。弟は歌留多を取った事がないてんで弱ってましたが、到頭引っ張られて行きました。まお上がんなさい。こら、清子、清子。』

そして、清子の行く事も快く許された。

『貴君も如何で御座いますか？』と智恵子が言った。

『ハッハ、、、私は駄目ですよ、生まれてから未だ歌留多に勝った事がないんで……だが何です、負傷者でもある様でしたら救護員として出張しましょう。』

清子が着換の間に、静子は富江の宿を訪ねたが、一人で先に行ったという事であった。

三人の女傘《かさ》が後になり先になり、穂の揃った麦畑の中を睦《むつま》し気に川崎に向かった。丁度鶴飼橋の袂に来た時、其処で落合う別の道から山内と出会《でくわ》した。山内は顔を真赤《まっか》にして会釈して、不即不離《つかずはなれず》の間隔をとって、いかにも窮屈らしい足取で、十間許り前方《まえ》をちょこ〳〵と歩いた。

程近い線路を、好摩《こうま》四時半発の上り列車が凄じい音を立てゝ過ぎた頃、一行は小川家に着いた。噪《はしゃ》いだ富江の笑声が屋外までも洩れた。岩手山は薄紫に曙《ぼ》けて、其肩近く静なる夏の日が傾いていた。

富江の外に、校長の進藤、準訓導の森川、加藤の弟の慎次、農学校を卒業したという馬顔の沼田、それに巡回に来た松山という巡査まで上り込んで、大分話が賑っていた。其処へ山内も交った。

女組は一先《ひとま》ず別室に休息した。富江一人は彼室《あちら》へ行き此室《こちら》へ行き、宛然《さながら》我家の様に振る舞った。お柳は朝から口喧しく台所を指揮《さしず》していた。

晩餐の際には、厳めしい口髭を生やした主人の信之も出た。主人と巡査と校長の間に持ち上がった鮎釣《あゆかけ》の自慢話、それから、此近所の山にも猿が居る居ないの議論――それが済まぬうちに晩餐は終わって巡査は間もなく帰った。

やがて信吾の書斎にしている離室《はなれ》に、歌留多の札が撒《ま》かれた。明るい五分心の吊洋燈《つるしランプ》二つの下に、入交りに男女の頭が両方から突合って、其下を白い手や黒い手が飛ぶ。行儀よく並んだ札が見る間に減って、開放《あけはな》した室が刻々に蒸熱《むしあつ》くなった。智恵子の前に一枚、富江の前に一枚……頬と頬が触れる許りに頭が集る。『春の夜の――』と山内が妙に気取った節で読み上げると、『萬歳っ。』と富江が金切声で叫んだ。智恵子の札が手際よく抜かれて、第一戦は富江方の勝に帰した。智恵子、信吾、沼田、慎次、清子の顔には白粉が塗られた。信吾の片髭が白くなったのを指さして、富江は声の限り笑った。一同《みんな》もそれに和した。沼田は片肌を脱ぎ、森川は立襟の洋服の釦を脱《はず》して風を入れ乍ら、乾き掛った白粉で皮膚が痙攣《ひきつ》る様なのを気にして、顔を妙にもぐ〳〵さしたので、一同は復《また》笑った。

『今度は復讐しましょう。』と信吾が言った。

『ホホ、、。』と智恵子は唯笑った。

『新しく組を分けるんですよ。』と、富江は誰に言うでもなく言って、急《いそが》しく札を切る。

六

二度目の合戦が始まって間もなくであった。静子の前の「たゞ有明」の札に、対合《むかいあ》った昌作の手と静子の手と、殆んど同時に落ちた。此方が先だ、否、此方が早いと、他の者まで面白ずくで騒ぐ。

『敗《ま》けてお遣りよ。昌作さんが可哀想だから。』と見物していたお柳が喙《くち》を容れた。

不快な顔をして昌作は手を引いた。静子は気の毒になって、無言で昌作の札を一枚自分の方へ取った。昌作はそれを邪慳に奪い返した。其合戦が済むと、昌作は無理に望んで読み手になった。そして到頭終いまで読み手で通した。

何と言っても信吾が一番上手であった。上の句の頭字を五十音順に列べた其配列法が、最初少からず富江の怨みを買った。しかし富江も仲々信吾に劣らなかった。そして組を分ける毎に、信吾と敵になるのを喜んだ。二人の戦いは随分目覚ましかった。

信吾に限らず、男という男は、皆富江の敏捷《すばしこ》い攻撃を蒙った。富江は一人で嘸《はしや》ぎ切って、遠慮もなく対手の札を抜く、其抜方が少し汚くて、五回六回と続くうちに、指に紙片《かみきれ》で繃帯する者も出来た。

そして富江は、一心になって目前《めのまえ》の札を守っている山内に、隙さえあれば遠くからでも襲撃を加えることを怠らなかった。其度、山内は上気した小さい顔を挙げて、眼を三角にして怨むが如く富江の顔を見る。『ホホ、、。』と、富江は面白気に笑う。静子と智恵子は幾度か目を見合わせた。

一度、信吾は智恵子の札を抜いたが、汚かったと言って遂に札を送らなかった。次いで智恵子が信吾のを抜いた。

『いや、参りました。』と言って、信吾は強いて、一枚貰った。

其合戦の終わりに、信吾と智恵子の前に一枚宛残った。昌作は立って来て覗いていたが、気合を計って、

『千早ふる——』と叫んだ。それは智恵子の札で、信吾の敗となった。

『まあ此人は！』と、富江はしたゝか昌作の背を平手で擲《どや》しつけた。昌作は赤くなった顔を勃《むっ》とした様に口を尖らした。

可哀想なは慎次で、四五枚の札も守り切れず、いざとなると可笑しい身振をして狼狽《まごつ》く。

それを面白がったのは嫂の清子と静子であるが、其狼狽方《まごつきかた》が故意《わざ》とらしくも見えた。滑稽でもあり気の毒でもあったのは校長の進藤で、勝敗がつく毎に鯰髭を捻っては、

『年を老ると駄目です喃《なあ》。』

と啣《こぼ》していた。一度昌作に代わって読み手になったが、間違ったり吃ったりするので、二十枚と読まぬうちに富江の抗議で罷《や》めて了った。

我を忘れる混戦の中でも、流石に心々の色は見える。静子の目には、兄と清子の間に遠慮が明瞭《ありあり》と見えた。清子は始終敬虔《つゝまし》くしていたが、一度信吾と並んで坐った時、いかにも極り悪気であった。その清子の目からは亦信吾の智恵子に対する挙動が、全くの無意味には見えなかった。そして富江の阿婆摺《あばず》れた調子、殊にも信吾に対する狃《なれなれ》々しい態度は、日頃富江を心に軽んじている智恵子をして多少の不快を感ぜしめぬ訳にいかなった。

九時過ぎて済んだ、茶が出、菓子が出る。残りなく白粉の塗られた顔を、一同は互いに笑った。消さずに帰る事と誰やらが言出したが、智恵子清子静子の三人は何時の間にか洗って来た。富江が不平を言い出して、三人に更めて付けようと騒いだが、それは信吾が宥《なだ》めた。そして富江は遂に消さなかった。森川は上衣の釦《ボタン》をかけて、乾いた手巾《ハンカチ》で顔を拭いた。宛然《さながら》厚化粧した様になって、黒い歯の間に一枚の入歯が、殊更らしく光った。妖怪《おばけ》の様だと言って一同がまた笑った。

やがてどや〳〵と帰路《かえりみち》についた。信吾兄妹も鶴飼橋まで送ると言って一同と一緒に戸外に出た。雲一つなき天に片割月が傾いて、静かにしっとりとした夜気が、相応に疲れている各々

の頭脳《あたま》に、水の如く流れ込んだ。

七

淡い夜霧が田畑の上に動くともなく流れて、月光が柔かに湿《うるお》うている。夏もまだ深からぬ夜の甘さが、草木の魂を蕩《とろ》かして、天地は限りなき静寂の夢を罩《こ》めた。見知らぬ郷の音信の様に、北上川の水瀬の音が、そのしっとりとした空気を顫わせる。

男も女も、我知らず深い呼吸をした。各々の疲れた頭脳は、今までの華やかな明るい室の中の様と、この夜の村の静寂の間の関係を、一寸心に見出しかねる……と、眼の前に歌留多の札がちらつく。歌の句が片々に混雑《こんがらが》って、唆《そそ》るように耳の底に甦《よみがえ》る。『あの時――』と何やら思い出される。それが余りに近い記憶なので却って全体《みな》まで思い出されずに消えて了う。四辺《あたり》は静かだ。湿《しめ》った土に擦《す》れる下駄の、音が取留めもなく縺《もつ》れて、疲れた頭が直ぐ朦々《もやもや》となる。霎時《しばし》は皆無言で足を運んだ。

田の中を透《うね》った路が細い。十人は長い不規則な列を作った。最先《まっさき》に沼田が行く。次は富江、次は慎次、次は校長……森川山内と続いて、山内と智恵子の間は少し途断《とぎ》れた。智恵子のすぐ後ろを、背《たけ》高い信吾が歩いた。

智恵子は甘い悲哀《かなしみ》を感じた。若い心はうっとりとして、何か憑《こ》う、自分の知らなんだ境を見て帰る様な気持である。詰まらなく騒いだ！　とも思える。楽しかった！　とも思える。そして、心の底の何処かでは、富江の阿婆摺《あばず》れた噪《はしゃ》ぎ方が、不愉快でならなかった。そして、何という訳もなしに直ぐ後ろから跟《つ》いて来る信吾の跫音が心にとまっていた。

其姿は、何処か、夢を見ている人の様に悄然《しょんぼり》としていた、髪も乱れた。

先《ま》ず平生の心に帰ったのは富江であった。『ね、沼田さん。あの時そら貴方の前に「むべ山」があったでしょう？　あれが私の十八番《おはこ》ですの。屹度抜いて上げましょうと思って待ってると、信吾さんに札が無くなって、貴方が「むべ山」と「流れもあへぬ」を信吾さんへ遣ったでしょう？　私厭になっちまいましたよ。ホホ、、。』と、先刻《さっき》の事を喋《しゃべ》り出した。『ハハ、、。』と四五人一度に笑う。

『森川さんの憎いったらありゃしない。那麼《あんな》に乱暴しなくたって可いのに、到頭「声きく時」を裂《さ》いちまった……。』

と、富江は気に乗って語り継《つ》ぐ。

信吾は、間隔《あいだ》を隔《へだた》っている為か、何も言わなかった。笑いもしなかった。其心は眼前の智恵子を追うていた。そして、其後の清子の心は信吾を追うていた。其又後ろの静子の心は清子を追うていた。そして、四人共に何も言わずに足を運んだ。

路が下田路に合ってやや広くなった。前の方の四五人は、甲高い富江の笑声を囲んで一団になった。町帰りの酔漢《よいどれ》が、何やら呟《つぶや》き乍ら蹣跚《よろよろ》とした歩調《あしどり》で行き過ぎた。

と、信吾は智恵子と相並んだ。

『奈何《どう》です、此静かな夜の感想は？』

『真個《ほんと》に静かで御座いますねえ。』と、少し間《ま》をおいて智恵子は答える。

『貴女は何でしょう、歌留多なんか余りお好きじゃないでしょう？』

『でもないんで御座いますけれど……然し今夜は、真個《ほんと》に楽しゅう御座いました。』と遠慮勝に男を仰いだ。

『ハハ、、。』と笑って信吾は杖《ステッキ》の尖《さき》でこつ〳〵石を叩《たた》き乍ら歩いたが、

『何ですね。貴女は基督教信者《クリスチャン》で？』

『は。』と低い声で答える。

『何か其方の本を貸して下さいませんか？　今迄つい宗教の事は、調べて見る機会も時間もなかったんですが、此夏は少し遣って見ようかと思うんです。幸い貴女の御意見も聞かれるし……。』

『御覧になる様な本なんぞ……あの、私こそ此夏は、静子さんにでもお願いして頂いて、何か拝借して勉強したいと思いまして……。』

『否《いや》、別に面白い本も持って来ないんですが、御覧になるなら何時でも……。するとか、此夏は何処にも被行《いらっしゃ》らないんですか？』

『え。まあ其積もりで……。』

路は小さい杜に入って、月光を遮った青葉が風もなく、四辺《あたり》を香《にお》わした。

八

仄暗《ほのくら》い杜を出ると、北上川の水音が俄かに近くなった。

『貴女《あなた》は小説はお嫌いですか?』と、信吾は少し唐突に問うた。其の時はもう肩も摩《す》れ〳〵に並んでいた。

『一概には申されませんけれど、嫌いじゃ御座いません。』と落ち着いた答えをして閃《ちら》と男の横顔を仰いだが、智恵子の心には妙に落ち着きがなかった。前方《まえ》の人達からは何時しか七八間も遅れた。後ろからは清子と静子が来る。其跫音《きざ》も怎《ど》うやら少し遠ざかった。そして自分が信吾と並んで話し乍ら歩く……何となき不安が胸に萌《きざ》していた。

立留って後の二人を待とうかと、一歩毎に思うのだが、何故かそれも出来なかった。

『あれはお読みですか、風葉の「恋ざめ」は?』と信吾はまた問うた。

『あの発売禁止になったとか言う……?』

『然《そ》うです。あれを禁止したのは無理ですよ。尤もあれだけじゃ無い、真面目な作で同じ運命に逢ったのが随分ありますからねえ。折角拵えた御馳走を片端から犬に喰われる様なもんで……ハハ、、。「恋ざめ」なんか別に悪い所が無いじゃないですか?』

『私はまだ読みません。』

『然うでしたか。』と言って、信吾は未《ま》だ何か言おうと唇を動かしかけたが、それを罷《や》めてにやく〳〵と薄笑を浮かべた。月を負うて歩いてるので、無論それは女に見えなかった。

信吾は心に、怎《ど》ういう連想からか、かの「恋ざめ」に描かれてある事実《こと》――否あれを書く時の作者の心持、否、あれを読んだ時の信吾自身の心持を思い出していた。

五六歩歩《ある》くと、智恵子の柔かな手に、男の手の甲が、木の葉が落ちて触る程軽く触った。寒いとも温《あった》かいともつかぬ、電光《いなづま》の様な感じが智恵子の脳を掠めて、体が自ら剛《かた》くなった。二三歩すると又触った。今度は少し強かった。

智恵子は其手を口の辺へ持って来て軽く故意《わざ》とらしからぬ咳をした。そして、礑《はた》と足を留めて後ろを振り返った。清子と静子は肩を並べて、二人とも俯向いて、十間も彼方から来る。

信吾は五六歩歩いて、思切り悪そうに立留った。そして矢張り振り返った。目は、淡く月光《つきかげ》を浴びた智恵子の横顔を見ている。こつ〳〵と、杖《ステッキ》の尖《さき》で下駄の鼻を叩いた。其顔には、自ら嘲る様な、或は又、対手を蔑視《みくび》った様な笑が浮かんでいた。

清子と静子は、霎時《しばし》は二人が立留っているのも気付かぬ如くであった。清子は初めから物思わし気に俯向いて、そして、物も言わず、出来るだけ足を遅くしようとする。

『済まなかったわね、清子さん、恁麽《こんな》に遅くしちゃって。』と、も少し前に静子が言った。

『否《いいえ》。』と一言答えて清子は寂しく笑った。

『だって、お宅じゃ心配してらっしゃるわ、屹度。尤も慎次さんも被来《いらし》たんだから可いけど……。』

『静子さん！』と、ややあってから力を籠めて言って、昵と静子の手を握った。

『恁《こ》うして居たいわ、私。……』

『え？』

『恁うして！　何処までも、何処までも恁うして歩いて……。』

静子は訳もなく胸が迫って、握られた手を強く握り返した。二人は然し互いに顔を見合さなかった。何処までも恁うして歩く！　此美しい夢の様な言葉は華かな歌留多の後の、疲れて曚乎《ぼうっ》として、淡い月光と柔かな靄に包まれて、底もなき甘い夜の静寂の中に蕩《とろ》けそうになった静子の心をして、訳もなき咄嗟の同情を起こさしめた。

『此女《ひと》は兄に未練を有ってる！』という考えが、瞬《また》く後に静子の感情を制した。厭わしき怖れが、胸に湧いた。然しそれも清子に対する同情を全くは消さなかった。女は悲しいものだ！と言う様な悲哀が、静子に何も言うべき言葉を見出させなかった。

『恁うです。少し早く歩いては？』と信吾が呼んだ。二人は驚いて顔を挙げた。

九

其夜、人々に別れて智恵子が宿に着いた時はもう十時を過ぎていた。

ガタピシする入口の戸を開けると、其処から見透《すとお》しの台所の炉辺《ろばた》に、薄暗く火屋《ほや》の曇った、紙笠の破れた三分心の吊洋燈の下で、物思わし気に悄然と坐って裁縫《しごと》をしていたお利代は、

『あ、お帰りで御座いますか。』と忙しく出迎える。

『遅くなりまして、新坊さんももうお寝《やす》み？』

『は、皆寝みました。先生もお泊りかと思ったんですけれど……。』と、先に立って智恵子の室に入って、手早く机の上の洋燈を点《とも》す。臥床《とこ》が延べてあった。

お泊りかと思ったという言葉が、何故か智恵子の耳に不愉快に響いた。今迄お利代の坐っていた所には、長い手紙が拡げたなりに透逓《のたく》っていた。ちらとそれを見乍ら智恵子は室に入って、『まあ臥床《おとこ》まで延べて下すって、済まなかったわ、小母《おば》さん。』

『何の、先生。』と笑顔を見せて、『面白う御座んしたでしょう？』

『え……。』と少し曖昧に濁して、『私疲れちゃったわ。』と邪気《あどけ》なく言い乍ら、袴も脱がずに坐る。

『誰方が一番お上手でした？』

『皆様お上手よ。私なんか今迄余り歌留多も取った事がないもんですから、敗けて許り。』

と嫣乎《にっこり》する。ほつれた髪が頬に乱れてる所為《せい》か、其顔が常よりも艶に見えた。

成程智恵子は遊戯などに心を打込む様な性格でないと思ったので、お利代は感心した様に、

『然うでしょうねえ！』と大きい眼をぱち〳〵する。

それから二人は、一時間前に漸々《ようよう》寝入ったという老女《としより》の話などをしていたが、お利代は立って行って、今日函館から来たという手紙を持って来た。そして、

『先生、怎うしたものでしょうねえ？』と愁わし気な、極り悪気な顔をして話し出した。

其手紙はお利代の先夫からである。以前《まえ》にも一度来た。返事を出さなかったので又来た。梅という子が生まれた翌年不図《ふと》行方知れずになってからもう九年になる。其長い間の詫を細々書いて、そして、自分は今函館の或商会の支店を預る位の身分になったから、是非共過去の自分の罪を許して、一家を挙げて函館に来てくれと言って来たのである。そして、自分の家出の後に二度目の夫のあった事、それが死んだ事も聞知っている。生まれた新坊は矢張り自分の子と思って育てたいと優しくも言葉を添えた。——

身を入れて其話を聞いていた智恵子は、慎《つつま》しいお利代の口振りの底に、此悲しき女《ひと》の心は今猶その先夫の梅次郎を慕っている事を知った。そして無理もないと思った。

無理もないと思いつゝも、智恵子の心には思いもかけぬ怪しき陰翳《かげ》がさした。智恵子は心から此哀れなる寡婦《おんな》に同情していた。そして自己《おのれ》に出来るだけの補助《たすけ》をする——人を救うということは楽しい事だ。今迄お利代を救うものは自己一人であった。然し今は然うでない！

誰しも恁麼《こんな》場合に感ずる一種の不満を、智恵子も感ぜずに居《おれ》なかった。が、すぐにそれを打ち消した。

『で御座いますからね。』お利代は言葉をついだ。『まあ何方《どっち》にした所で、祖母《おばあ》さんの病気を癒すのが一番で御座いますがね。……何と返事したものかと思いまして。』

『然うね。』と云って、智恵子は睫毛の長い眼を瞬《しばた》いていたが、『忝《かたじけ》ないわ、私なんかに御相談して下すって。……あの小母さん、兎も角今のお家の事情を詳しく然《そ》う言って上げた方が可《よ》かなくって？　被行《いらっしゃ》る方が可《い》いと、まあ私だけは思うわ。だけど怎《ど》うせ今直ぐとはいかないんですから。』

『然うで御座いますねえ。』とお利代は俯向いて言った。実は自分も然う思っていたので。

十

『然うなすった方が可いわ、小母さん。』と智恵子は俯向いたお利代の胸の辺を昵《じっ》と瞶《みつ》めた。

『然うで御座いますねえ。』と同じ事を繰り返して、ややあってお利代は思い余った様な顔をあげたが、『怎うせ行くとしましても、そりゃまあ祖母さんが何《ど》うにか、あの快癒《なお》ってからの事で御座いますから、何時の事だか解りませんけれども、何だかあの、生まれ村を離れて北海道あたりまで行って、此先何《ど》うなることかと思うと……。』

『そりゃね、決めるまでにはまあ、間違いはないでしょうけれど、先方の事も詳しく伺して見てから……』

『其処《そこ》んところはあの、確乎《たしか》だろうと思いますですが……今日もあの、手紙の中に十円だけ入れて寄越して呉れましたから……。』

『おや然うでしたか。』と言ったが、智恵子はそれに就いての自分の感想を可成《なるべく》顔に現さぬ様に努めて、

『兎も角お返事はお上げなすった方が可いわ。矢張《やっぱし》梅ちゃんや新坊さんの為には……。』と、智恵子はお利代の思っている様な事を理を分けて説いてみた。説いてるうちに、何か恁う、自分が今善事《いいこと》をしてると云った様な気持がして来た。

『然うで御座いますねえ。』と、お利代は大きい眼を屢叩《しばたた》き乍ら、未だ明瞭《はっき》りと自分の心を言出しかねる様で、『恁うして先生のお世話を頂いてると、私はもう何日までも此儘で居た方が幾ら楽しいか知れませんけれども。』

『私だって然う思うわ、小母さん、真個《ほんと》に……。』と言いかけたが、何かしら不図胸の中に頭を擡《もた》げた思想《かんがえ》があって言葉は途断《とぎ》れた。『神様の思召よ。人間《ひと》の勝手にはならないんですわね。』

『先生にしたところで、』と、お利代は智恵子の顔をまじまじと瞶《みつ》め乍ら、『怎うせ、御結婚なさらなけりゃなりませんでしょうし……。』

『ホ、、、。』と智恵子は軽く笑って、『小母さん、私まだ考えても見た事が無くってよ。自分の結婚なんか。』

話題はそれで逸《そ》れた。程なくしてお利代が出てゆくと、智恵子はやをら立って袴を脱いで、丁寧にそれを畳んでいたが、何時か其の手が鈍った。そして再び机の前に坐ると、昵《じっ》と洋燈の火を瞶《みつ》めて、時々気が付いた様に長い睫毛を屡叩《しばた》いていた。隣室では新坊が眼を覚まして何かむづかっていたが、智恵子にはそれも聞こえぬらしかった。

智恵子の心は平生になく混乱《こんがらが》っていた。お利代一家のことも考えてみた。お利代の悲しき運命、――それを怎《ど》うやら恁《こ》うやら切り抜けて来た心根を思うと、実に同情に堪えない、今は加藤医院になってる家《うち》、あの家が以前《もと》お利代の育った家、――四年前にそれが人手に渡った。其昔、町でも一二の浜野屋の女主人として、十幾人の下女下男を使った祖母が、癒る望みもない老の病に、彼様《ああ》して寝ている心は怎うであろう！　人間の一生の悲痛が時あって智恵子の心を脅かす。……然し、此悲しきお利代の一家にも、思い懸けぬ幸福が湧いて来た！　智恵子は神の御心に委ねた身乍らに、独《ひとり》ぼっちの寂しさを感ぜぬ訳にいかなかった。

行末怎うなるのか！　という真摯な考えの横合から、富江の躁《はしゃ》いだ笑声が響く。つと、信吾の生白い顔が脳《あたま》に浮かぶ、――智恵子は厳粛な顔をして、屹と自分を譴《たしな》める様に唇を噛んだ。『男は浅猿《あさま》しいものだ！』と心で言って見た。青森にいる兄の事が思い出されたので。――嫂の言葉に返事もせず、竈の下を焚きつけ乍らも聖書を読んだ頃が思い出された。亡母《はは》の事が思い出された。東京にいた頃が思い出された。

遂に、あの頃のお友達は今怎《ど》うなったろうと思うと、今の我身の果敢《はか》なく寂しく頼りなく張合のない、孤独の状態《ありさま》を、白地《あからさま》に見せつけられた様な気がして、智恵子は無性に泣きたくなった。矢庭に両手を胸の上に組んで、長く〳〵祈った。長く〳〵祈った。……

侘《わび》しき山里の夜は更けて、隣家の馬のごと〳〵と羽目板を蹴る音のみが聞こえた。

【其五】

一

何日しか七月も下旬になった。

かの歌留多会の翌日信吾は初めて智恵子の宿を訪ねたのであった。其時は、イプセンの翻訳一二冊に、『イプセン解説』と題して信吾自身が書いた、五六頁許りの評論の載っている雑誌をわざわざ持って行って貸して、智恵子からはルナンの耶蘇伝の翻訳を借りた。それを手初めに信吾は五六度も智恵子を訪ねた。

信吾は智恵子に対して殊更に尊敬の態度を採《と》った。時としては、もう幾年もの親しい友達の様な口も利くが、概して二人の間に交換される会話は、恁麽《こんな》田舎では聞かれた事のない高尚な問題で、人生《ライフ》とか信仰とか創作とかいう語が多い。信吾は好んで其麼《そんな》問題を担《かつ》ぎ出し、対手に解らぬと知り乍ら六ヶ敷い哲学上の議論までする。気をつけて聞けば、其謂う所に、或は一貫した思想も意見も無かったかも知れぬ。又、其好んで口にする泰西の哲人の名に就いて彼自身の有っている知識も疑問であったかも知れぬ。それは兎も角、信吾が其麼事《そんなこと》を調子よく喋る時は、血の多い人のする様に、大仰に眉を動したり、手を振ったり、自分の言う事に自分で先《ま》ず感動した様子をする。

『僕は不思議ですねえ。恁《こ》うして貴女と話してると、何だか自然に真面目になって、若々しくなって、平生考えてる事を皆言って了いたくなる。この二三年は何か恁う不安があって、言おうと思うこともつい人の前では言えなかったりする様になっていたんですが……実に不思議です。自分の思想を聞いてくれる人がある、それを言い得るという事が、既に一種の幸福を感じますね。』

と或時信吾は真面目な口振で言った。然しそれは、或は次の如く言うべきであったかも知れぬ。

『僕は不思議ですねえ。恁うして貴女と話してると、何だか自然に芝居を演《や》りたくなって来て、つい心にない事まで言って了います。』

智恵子の方では、信吾の足繁き訪問に就いて、多少村の人達の思惑《おもわく》を心配せぬ訳にいかなかった。狭い村だけに少しの事も意味あり気に囃し立てるのが常である。萬一其麼事《そんなこと》があっては誠に心外の至りであると智恵子は思った。それで成るべく寡言《ことばすくな》に、隙のない様に待遇《あしら》っているが、腑に落ちぬ事があり乍らも信吾の話が珍しい。我知らず熱心になって、時には自分の考えを言っても見るが、其麼時《そんな》には、信吾は大袈裟に同感して見せる。帰った後で考えてみると、男には矢張り気障《きざ》な厭味《いやみ》な事が多い。殊更に自分の歓心を買おうとするところが見える。『那《あ》した性質の人だ！』と智恵子は考えた。

智恵子を訪ねた日は、大抵その足で信吾は富江を訪ねる。富江は例《いつ》に変わらぬ調子で男を迎える。信吾はにやにや心で笑い乍ら川崎の家へ帰る。

暑気《あつさ》は日一日と酷《きび》しくなって来た。殊にも今年は雨が少なくて、田という田には水が十分でない。日中は家の中でさえ九十度に上る。

今朝も朝から雲一つ無く、東向の静子の室の障子が、カッと眩《まぶ》しい朝日を受けて、昼の暑気が思いやられる。静子は朝餐《あさげ》の後を、母から兄の単衣の縫直しを吩咐《いいつか》って、一人其室に坐った。

ちらと鳥影《とりかげ》が其障子に映った。

『静さん、其単衣はね……。』と言い乍ら信吾が入って来た。

『兄様、今日は屹度お客様よ。』

『何故？』

『何故でも。』と笑顔を作って、『そうら御覧なさい。』

その時また鮮かな鳥影が障子を横ざまに飛んだ。

『ハハ、、。迷信家だね。事によったら吉野が今日あたり着くかも知れないがね。』

二

『あら、四五日中にお立ちになるって昨日の手紙じゃなかったの？』

『然《そ》うよ。だがあの男の豫定位あてにならないものは無いんだ。雷みたいな奴よ、雲次第で何時《なんどき》でも鳴り出す……。』と信吾は其処に腰を下して、

『おい、此衣服《きもの》は少し短いんだから、長くして呉れ。』

『然う？』と、静子は解きかけたネルの単衣に尺《ものさし》を使って見て、『七寸……六分あるわ。短かゝなくってよ、幾何《いくら》電信柱さんでも。』

『否《いや》短い。本人の言う事に間違いっこなしだ。そら、其処に縫込んだ揚《あげ》があるじゃないか。それ丈下して呉れ。』

『だって兄様、そうすれば九寸位になってよ。可いわ、そんなら八寸にしときましょう。』

『吝《けち》だな。も少し負けろ。』

『じゃ八寸一分？』

『もっと負けろ、気に合わないから着ないと言ったら怎うする？』

『それは御勝手。』

『其麼風《そんな》でお嫁に行かれるかい?』

『厭《いや》よ、兄様。』と信吾を睨《にら》む真似をして、『だって一分にすると、これより五分長くなるわ。可《い》いでしょう? その吉野さんて方、この春兄様と京都の方へ旅行なすった方でしょう?』

『うん。』と笑い乍ら、手を延ばして、静子の机の上から名に高き女詩人の『舞姫』を取る。本の小口からは、橄欖《オリーブ》色の栞の房が垂れた。

『長くお泊りになるんでしょう?』

『八月一杯遊んで行く約束なんだがね。飽きれば何日《いつ》でも飛び出すだろう、彼奴《あいつ》の事だから。』と横になって、

『おい、此本は昌作さんのか?』と頁を翻《めく》る。

『え。兄様何か有《も》ってらっしゃらなくって、其方《そのかた》のお書きになったの。』

『否《いや》、遂買わなかったが、この「舞姫」のあとに「夢の華」というのがあるし、近頃また「常夏《とこなつ》」というのが出た筈だ。』

『あら其方のじゃなくってよ。其方んなら私も知ってるわ。……その吉野さんのお書きになったの?』

『吉野が?』と妹の顔を見て、『彼奴《あいつ》の詩は道楽よ。時々雑誌に匿名で出したのだけさ。本職は矢張洋画の方だ。』

『然う？』と静子は鋏の鈴をころ〳〵鳴らし乍ら、『展覧会なんかにお出しなすって？』

『一度出した。あれは美術学校を卒業した年よ。然うだ、一昨年の秋の展覧会――そうら、お前も行って見たじゃないか？　三尺許りの幅の、「嵐の前」という画があったろう？』

『然うでしたろうか？』

『あれだ、夕方の暗くなりかゝった室の中で、青白い顔をした女が厭可《いやぁ》な眼付をして、真白い猫を抱いていたろう？　卓子の上には拡げた手紙があって、女の頭へ蔽被《おっかぶ》さる様に鉢植の匂いあらせいとうが咲いていた。そして窓の外を不愉快な色をした雲が、変な形で飛んでいた。』

『見た様な気もするわ。それでなんですの「嵐の前」？』

『然うよ、その画の意味はあの頃の人に解らなかったんだ。日本のコロウよ、仲々偉《えら》い男だ。』

『コロウって何の事？』

『ハッハ、、、。佛蘭西の有名な画家だ。』

『然う！』と言いは言ったが、日本のコロウと云う意味は無論静子に解りっこはない。唯偉い事を言ったのだと思って、其麼方《そんな》なら何故其後お出しにならないのでしょう？』

『然うさ、まあ自重してるんだろう。彼奴《あいつ》が今度描いたら屹度満都の士女を驚かせる！　俺には近頃いろんな友人が出来たが、吉野君なんか其中《そのうち》でもまあ話せる男だ。』と、暗に自分の偉くなった事を吹聴する様な調子で言う。

『姉様《ねえさん》、姉様。』と叫び乍ら、芳子という十二三の妹がどたばた駆けて来た。
『何ですねえ、其麼《そんな》に駆けて！』
『でも。』不平相な顔をして、『日向先生が被来《いらし》たんだもの！』
『おや！』と静子は兄の顔を見た。先程障子に映った鳥影を思い出したので。

三

二三日経てば小学校も休暇になる。平生宿直室に寝泊りしている校長の進藤は、もう師範出のうちでも古手の方で、今年は盛岡に開かれた体操と地理歴史教授法の夏期講習会に出席しなければならなかった。それで、休暇中の宿直は森川が引き受ける事になって、これは土地の者の斎藤という年老った首席教員と智恵子と富江の三人は、それ〴〵村内に受持を定めて、兎角乱れ易い休暇中の児童の風紀の、校外取締をすることになった。富江は今年も矢張盛岡の夫の家へは帰らないで。智恵子にも帰るべき家が無かった。無い訳ではない。兄夫婦は青森にいるけれど、智恵子にはそれが自分の家の様な気がしない。よしや帰ったところで、あたら一月の休暇を不愉快に過して了うに過ぎぬのだ。同窓の親しい友から、何処かの温泉場にでも共同生活をして楽しい夏を暮らそうではないか、と言って来たのもあるが、宿のお利代の心根を思うと、別に理由《わけ》もなくそれが忍びなかった。結局智恵子は、八月二日に大沢の温泉で開かれる筈の師範時代の同級会に出席する外には、何処にも行かぬことに決めた。それで智恵子は、誰しも休暇前に一度やる様に、八月一日に自分の為すべき事の豫定を立てたものだ。そのうちには色々の事に遮《さえぎ》られて何日となく中絶していた英語の独修を続ける事や、最も好きな歴史を繰り返して読む事や、色々あったが、信吾の持って帰った書を成るべく沢山借りて読もうというのも其一つであった。

今日は折柄の日曜日、読み了えたのを返して何か別の書を借りようと思ってまだ暑くならぬ午前の八時頃に小川家を訪ねたのだ。

直ぐ帰る筈だったのが無理に引き留められて、昼餐《ひるめし》も御馳走になった。午後はまた余り暑いというので、到頭四時頃になって、それでも留めるのを漸くに暇乞して出た。田舎の素封家《ものもち》などにはよくある事で、何も珍しい事のない単調な家庭では、腹立しくなるまで無理に客を引き留める、客を待遇《もてな》そうとするよりは、寧ろそれによって自分らの無聊を慰めようとする。

平生《いつも》の例で静子が送って出た。糊も萎《な》えた大形の浴衣にメリンスの幅狭い平常帯《ふだんおび》、素足に庭下駄を突掛けた無雑作な扮装《なり》で、己が女傘《かさ》は畳んで、智恵子と肩も摩れ〳〵に睦しげに列んだ。智恵子の方も平常着ではあるが、袴を穿いている。何時しか二人はもう鶴飼橋の上に立った。

此処は村での景色を一処《ひとところ》に聚《あつ》めた。北から流れて来る北上川が、観音下の崖に突き当たって西に折れて、透徹る水が浅瀬に跳って此吊橋の下を流れる。五六町行って、川はまた南に曲がった。この橋に立てば、川上に姫神山、川下は岩手山、月は東の山にのぼり、日は西の峰に落つる。折柄の傾いた赤い日に宙に浮かんだ此橋の影を、虹の影の如く川上の瀬に横たえて。

南岸は崖になっているが、北の岸は低く河原になって、楊柳《やなぎ》が密生している。水近い礫《こいし》の間には可憐《いたいけ》な撫子《なでしこ》が処々に咲いた。

二人は鋼線《はりがね》を太い縄にした欄干に靠《もた》れて西日を背に受け乍ら、涼しい川風に袂を翻らせて。

『そうら、彼《あれ》は屹度昌作さんよ。』と、静子は今しも川上の瀬の中に立っている一人の人を指さした。鮎を釣《か》けているのであろう、編笠を冠った背の高い男が、腰まで水に浸って頻りに竿を動かしている。種鮎《たねあゆ》か、それとも釣《かか》ったのか、ひらりと銀色の鰭が波間に躍った。

『だって、昌作さんが那麼《あんな》！』と智恵子も眸を据えた。

『あら、鮎釣には那麼《あんな》扮《な》装《り》して行くわ、皆。……昌作さんは近頃毎日よ。』と言ってる時、思いがけなくも礫々《ごろごろ》という音響が二人の足に響いた。

一台の俥が、今しも町の方から来て橋の上に差懸ったのだ。二人は期せずして其方に向いたが、

『あら！』と静子は声を出して驚いて忽ち顔を染めた。女心は矢よりも早く、己が服装《みなり》の不行儀《ふしだら》なのを恥じたので。

四

近づく俥の音は遠雷の如く二人の足に響いて、吊橋は心持揺れ出した。

洋服姿の俥上の男は、麦藁帽の頭を俯向けて、膝の上に写生帖《スケッチブック》に何やら書いている――一目見て静子は、兄の話で今日あたり来るかも知れぬと聞いた吉野が、この人だと知った。好摩《こうま》午後三時着の下り列車で着いて、俥だから線路伝いの近道は取れず、わざわざ本道を渋民の町へ廻って来たものであろう。智恵子も亦、話は先刻聞いたので、すぐそれと気が付いた。

『お嬢様、お嬢様許《とこ》のお客様を乗せて来ただあ。』と、車夫の元吉は高い声で呼びかけ乍ら轅《かじ》を止めて、

『あれがはあ、小川様のお嬢様でがんす。』と、車上の人に言う。顔一杯に流れた汗を小汚い手拭でぶるりと拭った。

智恵子は、自分がその小川家の者でない事を現す様に、一足後へ退《さが》った。その時、傍の静子の耳の紅くなっていた事に気がついた。

『あ、然うですか。』と、車上の人は鉛筆を持った手で帽子を脱《と》って、

『僕は吉野満太郎《みつたろう》です。小川が――小川君が居ましょうか?』と武骨な調子でいう。

『は。』と静子は塞《つま》った様な声を出して、『あの、今日あたりお着き遊ばすかも知れないと、お噂致して居りました。』

『然うですか。じゃ手紙が着いたんですね？』と親しげな口を利いたが、些と俯向加減にして立っている智恵子の方を偸《ぬす》み視て、

『失礼しました、俥の上で。……お先に。』と挨拶する。

『私こそ……。』と静子は初心《うぶ》に口の中で言って頭を下げた。

『どっこいしょ。』と許り、元吉は俥を曳出す。二人は其背後《あと》を見送って呆然《ぼんやり》立っていた。

吉野は、中背の、色の浅黒い、見るから男らしく引緊った顔で、力ある声は底に錆を有った。すぐ目に付くのは、眉と眉の間に深く刻まれた一本の皺で烈しい気象の輝く眼は、美術家に特有の何か不安らしい働きをする。

俥が橋を渡り尽くすと、路は少し低くなって、繁った楊柳《やなぎ》の間から、新しい吉野の麦藁帽が見える。橋はその時まで、少し揺《ゆ》れていた。

『私、甚麼《どんな》に困ったでしょう、這麼扮装《こんななり》をしていて！』と静子は初めて友の顔を見た。

『其麼《そんな》に！　誰だって平常《ふだん》には……』と慰め顔に言って、

『貴女の許《とこ》は、これからまた賑かね。』

其れはほんの、うっかりして言ったのだが、智恵子の眼は実際羨ましそうであった。

『あら、だから貴女も毎日被来《いらっしゃ》いよ。これからお休みなんですもの。』

『有難う。』と言って、『私もうお別れするわ。何卒皆様に宜しく！』

『一寸《ちょいと》。』とその袂を捉えて、『可《い》いわよ智恵子さん、も少し。』

『だって。那麼《あんな》に日が傾いちゃった。』と西の空を見る。眼は赤い光を宿して星の様に若々しく輝いた。

『構わないじゃありませんか、智恵子さん。家へ被来《いらっしゃ》いな再《また》！』

『この次に。』と智恵子は沈着《おちつ》いた声で言って、『貴女も早くお帰りなすったが可いわ。お客様が被来《いらっしゃ》ったじゃありませんか。』と妹にでも言う様に。

『あら、私のお客様じゃなくってよ。』と、静子は少し顔を染めた。心では、吉野が来た為に急いで帰ったと思われるのが厭だったので。

それで、智恵子が袂を分って橋を南へ渡り切るまでも、静子は鋼線《はりがね》の欄《てすり》に靠《もた》れて見送っていた。

智恵子は考え深い眼を足の爪先に落として、帰路を急いだが、其心にあるのは、例《いつも》の様に、今日一日を空《むだ》に過したという悔ではない。神は我と共にあり！　と自ら慰め乍らも、矢張静子が何がなしに羨まれた。が、宿の前まで来た頃は、自分にも解らぬ一種の希望が胸に湧いていた。

で、家に入るや否や、お利代に泣き付いて何か強請《ねだ》っている五歳の新坊を、矢庭に両手で高く差上げて、

『新坊さん、新坊さん、新坊さん、何《ど》うしたんですよう。』と手荒く擽《くすぐ》ったものだ。

新坊は、常にない智恵子の此挙動に喫驚《びっくり》して、泣くのは礑《はた》と止めて不安相に大きく目を瞠《みは》った。

【其六】

一

静子の縁談は、最初、随分性急《せっかち》に申込んで来て、兎に角も信吾が帰ってからと返事して置いたのが、既に一月、怎うしたのか其儘になって、何の音沙汰もない、自然、家でも忘られた様な形勢になっていた。

結局それが、静子にとっては都合がよかった。母のお柳が、別に何処が悪いでなくて、兎角優れぬ勝の、口小言のみ喧《やかま》しいのへ、信吾は信吾で朝晩の惣菜まで、故障を言う性《たち》だから、人手の多い家庭ではあるが、静子は矢張一日何かしら用に追われている。それも一つの張合になって、兄が帰ってからというもの、静子はく〳〵物を思う心の暇もなかった。

一体この家庭には妙な空気が籠っている。隠居の勘解由《かげゆ》はもう六十の坂を越して体も弱っているが、小心な、一時間も空《むだ》には過されぬと言った性《たち》なので、小作に任せぬ家の周囲の菜園から桑畑林檎畑の手入、皆自分が手ずから指揮して、朝から晩まで戸外に居るが、その後妻のお兼とお柳との仲が兎角面白くないので、同じ家に居ながらも、信之親子と祖父母や其子等（信之には兄弟なのだが）とは、宛然《さながら》他人の様に疎々《うとうと》しい。一家顔を合わせるのは食事の時だけなのだ。

それに父の信之は、村方の肝煎《きもいり》から諸交際《しょつきあい》、家《うち》にいることとては夜だけなのだ。従って、癇癪持のお柳が一家の権を握って、其一顰《ぴん》一笑《しょう》が家の中を明るくし又暗くする。見よう見まねで静子の二人の妹――十三の春子に十一の芳子、まだ七歳にしかならぬ三男の雄三というのまで、祖父母や昌作、その姉で年中病床にいるお千世などを軽蔑する。其麼《そんな》間に立っている温和《おとな》しい静子には、それ相応に気苦労の絶えることがない。実際、信吾でも帰って色々な話をしてくれたり、来客でもなければ、何の楽しみもないのだ。尤も、静子は譬へ甚麼事《どんなこと》があっても、自分で自分の境遇に反抗し得る様な気の強い女ではないのだが。

画家の吉野満太郎が来たのは、又しても静子に一つの張合を増した。吉野の、何処か無愛相な、それでいてソツのない態度は、先《ま》ず家中の人に喜ばれた。左程長くはないが、信吾とは随分親密な間柄で（尤も吉野は信吾を寧ろ弟の様に思ってるので）この春は一緒に畿内の方へ旅もした。今度はまた信吾の勧めで一夏を友の家に過ごす積もりの、定った職業とてもない、暢気《のんき》な身上なのだ。

言うまでもなく信吾は、この遠来の友を迎えて喜んだ。それで取敢えず離室《はなれ》の八畳間を吉野の室《へや》に充てゝ、自分は母屋《おもや》の奥座敷に机を移した。吉野と兄の室の掃除は、下女の手伝もなく主に静子がする。兎角、若い女は若い男の用を足すのが嬉しいもので。

それ許りではない、静子にはも一つ吉野に対して好感情を持つべき理由があった。初めて逢った時それは気が付いたので。吉野は顔容《かおかたち》些《ちっ》とも似ては居ないが、その笑う時の目尻の皺が、怎うやら、死んだ浩一——静子の許嫁——を思い出させた。

生憎と、吉野の来た翌日から、雨が続いた。それで、客も来ず、出懸ける訳にもいかず、二日目三日目となっては吉野も大分退屈をしたが、お蔭で小川の家庭の様子などが解った。昌作も鮎釣にも出られず、日に幾度となく吉野の室を見舞って色々な話を聞いたが、画の事と限らず、詩の話、歌の話、昌作の平生飢えてる様な話が多いので、もう早速吉野に敬服して了った。

降りこめた雨が三十一日（七月）の朝になって漸々霽《ようようあが》った。と、吉野は、買物旁々《かたがた》、旧友に逢って来ると言って、其日の午後、一人盛岡に行くことになった。

二

雨後の葉月空《はつきぞら》が心地よく晴れ渡って、目を埋《うず》むる好摩《こうま》が原の青草は、緑の火の燃ゆるかと許り生々とした。

小川の家では折角下男に送らせようと言って呉れたのを断って、教えられた儘《まま》の線路伝い、手には洋杖《ステッキ》の外に何も持たぬ背広扮装《いでたち》の軽々しさ、画家の吉野は今しも唯一人好摩停車場に辿り着いた。

男神《おがみ》の如き岩手山と、名も姿も優しき姫神山に挾まれて、空には塵一筋浮かべず、溢る、許りの夏の光を漂わせて北上川の上流に跨った自然の若々しさは、旅慣れた身ながらも、吉野の眼には新しかった。その色彩の単純なだけに、心は何となき軽快を覚え、唆かす様な草葉の香りを胸深く吸っては、常になき健康を感じた。日頃、彼の頭脳《あたま》を支配している種々《いろいろ》の形象《かたち》と種々の色彩の混雑《こんがらが》った様な、何がなしに気を焦立《いらだ》たせる重い圧迫も、彼の老ゆることなき空の色に吸い取られた様で、彼は宛然《さながら》、二十前後の青年の様な足取で、ついと停車場の待合所に入った。

眩い許りの戸外《そと》の明るさに慣れた眼には、人一人居ない此室《ここ》の暗さは土窟《つちあな》にでも入った様で、しばしは何物も見えず、ぐら〳〵と眩暈《めまい》がしそうになったので、吉野は思わず知らず洋杖に力を入れて身を支えた。手巾《ハンカチ》を出して顔の汗を拭き乍ら、衣嚢《ポケット》の銀時計を見ると、四時幾分と聞いた発車時刻にもう間がない。急いで盛岡行の赤切符を買って改札口へ出ると、

『向側からお乗りなさい。』

と教え乍ら背の低い駅夫が鋏を入れる。チラと其時、向側のプラットホームに葡萄茶《えびちや》の袴を穿いた若い女の立っているのが目についた。それは日向智恵子であった。

智恵子の方でも其時は気が付いて居たが、三四日前に橋の上で逢った限り、名も知り顔も知れど、口一つ利いたではなし、されば と言って、乗客と言っては自分と其男と唯二人、隠るべき様もないので、素知らぬ振も為難《しにく》い。夏中逗留するといえば、怎うせ又顔を合わせなければならぬのだ。

それで、吉野が線路を横切って来るのを待って、少し顔を染め乍ら軽くS巻の頭を下げて会釈した。

『や、意外な処でお目に懸ります。』と余り偶然な邂逅を吉野も少し驚いたらしい。

『先日は失礼致しました。』

『怎うしまして、私こそ……。』と、脱《と》った帽子の飾紐《リボン》に切符を挿みながら、『ふむ、小川の所謂近世的婦人《モダーンウーマン》が此女《このひと》なのだ！』と心に思《おも》った。

そして、体を捻って智恵子に向かい合って、『後で静子さんから承ったんですが、貴女は日向さんと被仰《おつしゃ》るんですね？』

『は、左様で御座います。』

『何れお目に懸る機会も有るだろうと思ってましたが、僕は吉野と申します。小川に居候に参ったんで。』

『お噂は、豫《かね》て静子さんから承って居りました。』

『来たよう。』と駅夫が向側で叫んだので、二人共目を転じて線路の末を眺めると、遠く機関車の前部が見えて、何やらきら〳〵と日に光る。

『今日は何処《どちら》まで？』

『盛岡まで、御座います。』

『成程、学校は明日から休暇なそうですね。何ですか、お家は盛岡で？』

『否《いいえ》。』と智恵子は慎しげに男の顔を見た。『学校に居りました頃からの同級会が、明後日大沢の温泉に開かれますので、それであの、盛岡のお友達をお誘いする約束が御座いまして。』

『然うですか。それはお楽しみで御座いましょう。』と鷹揚に微笑を浮かべた。

『貴方は何処《どちら》へ？』

『矢張りその盛岡までゝす。』

吉野は不図、自分が平生《いつ》になく流暢に喋っていたことに気が付いた。

列車が着くと、これは青森上野間の直行なので車内は大分込んでいる。二人の外には乗る者も、降りる者もない。漸々《ようよう》の事で、最後の三等車に少しの空席を見付けて乗込むと、その扉を閉め乍ら車掌が号笛《ふえ》を吹く。慌しく汽笛が鳴って、がたりと列車が動き出すと、智恵子はよろよろと足場を失って思わず吉野に凭《よ》り掛《かか》った。

三

吉野は窓際へ、直ぐ隣って智恵子が腰を掛けたが、少し体を動かしても互いの体温《あたたかさ》を感ずる位窮屈だ。女は、何がなしに自分の行動――紹介もなしに男と話をした事――が、はしたない様な、否、はしたなく見られた様な気がして、「だって、那麼切懸《あんなきっかけ》だったんだもの。」と心で弁疏《いいわけ》して見ても、怎《どう》やら気が落ち着かない。乗合の人々からじろ〳〵顔を見られるので、仄《ほんの》りと上気していた。

北上山系の連山が、姫神山を中心にして、左右に袖を拡げた様に東の空に連った。車窓《まど》の前を野が走り木立が走る。時々、夥しい草葉の蒸香《いきれ》が風と共に入って来る。

程なく列車が轟と音を立て、松川の鉄橋に差かゝると、窓外《そと》を眺めて黙っていた吉野は、

『あ、あれが小川の家ですね。』

と言って窓から首を出した。線路から一町程離れて、大きい茅葺の家、その周囲に四五軒農家のある——それが川崎の小川家なのだ。

首を出した吉野は、直ぐと振り返って、

『小川の令妹《シスタア》が出てますよ。』

『あら。』と言って、智恵子も立ったが、怎う思ってか、外から見られぬ様に、男の後ろに身を隠して、そっと覗いて見たものだ。

静子は小妹《いもうと》共と一緒に田の中の畦道《あぜみち》に立って、手巾《ハンカチ》を振っている。小妹共は何か叫んでるらしいが、無論それは聞こえない。智恵子は無性に心が騒いだ。

帽子を振っていた吉野が、再び腰を掛けた時は、智恵子は耳の根まで紅くして極り悪る気に俯向いていた。静子の行動が、偶然か、はた心あって見送ったものか、はた又吉野と中合わせての事か、それは解らないが、何《いず》れにしても智恵子の心には、萬一自分が男と一緒に乗っている事を、友に見られはしないかという心配が、強く動悸を打った。吉野はその、極り悪

る気な様子を見て、『小川の所謂近代的婦人《モダーンウーマン》も案外初心《うぶ》だ!』と思ったかも知れない。

その実男も、先刻汽車に乗った時から、妙に此女と体を密接していることに圧迫を感じているので、それを紛《まぎ》らかそうとして、何か話を始め様としたが、兎角、言葉が喉に塞《つま》る。其麼《そんな》筈はないと自分で制しながらも、断々《きれぎれ》に、信吾が此女を莫迦《ばか》に讃めていた事、自分がそれを兎や角冷かした事を思い出していたが、腰を掛けるを切懸《きっかけ》に、

『貴女は、何日《いつ》お帰りになります?』と何気なく口を切った。

『三日に、あの帰ろうと思ってます。』

『然うですか。』

『貴方は?』

『僕は何日でも可いんですが、矢張り三日頃になるかも知れません。』と言ったが不図思いついた事がある様に、

『貴女は盛岡の中学に図画の教師をしてる男を御存じありませんか? 渡辺金之助という?』

『存じて居ります。』と、智恵子は驚いた様な顔をする。

『貴方《あなた》はあの、あの方と同じ学校を……?』

『然うです。美術学校で同級だったんですが、……あゝ御存知ですか! 然うですか!』と鷹揚《おうよう》に頷いて、『甚麼《どんな》で居るんでしょう? まだ結婚しないでしょうか?』

『え、まだ為《な》さらない様ですが。』と、瞠《みは》った眼を男に注いで、『貴方はあの、渡辺さんへ

被行《いらっしゃ》るんで御座いますか。』

『え、突然訪ねて見ようと思うんですがね。』と、少し腑に落ちぬ様な目付をする。

『まあ、左様で御座いますか！』と一層驚いて、『私もあの、其家《そこ》へ参りますので……渡辺さんの妹様《さん》と私と、矢張り同じ級《クラス》で御座いまして。』

『妹様と？　然うですか！　これは不思議だ！』と吉野も流石に驚いた。

『あの、久子さんと被仰《おっしゃ》います……。』

『然うですか！　じゃ何ですね、貴女と僕と同じ家に行くんで！　これは驚いた。』

『まあ真個《ほんと》に！』と言い乍ら、智恵子は忽ち或る不安に襲われた。静子の事が心に浮かんだので。

【其七】

一

宿直の森川は一日の留守居を神山富江に頼んで、鮎釣に出懸けた。

休暇になってからの学校ほど伽藍堂《がらんどう》に寂しいものはない。建物が大きいのと平生耳を聾する様な喧騒《さわぎ》に充ちてるのとで、日一日、人っ子一人来ないとなると、俄かに荒れはてた様な気がする。常には目立たぬ塵埃が際立って目につく。職員室の卓子《テーブル》の上も、硯箱や帳簿やら、皆取片付けられて了って、其上に薄く塵が落ちた。

懶《ものう》いチクタクの音を響かせている柱時計の下で、富江は森川の帰りを待つ間の退屈に額に汗をかきながら編物をしていた。暑い盛りの午後二時過、開け放した窓から時々戸外を眺めるが、烈々たる夏の日は目も痛む程で、うなだれた木の葉にそよとの風もなく、大人は山に、子供らは皆川に行った頃だから、四辺が妙に静まり返っている。其処へぶらりと昌作が、遣って来た。

『暑いでしょう外は。先刻《さっき》から眠くなって〳〵為様《しよう》のないところだったの。』と富江は椅子を薦《す》める。年下の弟でも遇《あし》らう様な素振りだ。

それに慣れて了って、昌作も挨拶するでもなく、『暑い暑い』と帽子も冠らずに来た髪のモジャ〳〵した頭に手を遣って、荒い白絣の袖を肩に捲《まく》り上げた儘《まま》腰を下した。

『森川君は?』

『鮎釣に行ったの。釣れもしないくせに。』

『すると何だな、貴女が留守役を仰付かっていたんだな。ハハ、、好い気味だ。』

『口の悪い! 何が好い気味なもんですか。其麼事《そんなこと》を言うとお茶菓子を買いませんよ。』と睨んで見せる。

『ふむ。』と昌作は妙に済し込んで、『御勝手に。』

『まあ口許りじゃない人が悪くなったよ、子供の癖に!』と言いながら、手を延ばして呼鈴

の綱を引いて、

『然う〳〵、一昨日は御馳走様。お客様はまだ帰ってらっしゃらないの？』

『あーい。』と彼方で眠そうな声。

『まだ。今日か明日帰るそうだ。吉野様《さん》がいないと俺は薩張《さっぱ》り詰まらないから、今日は莫迦に暑いけれども飛出して来たんだ。』

『生憎と日向様もまだ帰らないの。』と富江は調戯《からか》う眼付で青年の顔を見た。其処へ白髪頭の小使が入って来て用を聞いたので、女は何かお菓子を買って来いと命ずる。

『そら、到頭買うんだ。』と昌作はしたり顔。

『私が喰べるのですよ、誰が昌作さんなんかに上げるもんですか。』と減《へ》らず口を叩《たゝ》いて、

『よ、昌作さん、ハイカラの智恵子さんもまだ帰らないの。』

『ふむ。』

『何がふむですか。昌作さんの歌を大変賞めてるから、行って御礼を被仰《おっしゃい》よ。』

『ふむ。家の信吾じゃないし。』

『え？　信吾さんが？』

『知らない。』

『信吾さんが行くの？　まあ好い事聞いた。ホホ、、、、まあ好い事聞いた。』

と、富江は弾《はじ》けた様に一人で騒いで、

『まあ好い事聞いた、信吾さんが智恵子さんの許《とこ》へ行くの。今度逢ったらうんと揶揄《からか》って上げよう。ホホ、、。』

昌作は冷かに其顔を眺めていたが、

『可《い》けないく。其麼《そんな》話、吉野さんの前なんかで言っちゃ可けませんぞ。』

『あら、怎《ど》うして？』と忙しい眼づかいをする。

『だって、詰まらないじゃないですか。』

『詰まらない？　言いますよ私。』

『詰まらない！　第一吉野さんの前で其麼事《そんなこと》が言いますか？　豪い人だ。信吾の友達には全く惜しい人だ。』

『まあ、大層見識が高くなったのね？』

するると昌作は、忽ち不快な顔をして黙った。

『其麼《そんな》に豪いの、その方は？』

『時にですな、』と昌作は付かぬ事を言い出した。『今日は貴女に用を頼まれて来たんだ。』

『おや、誰方《どなた》から？』

其時小使が駄菓子の袋を恭しく持って入って来た。

二

『当て、御覧なさい。』と昌作はしたり顔に拗《す》ねる。

其顔を、富江はまじ〳〵と見ていたが、小使の出てゆくのを待って、

『信吾さんから？』

ぴくりと昌作の眉が動いた。そして眼鏡の中で急がしく瞬きをし乍ら顔を大きく横に振る。

『そんなら、誰方《どなた》？』

『無論、貴女の知った人からだ。』と小憎らしく済したものだ。

『懊《じれ》ったい！』と自暴《やけ》に体を顫わせて、

『よ、誰方《どなた》からってばさ。』

『ハッハハ、解りませんか？』と、何処までも高く踏んで出る。

『好いわ、もう聞かなくっても。』

『それじゃ俺が困る。実はですね。』

『知りません。』

『登記所の山内君からだ。以前貴女から「恋愛詩評釈」という書《ほん》を借りたことがあるそうだ。それを再読《また》みたいから俺に借りて来て呉れと言うんですがね。』

『おや、何故御自分で被来《いらっしゃ》らないでしょう？』

『だって寝てるんだもの。』

『じゃもう、再床《またとこ》に就いたの？』と低めに言って、胡散《うさん》臭い眼付をする。

『一昨日俺と鮎釣に行って、夕立に会ったんですよ。それで以て山内は弱いから風邪を引いたんだ。』

『あら昌作さん、山内さんは肺病だったんじゃ有りませんか？』

『肺病？』と正直に驚いた顔をしたが『嘘だ！』

『嘘なもんですか。始終那麼《しょっちゅうあんな》妙な咳をしていたじゃありませんか。……加藤さんが然《そ》言ってるんですもの。』

『肺病だと？』

『え。』と気がさした様に声を落として、『だけど私が言ったなんか言っちゃ厭よ。よ、昌作さん貴方も伝染《うつ》らない様に用心なさいよ。』

『莫迦な！　山内は那麼《あんな》小さい体をしてるもんだから、皆で色々な事を言うんだ。俺だって咳はする――。』

『馬の様な咳を。ホホ、、。』と富江は笑って、『誰がまた、那麼《あんな》一寸法師さんを一人前の人待遇《あつかい》にするもんですか。』

そして取って付けた様にホホ、、と再《また》笑った。

『だから不可《いけ》ない。』と昌作は錆びた声に力を入れて、『体の大小によって人を軽重するという法はない。真個《ほんと》に俺は憤慨する。家の奴等も皆然《そ》うだ。』

『然《そ》うでないのは日向のハイカラさん許りでしょう！』

昌作は聞かぬ振をして、『英吉利の詩人にポープという人が有った。その詩人は、佝僂《せむし》で跛足《びっこ》だったそうだ。人物の大小は体に関らないさ。』と、三文雑誌ででも読んだらしい事を豪そうに喋る。

『大層力んで見せるのね。だけれど山内様は別に大詩人でもないじゃありませんか?』

『それは別問題だ。……』と正直に塞《つま》って、『それは然うと、今言った書《ほん》を貸して下さい。』

『家《うち》に置いてあるの。』

『小使を遣って取寄せて呉れるさ。』と頼む様な調子で。

『肺病患者なんかに！』独言《ひとりごつ》様に言って、『あのね、昌作さん。』と可笑しさを怺《こら》えた様な眼付をする。『係《か》う言って下さいな山内さんに。あのね、評釈なんか無くって解るじゃありませんかって。』

『え？　何ですって?』と昌作は真面目に腑に落ちぬ顔をする。

『ホホ、、、。』と、富江は一人高笑いをした。そして『書《ほん》はね、後刻《あと》で誰かに届けさせますよ。』

一時間程経って、昌作は、来た時の様にぶらりと、帽子も冠らず、単衣の両袖を肩に捲くり上げて、長い体を妙に気取って、学校の門を出た。

そして川崎道の曲角まで来た時、二三町彼方から、深張りの橄欖《オリーブ》色の傘をさした、海老茶の袴を穿いた女が一人、歩いて来るのに目をつけた。『ははあ、帰って来たな。』と呟いて、足を淀めたが、ついと横路へ入る。

三日前に画家の吉野と同じ汽車に乗り合わせて、大沢温泉に開かれた同級会へ行った智恵子は、今しも唯一人、町の入口まで帰って来た。

三

小川家の離室《はなれ》には、画家の吉野と信吾とが相対している。吉野は三十分許り前に盛岡から帰って来た所で、上衣を脱ぎ、白綾の夏襯衣《ちょっき》の、その鈕まで脱《はず》して、胡座《あぐら》をかいた。

その土産らしい西洋菓子の函を開き茶を注《つ》いで、静子も其処に坐った。母屋の方では、キャッ〳〵と小妹共の騒ぐのが聞こえる。

『だからね。』と吉野は其友渡辺の噂を続けた。

『僕は中学の画の教師なんかやるのが抑も愚だと言って遣《や》ったんだ。奴だって学校にいた時分は夢を見たものよ。尤も僕なんかより遙《ずっ》と常識的な男でね。静物の写生なんかに凝ったものだ。だが奴が級友の間でも色彩《いろ》の使い方が上手でね、活きた色彩を出すんだ。何色彩《なにいろ》を使っても習慣《コンベンション》を破ってるから新しいんだよ。何時かの展覧会に出した風景と静物なんか黒人《くろうと》仲間じゃ評判が好かったんだよ。其奴が君、遊びに来た中学生に三宅の水彩画の手本を推薦してるんだからね。……僕は悲しかったよ。否《いや》悲しいというよりは癪に障ったよ。何というのかな、那麼《あんな》具合で到頭埋もれて了うのを。平凡の悲劇とでも言うかな……。』

『だって君。』と信吾は委細呑込んだと言った様な顔をして、『其人にだって家庭の事情てな事が有らあな。一年や二年中学の教師をした所で、画才が全然滅びるって事も無かろうさ。』

『それがよ、家庭の事情なんて事がてんで可《よ》くない。生活問題は誰にしろ有るさ。然し芸術上の才能は然うは行かない。其奴が君、戦っても見ないで初めっから生活に降参するなんて、意気地が無いやね。……とまあ言って見たんさ、我身に引較べてね。』

『ハハ、、。君にも似合わんことを言うじゃないか。』とごろり横になる。

其処へ、庭に勢いよき下駄の音がして、昌作が植込の中からひょっくりと出て来た。今しも町から帰って来たので。

『やあ、お帰りになりましたな。』と吉野に声をかける。

『否、も少し先に。今日も貴方は鮎釣でしたか?』

『否《いいえ》。』と無造作に答えて縁側に腰を掛けた。『吉野さん、貴方、日向さんと同じ汽車でしたろう?』

『え?』と静子が聞耳を立てる。

『然う、然う。』と、吉野は今迄忘れていたと言った様に言って、静子の方に向いた。『それ、過日《こないだ》橋の上に貴女と二人立っていた方ですね。あの方と今日同じ汽車に乗りましたよ。』

『あら智恵子さんと。然うでしたか！　よくお解りになりましたね。』と嫣乎《にっこり》、何気なく言った。

『否《いや》その、何です、今話した渡辺の家で紹介されたんです。渡辺の妹君《シスター》と親友なんだそうで、偶然同じ家に泊まった訳なんです。』と、吉野は急しく眼をぱちつかせ乍ら、無意識に煙草に手を出す。

『おや然うでしたの！』

『然うかい！』と信吾も驚いて、『それは奇遇だったたな。実に不思議だ。』

『別段奇遇でも無かろうがね。唯逢ったただけよ。』と、吉野は顔にかゝる煙草の煙に大仰《おおぎょう》に眉を寄せる。

『昌作さんは何ですか、日向さんと逢って来たの？』と信吾が横になった儘《まま》で問うた。

『否《いや》。帰って来た所を遠くから見ただけだ。』

『よっぽど遠くからね？　ハ、、、。』

昌作はムッとした顔をして、返事はせずに、吉野の顔色を覗《うかが》った。

然うしてる所へ、母屋の方には賑かな女の話声。下女が前掛で手を拭きながらばた〳〵駆けて来て
『若旦那様、お嬢様、板垣様の叔母様が盛岡からお出《で》ぁんした。』

『あら今日被来《いらし》たの。明日かと思ったら。』と、静子は吉野に会釈して怡々《いそいそ》下女の後から出て行く。

『父の妹が泊懸《とまりがけ》に来たんだ。一寸行って会ってくるよ。』
と信吾も立った。昌作は何時の間にか居ない。
吉野は眉間の皺を殊更深くして、じっと植込の辺に瞳を据えていた。

【其八】

一

智恵子は渡辺の家に一泊して、渡辺の妹の久子というのと翌《あくる》一日大沢の温泉に着いたのであった。その夕方までには、二十幾名の級友大方臨渓館という温泉宿の二階に、県下の各地方から集まった。

兎角女というものは、学校にいる時は如何に親しくしても、一度別れて了えば心ならずも疎《うと》くなり易い。それは各々の境遇が変わって了う為めで、智恵子等のそれは、卒業してからも同じ職業に就いてるからこそ、同級会という様なものも出来るのだ。三年の月日を姉と呼び妹と呼んで一棟の寄宿舎に起臥《おきふし》を共にした間柄、校門を辞して散々に任地に就いてからの一年半の間に、身に心に変化のあった人も多かろうが、さて相共に顔を合わせては、自《おのず》から気が楽しかった寄宿舎時代に帰った。数限りなき追憶が口々に語られた。気軽な連中は、階下の客の迷惑も心づかず、その一人が弾くヴァイオリンの音に伴れてダンスを始めた。恁《か》くて此若い女達は翌《あくる》二日の夜更までは何も彼も忘れて楽しみに酔うた。欠席したのは四人、その一人は死に、その一人は病み、他の二人は懐妊中とのことで。――結婚したのはこの外にも五六人あった。

各々の任地の事情が、また、事細かに話し交された。語るべき友の乏しいという事、頭脳《あたま》の旧い校長の悪口、同じ師範出の男教員が案外不真面目な事、師範出以外の女教員の劣等な事、これらは大体に於て各々の意見が一致した。中に一人、智恵子の村の加藤医師と遠縁の親戚だというのがあった。その女から、智恵子は清子に宛てた一封の手紙を托された。

その手紙を届けるべく、智恵子は渋民に帰った翌日の午前、何気なく加藤医院を訪れたのであった。

玄関には、腰掛けたのや、上り込んだのや、薄汚い扮装《なり》をした通いの患者が八九人、詰まらな相な顔をして、各自《てんで》に薬瓶の数多く並んだ棚や粉薬を分量している小生意気な薬局生の手先などを眺めていた。智恵子が其処へ入ると、有っ丈の眼が等しく其美しい顔に聚《あつま》った。

『奥様は？』

『はい。』と答えて、薬局生は匙を持った儘《まま》中に入ってゆく。居並ぶ人々は狼狽《うろた》えた様に居住いを直した。諄々《くどくど》と挨拶したのもあった。

今朝髪を洗ったと見えて、智恵子は房々とした長い髪を、束ねもせず、緑の雲を被いだ様に、肩から背に豊かになびかせた。白地に濃い葡萄色の矢絣の新しいセルの単衣に、帯は平常のメリンス、そのきちんとしたお太鼓が揺らめく髪に隠れた。

少し手間取って、倉皇《そそくさ》と小走りに清子が出て来た。

『まあ日向先生、何日お帰りになりましたの？　さ何卒《どうぞ》。』

『は有難う。昨日夕方に帰りました許りで。』

『お楽しみでしたわねえ。さ何卒お上り下さいまし、……あの小川さんのお客様も被来《いらし》てますから。』

『は？』と智恵子は、脱ぎかけた下駄を止めた。

『吉野さんとか被仰る、画をお描きになる……貴女にも盛岡でお目にかゝったとか被仰って御座いますよ。』

『あの、吉野さんが？』

『え。宅が小川さんで二三度お目にかゝりました相で、……昌作さんとお二人。ま何卒《どうぞ》。』

『は有難う。あのう……』と言い乍ら智恵子は懐から例の手紙を取り出して、手短に其由来を語って清子に渡した。

『ま然うでしたか。それは怎うも。……それは然うと、さ、さ。』と。手を引く許りにする。

『あの一寸学校に行って見なければなりませんから、何れ後で。』

『あら、日向様、其麼《そんな》貴女……。』と、清子が捉える袂を、スイと引いて、

『真個《ほんと》よ、奥様。何れ後で。』

智恵子は逃げる様にして戸外に出た、と、忽ち顔が火の様に熱って、恐ろしく動悸がしてるのに気がついた。

二

加藤の玄関を出た智恵子は、無意識に足が学校の方へ向かった。莫迦に胸騒ぎがする。

「何故那麼《あんな》に狼狽《うろた》えたろう?」と恁う自分で自分に問うて見た。

「何故那麼《あんな》に狼狽《うろた》えたろう? 吉野さんが被来《いらし》ていたとて! 何が怖かったろう! 清子さんも可笑しいと思ったであろう! 何故那麼《あんな》に狼狽《うろた》えたろう? 何も訳が無いじゃないか!」

理由は無い。

智恵子は一歩毎に顔が益々上気して来る様に感じた。何がなしに、吉野と昌作が背後《うしろ》から急ぎ足で追駆けて来る様な気がする。それが、一歩《ひとあし》々々に近づいて来る……

其麼事《そんなこと》は無い、と自分で譓《たしな》めて見る、何時しか息遣いが忙しくなっている。

取留めもなく気がそわついてるうちに歩くともなくもう学校の門だ。つと入った。

職員室の窓が開いて、細い竿釣が一間許り外に出ている。宿直の森川は、シャツ一枚になって、一生懸命釣道具を弄《いじく》っていた。

不図顔を上げると、

『おや、日向さん、何時お帰りになりました?』

『は、あの、昨日夕方に。』と、外に立って頭を下げる。洗い髪がさらりと肩から胸へ落つる。

智恵子は、うるさい様にそれを手で後ろにやった。

『面白かったでしょう? さ、まあお上りなさい。』

『否《いいえ》、あの。』と息が少し切れる。『あの私宛の手紙でも参っていませんでしょうか?』

『奈何《どう》でしたか! あ、来ませんよ、神山様の方の間違です。まあお上りなさい。』

『は有難う御座います。一寸あの、一寸、後ろの山へ行って見ますから。』

『山へ? 茸狩はまだ早いですよ。ハ、、。まあ可いでしょう?』

『は、何れ明日でも。』と行掛ける。

『あ、日向様、貴女《あなた》に少しお願いがありますがねえ。』

『何で御座いますか?』

『何有真《なあにほん》の些《ちょっ》とした事ですがね。』と、森川は笑っている。

『何で御座いますか、私に出来る事なら……。』と智恵子は何時になく焦《もど》かし相な顔をした。

『出来る事ですとも。』また笑って、『その何ですよ、過日《こないだ》、否《いや》昨日か、神山様にも一日お願いしたんですがね。その、私は鮎釣に行きますから、御都合の可い時一日学校に被来《いらっしゃ》って下さいませんか?』

『は、可《よ》う御座いますとも。何日《いつ》でも貴方の御出懸けになる時は、あの大抵の日は小使をお寄越し下されば直ぐ参ります。』

『然うですか。じゃお願い致しますよ、済みませんが。』

『何日でも……。』と言って智恵子は、足早に裏の方に廻った。

裏は直ぐ雑木の山になって、下暗い木立の奥がこんもりと仰がれる。校舎の屋根に被《かぶ》さる様になった青葉には、楢もあれば、栗もある。鮮やかな色に重なり合って。

便所の後ろになっている上り口から、智恵子はすたすたと坂を登った。

木立の中から、心地よく湿った風が顔へ吹く。と、そのこんもりした奥から楽しそうな昼杜鵑《ほととぎす》の声。

声は小迷《さまよ》う様に、彼方此方《あちこち》、梢を渡って、若き胸の轟きに調べを合わせる。

智恵子は躍る様な心地になって、つと青葉の下蔭に潜り込んだ。

三

や、急な西向の傾斜、幾年《いくとせ》の落葉の朽ちた土に下駄が沈んで、緑の屋根を洩れる夏の日が、処々、虎斑《とらふ》の様に影を落として、そこはかとなく揺らめいた。細き太き、数知れぬ樹々の梢は参差《しんし》として相交っている。

唆かす様な青葉の香が、頬を撫で、髪に戯れて、夏蔭の夢の甘さを吹く。

『クク、、クウ』と、すぐ頭の上、葉隠れた昼杜鵑が啼く。酔った様な、楽しい様な、切ない様な、若い胸の底から漂い出る様な声だ。その声が、ク、ク、ク、と後を刻んで、何処ともなき青葉の瑲《さや》ぎ！

と、少し隔った彼方から、『クク、、クウ』と同じ声が起こる。

『クク、、クウ。クク、、クウ。』と、背後《うしろ》の方からも。

『漂える声《ワンダリングブォイス》』とライダル湖畔の詩人が謳った。それだ、全くそれだ。甘き青葉の香を吸い、流れるこの鳥の声を聞いては、身は詩人でなくても、魂が胸を出て、声と共にそこはかとなく森の下蔭を小迷《さまよ》うてゆく思いがする。

声の所在《ありか》を覓《もと》むる如く、きょろ〱と落ち着かぬ様に目を働かせて、径もなき木陰地《こさぢ》の湿りを、智恵子は樹々の間を其方《そなた》に抜け此方《こなた》に潜る。夢見る人の足調《あしどり》とは是であろう。髪は肩に乱れ、胸に波打ち、はら〱と顔にも懸る。それを払おうとするでもない。

故もなく胸が騒いでいる。酔った様な、楽しい様な、切ない様な……宛然《さながら》葉隠れの鳥の声の、何か定めなき思いが、総身の脈を乱している。

『クク、、クウ』と鳥の声。

「私ほど辛い悲いものはない！」

恁う訳のないことを、何がなしに心に言ってみた。何が辛いのか、何が悲しいのか、それは自分では解らない。たゞ然う言って見たかったのだ。言った所で、別に辛くも悲しくもない。

「吉野さんが町に、加藤の家に来ている。」智恵子に解ってるのは之だけだ。

初めて逢ったのは鶴飼橋の上だ。その時の、俥の上の男の容子は、今猶明かに心に残っている。然し言葉を交したでもない。友の静子は耳の根迄紅くなっていた。その静子は又、自分とあの人が端なくも汽車に乗り合わせて盛岡に行く時、田圃に出て手巾を振った。静子の底の底の心が、何故か自分に解った様な気がする。

『何故あの時、私はあの人の背後《うしろ》に隠れたろう?』恁う智恵子は自分に問うて見る。我知らず顔が紅くなる。

其晩、同じく久子の家に泊まった。久子兄妹とあの人と自分と、打伴れて岩手公園に散歩した。甘き夏の夜の風を、四人は甚麽《どんな》に嬉しんだろう! 久子の兄とあの人との会話が、解らぬ乍らに甚麽《どんな》に面白かったろう!

『君は天才なんだ。』恁う久子の兄が幾度か真摯《まじめ》に言った。何かの話の時、『矢張り女というものは全く放たれる事が出来ん。男は結局一人ぼっちよ、死ぬまで。』とあの人が言った!

翌日久子と大沢に行って、昨日午前再び下小路なる久子の家まで帰った。

『日向様は何日お帰りになります!』恁うあの人が言った。

『明日になさいな、ねえ!』と久子が側から言った。

『吉野さんも然う遊ばせな何卒《どうぞ》。』

『否《いや》、僕は今日午後に発ちます。』

遂に同じ汽車で帰って、再会を約して好摩が原で別れた。

『それだけだ。』と智恵子は言って見た。何が（それだけ）なのか解らぬ。（それだけ）が何《ど》れだけなのか解らぬ。

解ってるのは、その吉野が今昌作と二人加藤の家にいる事だけだ。或はもう、加藤の家を出たかも知れぬ。出て而《そう》して、何処へ？ 何処へ？

『クク、、クウ。』という声は遙《ずっ》と背後《うしろ》に聞こえた。智恵子は何時しか雑木の木立を歩み尽きて、幾百本の杉の暗く茂った、急な坂の上に立っていた。

佶《きっ》と其下の方を見て居たが、何を思ってか、智恵子は忙しく其急な坂を下り始めた。

四

ダラ〳〵と急な杉木立の、年中日の目を見ぬ仄暗い坂を下り尽くすと、其処は町裏の野菜畑が三角形に山の窪みへ入込んで、其奥に小さな柾葺《まさぶき》の屋根が見える。大窪の泉と云って、杉の根から湧く清水を大きい据桶に湛えて、雨水を防ぐ為に屋根を葺いた。町の半数の家々ではこの水で飯を炊《かし》ぐ。

蓊鬱《こんもり》と木が蔽《かぶ》さってるのと、桶の口を溢れる水銀の雫の様な水が、其処らの青苔や円い石を濡らしてるのとで、如何な日盛りでも冷たい風が立って居る。智恵子は不図渇を覚えた。まだ午飯《ひるめし》に余程間があると見えて、誰一人水汲が来ていない。

重い柄杓に水を溢れさせて、口移しに飲もうとすると、さらりと髪が落つる。髪を被いた顔が水に映った。先刻から断間《しきり》なしに熱《ほて》ってるのに、四辺《あたり》の青葉の故か、顔が例《いつも》より青く見える。

智恵子は二口許り飲んだ。歯がきり〳〵する位で、心地よい冷さが腹の底までも沁み渡った。と、顔の熱るのが一層感じられる。『怎うして青く見えたか知ら！』と考え乍ら、裏畑の細径伝《ほそみちづた》い急ぎ足に家へ帰った。

『誰方《どなた》も被来《いらっしゃ》らなくって？』

『否《いえ》。』とお利代は何気ない顔をしている。『あら、何処へ行ってらしったんですか？　お髪《ぐし》に木の葉が付いて。』

『然う？』と手を遣って見て、『学校の後ろの山を歩いて見ましたの。』

『お一人で！』

『否、子供達と。』と、うっかり言ったが、智恵子は妙に気が引けた。

『先生、俺《おら》も行きたいなぁ。』と梅ちゃんが甘える。

『俺も、俺《おら》も。』と新坊は気早に立ち上がって雀躍《こおどり》する。

『ホホ、、。もう行って来たの。この次にね。』と言い乍ら、智恵子は己が室に入った。

「来なかった！」と思うと、ホッと安心した様な気持だ。と又、今にも来るかという新しい心配が起こる。戸外を通る人の跫音が、忙しく心を乱す。戸口の溝の橋板が鳴る度、押えきれぬ程動悸がする。

「奈何《どう》したというのだろう？」と自分の心が疑われる。莫迦な！　と叱っても矢張り気が気でない。強いて書を読んで見ても、何が書いてあったか全然心に留らない。新坊が泣き出しでもすると訳もなく腹立しくなる。幾度も幾度も室の中を片付けているうちに、午食《ひる》になった。

『小母《おば》さん、私の顔紅くなって？』と箸を動かしながら訊いた。

『否《いえ》。些とも。』

『然う？　じゃ平生《ふだん》より青いんでしょう。』

『否《いいえ》、何ともありませんよ。怎うかなすったんですか？』

『怎うもしないんですけど、何だかほか〳〵するわ。目の底に熱がある様で……。』

『暑いところを山へなんか被行《いらし》ったからでしょうよ。今日はこれから又甚麽《どんな》に蒸しますか！』

何がなしに気が急《せ》いて、智恵子はさっさと箸を捨てた。何をするでもなく、気がそわ〳〵して、妙な陰翳《くうさ》が心に湧いて来る。「怎うもしないのに！」自分に弁疏《いいわけ》して見る傍から、「屹度加藤さんでお午餐《ひる》が出て、それから被来《いらっしゃ》る。」という考えが浮かぶ。髪を結《ゆ》おう、結《ゆ》おうと何回と無く思い付いたが、箪笥の上の鏡に顔を写しただけ。到頭三時近くなった。

「世の中が詰まらない！」と言った様な失望が、漠然と胸に湧く。自省の念も起こる。気を紛らわそうと思って二人の子供を呼んだ。智恵子の拵えてくれた浴衣をだらしなく着た梅ちゃんと、裸体に腹掛をあてた新坊が喜んで来た。

『何か話をして上げましょう？　新坊さんは桃太郎が好き？』

『嫌《いや》。』と頭を振って、『山さ行く。』

『先生、山さ連れてって。』と梅ちゃんも甘えかゝる。

『ホホ、、、何方《どっち》も山へ行きたいの？　山はこの次にね……。』

と言ってる所へ、入口に人の訪るゝ気勢《けはい》。智恵子は佶《きっ》と口を結んだ。俄かに動悸が強く打つ。

五

胸を轟かして待った其人では無くて訪ねて来たのは信吾であった。智恵子は何がなしにバツが悪く思った。

信吾は常に変わらぬ容子乍らも、何処か落ち着かぬ様で、室に入ると不図気がさした様に見廻して坐ったが、今まで客のあったとも見えぬ。

『吉野君が来なかったですか？』

『否《いいえ》。』と対手の顔色を見る。

『来ない？　然うですか、何処へ行ったかなぁ。はてな』と、信吾は是非逢わねばならぬ用でもある様に考える。

『あの、お一人でお出懸けになったんで御座いますか？』

『昌作と二人です、今朝出たっ限《きり》まだ帰らないんですが、多分貴女《あんた》ん許《とこ》かと思って伺ったんです。』

何故此家に居ると思ったか、此家に来ると其人が言って出たのか、又、若し真に用があるのなら、午前中確かに居た筈の加藤へ行って聞けば可い。言い方は様々あったが、智恵子は膝に目を落として、唯『否《いいえ》。』と許り。

危《あぶ》ない芸当を行《や》ってるという様な気がして、心が咎める。

『はてな。』と、信吾はまた大袈裟に考え込む態《さま》を見せて、『実は何です、家に親類の者が来ていて僕は今朝出られなかったんですが、一寸今、用が出来たもんですから探しに来たんです。』

『何方《どちら》か外にお尋ねになったんで御座いますか？』

『否《いいえ》、』と信吾は少し困って、『……真直に此方へ。』

『此家《ここ》へ被来《いらっしゃ》るとでも被仰《おっしゃ》って、お出懸けになられたんで御座いますか？』

『然うじゃないんですが、唯、多分然うかと思ったんで。』

『奈何《どう》してで御座いますか？』

『ハッハハ。』と、男は突然大きく笑った。『違いましたね。それじゃ何処へ行ったかなぁ！』

智恵子は黙って了った。

『盛岡でお逢いになったんですってね、吉野に？』

『え。渡辺さんというお友達の家に参りましたが、その方の兄さんとお親しい方だとかで……あの、些《ちょっ》とお目に懸ったんで御座います。』

「巧く言ってやがらぁ、畜生奴！」と心の中。『甚麼《どんな》男です、貴女の見る所では？』

智恵子は不快を感じて来た。『奈何《どう》って、別に……。』

『僕はあゝした男が大好《だいすき》ですよ。僕の知ってる美術家連中も少なくないが、吉野みたいな気持の好い、有望な男は居ませんよ……。』と、信吾は誇張した言方をして、女の顔色を見る。

『然うで御座いますか。』と言った限《きり》、智恵子は真面目な顔をしている。

話は遂にはずまなかった。智恵子には若しや恁うしてる所へ其人が来はせぬかという心配がある。そして、其人に関する事を言い出されるのが、何がなしに侮辱されてる様な気がする。信吾は信吾で、妙に皮肉な考え許り頭に浮かんだ。

それでも、四十分許り向かい合っていて不図気が付いた様にして信吾はその家を辞した。

『畜生奴！』恁う先《ま》ず心に叫んだ。

元が用があって探しに来たのでも無いのだから、その儘《まま》家路を急いだ。母は二三日前からまた枕に就いた。父は留守。其処へ饒舌《おしゃべり》の叔母が子供達と共に泊りに来たのが、今朝も信吾は其叔母に捉まって出懸けかねた。吉野は昌作を伴れて出懸けた。午後になって父が帰ると、信吾は何となく吉野と智恵子の事が気に掛った。それは一つは退屈だった為めでもある。も一つには、その二人が自分の紹介も待たずして知己になったのが、訳もなく不愉快なのだ。隠して置いた物を他人に勝手に見られた様な感じが、信吾の心を焦立《いらだた》せている。

『今日は奈何して、あ、冷淡だったろう?』と、智恵子の事を考え乍ら、信吾は強く杖《ステッキ》を揮って、路傍の草を自暴《やけ》に薙ぎ倒した。

【其九】

一

叔母一行が来て家中《やうち》が賑ってる所へ夕方から村の有志が三四人、門前寺の梁《やな》に落ちたという川鱒を携《も》って来て酒が始まったので、病床のお柳までが鉢巻をして起きるという混雑、客自慢の小川家では、吉野までも其席に呼出した。燈火の点く頃には、少し酒乱の癖のある主人の信之が、向鉢巻をしてカッポレを踊り出した。

朝から昌作の案内で町に出た吉野の帰った時は、先に帰った信吾が素知らぬ顔をして、客の誰彼と東京談をしていた。無理強いの盃四つ五つ、それが悉皆《すっかり》体中に循《めぐ》って了って、聞苦しい土弁《どべん》の川狩の話も興を覚えた。真紅《まっか》な顔をした吉野は、主人のカッポレを機《しほ》に密乎《こっそり》と離室に逃げ帰った。

其縁側には、叔母の子供等や妹達を対手に、静子が何やら低く唱歌を歌っていた。

『あゝ、悉皆《すっかり》酔っちゃった。』恁う言って吉野は縁に立つ。

『御迷惑で御座いましたわね。お苦しいんですか其麽《そんな》に？』

燈火《あかり》に背《そむ》いた其笑顔が、何がなしに艶に見えた。涼しい夜風が遠慮なく髪を嬲《なぶ》る。庭には植込の繁みの中に蛍が光った。子供達は其方にゆく。

『飲みつけないもんですからね。然し気持よく酔いましたよ。』と言い乍ら、吉野は庭下駄を穿いた。其実、顔がぽつぽつと熱《ほて》るだけで、格別酔った様な心地でもない。

『夜風に当たると可《よ》う御座いますわ。』

『え、些《ち》と歩いて見ましょう。』と、酒臭い息を涼しい空に吹く。月の無い頃で、其処此処に星がちらついた。

『静や、静や。』と母屋の方からお柳の声。

吉野はぶらり〳〵と庭を抜けて、圃路《はたけみち》に出た。追い駆ける様な家の中の騒ぎの間々に、静かな麦畑の彼方から水の音がする。暗《やみ》を縫うて見え隠れに蛍が流れる。

夜涼《よびえ》が頬を舐めて、吉野は何がなしに一人居る嬉しさを感じた。恁《か》うした田舎の夜路を、何の思うことあるでもなく、微酔《ほろよい》の足の乱れるでもなく、しっとりとした空気を胸深く吸って、ぶらり〳〵と辿る心地は、渠《かれ》が長く〳〵忘れていた事であった。北上川の水音は漸々《だんだん》近くなった。足は何時しか、町へ行く路を進んでいた。

轟然たる物の音響《ひびき》の中、頭を圧する幾層の大厦《たいか》に挟まれた東京の大路を、苛々《いらいら》した心地で人なだれに交って歩いた事、両国近い河岸の割烹店《レストラン》の窓から、目の下を飛ぶ電車、人車、駆け足をしてる様な急しい人々、さては、濁った大川を上り下りの川蒸汽、川の向岸に立列んだ、強い色彩の種々の建物などを眺めて、取り留めもない、切迫塞《せっぱつま》った苦痛《くるしみ》に襲われていた事などが、怎《ど》うやらずっと昔の事、否、他人の事の様に思われる。

吉野は、今日町に行って加藤で御馳走になった事までも、既《も》う五六日も十日も前の事の様に思われた。自分が余程以前《まえ》から此村にいる様な気持で、先刻逢って酒を強いられた許りの村の有志――その中には清子の父なる老村長もいた――の顔も、可也古くからの親しみがある様に覚えた。

いつしか高畠の杜を過ぎて、鶴飼橋の支柱が夜目にそれと見える様になった。急に高まった川瀬の音が、静かな、そして平かな心の底に、妙にしんみりした響きを伝える。と、その川瀬の音に交って、子供らの騒ぐ声が聞こえ出した。

橋の袂まで来た。不図子供らの声に縺れて、低い歌が耳に入る。

『……かーみはーあーいーなり。』

仄白い人の姿が、朧気に橋の上に立っている。

橋の上の仄白い人影、それは智恵子であった。

二

信吾の帰った後の智恵子は、妙に落膽《がっかり》して気が沈んだ。今日一日の己が心が我ながら怪まれる。

『奈何《どう》したというのだろう？　私はあの人を、思ってる……恋してるのか知ら！』『否！』と強く自ら答えて見た。自分は仮にも其麼事《そんなこと》を考える様な境遇じゃない、両親はなく、一人ある兄も手頼《たより》にならず、又成ろうともせぬ。謂わばこの世に孤独の自分は、傍目もふらずに自活の途を急がねばならぬ。それだのに、何故這麼《こんな》……？

愞《じ》れに愞《じ》れて待った其人の、遂に来なかった失望が、冷かに智恵子の心を嘲った。二度と這麼事《こんなこと》は考えまい！　と思う傍から、『矢張り女は全く放たれる事が出来ない。男は結局孤独だ、死ぬまで。』と久子の兄に言った其人の言葉などが思い出された。書《ほん》を読む気もしない。学校へ行ってオルガンでも弾こうと考えても見た。うっかりすると取り留めのない空想が湧く……。

日が暮れると、近所の女小児《おんなこども》が蛍狩に誘いに来た。案外気軽に智恵子はそれに応じて宿の二人の子供をも伴れて出た。出る時、加藤の玄関が目に浮かんだ。其処には数々の履物に交って赤革の夏靴が一足脱いであった。小川のお客様も来ていると清子の言ったその時、智恵子は、あ、これだ！　と其靴に目を留めたっけ！
村で蛍の名所は二つ、何方《どっち》に為《し》ようと智恵子が言い出すと、子供らは皆舟綱《ふなた》橋に伴れてっ
て呉れと強請《せが》んだ。
『彼方《あっち》には男生徒が沢山行ってるから、お前達には取れませんよ。』と恁《か》う智恵子が言った。
女児等《こども》は、何有《なあに》男に敗《ま》けはしないと口々に騒いだが、結句《けっく》智恵子の言葉に従って鶴飼橋に来た。
夏の夜、この橋の上に立って、夜目《よめ》にも著《しる》き橋下の波の泡を瞰下《みおろ》し、裾も袂も涼しい風に
はらめかせて、数知れぬ囁《さゝや》きの様な水音に耳を澄した心地は長く〳〵忘られぬであろう。南
岸の崖の木々の葉は、その一片々々《ひとつひとつ》が光るかと見えるまで、無数の蛍が集まっていて、それ
が時を計って、ポーッと一度に青く光る。川水も青く底まで透いて見える。と、一度にすっ
と暗くなる。また光る、また消える、また光る……。其中から、迷い出る様に風に随って飛
ぶのが、上から下から、橋の下を潜り、上に立つ人の鬢《びん》を掠《かす》める。低く飛んだのが誤って波
頭に呑まれてその儘《まま》あえなく消えるものもある。
低くなった北岸の川原にも、円葉楊《まるばやなぎ》の繁みの其方此方《そちこち》、青く瞬く星を鏤《ちりば》めた其隅々には、
暗に仄めく月見草が、しと〳〵と露を帯びて、一団ずつ処々に咲き乱れている。
女児等《こどもら》は直ぐ川原に下りて、キャッ〳〵と騒ぎ乍ら流れる蛍を追っている。智恵子は何が
なしに、唯何がなしに橋の上にいたかった。其麼事《そんなこと》は無い！　と否み乍らも、何がなしに、
若しや、若しや、という朦乎《ぼんやり》した期待《のぞみ》が、その通路《とおりみち》を去らしめなかった。

今日一日の種々《いろいろ》な心持と違った、或る別な心持が、新しく智恵子の心を領《しめ》した。そこはかとなき若き悲哀──手頼《たより》なさが、消えみ明るみする蛍の光と共に胸に往来して、他《ひと》にとも自分にとも解らぬ、一種の同情が、自《おのず》と呼吸《いき》を深くした。

幸福とは何か？ 這麽《こんな》考えが浮かんだ。神の愛にすがるが第一だ、と自分に答えて見た。不図智恵子は、今日一日全く神に背いて暮した様な気がして来た。『神に遁れる、という様な事も有得るですね。』と、何時だったか信吾の言った言葉も思い出された。智恵子の若い悲哀は深くなった。遂に讃美歌を歌い出した。

『……やーみ路《じ》をー、てーらせりー、かーみはーあーいーなりー。』

「愛」という語が何がなく懐しかった。そして又繰り返した。『……あーいーなり……。』

下駄の音が橋に伝わった。智恵子は鋭敏にそれを感じて、つと振り返った。が、待構えでも居た様に、不思議に動悸もしない。其人とは虫が知らしたのだが……。

三

『日向様じゃありませんか？』恁う言って、吉野は近づいて来た。

『まあ、貴方で御座いましたか！ 昨日は失礼致しました。』

『僕こそ。』と言いながら、男は少し離れて鋼線《はりがね》の欄干に靠《もた》れた。『意外な所で又お目にか丶りましたね。貴女《あなた》お一人ですか？』

『否《いいえ》、子供達に強請《せが》まれて蛍狩に。貴方も御散歩？』

『え。少し酒を飲まされたもんですから、密乎《こっそり》逃げ出して来たんです。実に好い晩ですねえ！』

『え、。』

不図話が断《き》れた。橋の下の川原には女児等《こどもら》が夢中になって蛍を追っている。

智恵子は胸を欄干に推当てた故《せい》か、幽かに心臓の鼓動が耳に響く。其間にも崖の木の葉が、光り又消える。

『貴女は、時々被来《いらっしゃ》るんですか、此処等《ここいら》に？』

『否《いいえ》。……滅多に夜は出ませんですけれど。……今日は余り暑かったもんで御座いますから！』

『あゝ然《そ》うですか！』

話はまた断れた。

『随分沢山な蛍で御座いますねえ！』と、今度は智恵子が言った。

『えゝ、東京じゃ迚《とて》も見られませんねえ。』

『左様《さよう》で御座いましょうねえ。』

『あ、貴女は以前東京に被居《いらしっ》たんですってねえ？』

『え。』

『余程以前ですか？』

『六七年前までで御座います。』

『然《そ》うでしたか！』と、吉野はまた何か言おうとしたが、立ち入った身の上の話と気が付いて、それなり止めた。

二人は又接穂《つぎほ》なさに困った。そして長い事黙していた。吉野は既《も》う顔の熱《ほて》りも忘られて、酔醒《よいざ》めの侘しさが、何がなしの心の要求《のぞみ》と戦った。つい四五日前までは不見不知《みずしらず》の他人であった若い美しい女と、恁うして唯二人人目も無き橋の上に並んでいると思うと、平生烈しい内心の圧迫を享け乍ら、遂今迄その感情の満足を図らなかった男だけに、言う許りなき不安が、「男は死ぬまで孤独だ！」という渠《かれ》の悲哀《かなしみ》と共に、胸の中に乱れた。

若しも智恵子が、渠の嘗て逢った様な近づき易い世の常の女であったなら、渠は直ぐに強い軽侮の念を誘い起こして自ら此不安から脱れたかも知れぬ。然し眼前の智恵子は渠の目には余りに清く余りに美しく、そして、信吾の所謂、近代的女性《モダンウーマン》で無いことを知った丈に、其不安の興奮が強かった。自制の意が酔い醒めの侘しさを掻き乱した。豊かな洗髪を肩から背に波打たせて、昵《じっ》と川原に目を落として、これも烈しく胸を騒がせている智恵子の歴然《くっきり》と白い横顔を、吉野は不思議な花でも見る様に眺めていた。

と、飛び交う蛍の、その一つが、スイと二人の間を流れて、宙に舞うかと見ると、智恵子の肩を辷って髪に留った。パッと青く光る。

『あ、』と吉野は我知らず声を立てた。智恵子は顔を向ける。其拍子に蛍は飛んだ。

たので。

『まあ！』と言って、智恵子は暗《やみ》ながら颯と顔を染めた。今まで男に凝視《みつめ》られていたと思って、二人の目は期せずして其一疋の蛍の後を追うた。ふら〳〵と頭の上に漂うて、風を喰った様に逆まに川原に逃げる。

『あれ、先生の方から！』と、子供の一人が其蛍を見付けたらしく、下から叫んだ。

『あれ！　あれ！』

『先生！　先生！』と女児等《こどもら》は騒ぐ、蛍はツイと逸《そ》れて水の上を横ざまに。

『先生！　下へ来て取って下《くな》んせ！』と一人が甘えて呼ぶ。

『今行きますよ。』と智恵子は答えた。下からは口を揃えて同じ事を言う。

『行って見ましょう！』恁《か》う吉野が言って欄干から離れた。

『は、参りましょう。』

『御迷惑じゃないんですか貴女《あなた》は？』

『否《いいえ》』と答える声に力が籠った。『貴方こそ？』

四

昼は足を燬《や》く川原の石も、夜露を吸って心地よく冷えた。処々に咲き乱れた月見草が、暗《やみ》に仄かに匂うている。その間を縫うて、二人はそこはかとなく小迷《さまよ》うた。

『その感想《かんじ》――孤独の感想《かんじ》がですね。』と、吉野は平生の興奮した語調《ちょうし》で語り続けていた。『大都会の中央《まんなか》の、轟然たる百萬の物音の中にいて感ずる時と、恁うした静かな村で感ずる時と、そりぁ違いますよ。矢張り何ですかね、新しい文明はまだ行き渡っていないんで、一歩都会を離れると、世界にはまだ〳〵ロマンチックが残ってるんですね。畢竟《つまり》夢が残ってるんですね。』

『は!』

『夢を見る暇も無い都会の烈しい戦争の中で、間断《ひっきり》なしの圧迫と刺戟を享けながら、切迫塞《せっぱつま》った孤独の感を抱いている時ほど、自分の存在の意識の強い事はありませんね。そりゃぁ苦しいですよ。苦しいけれど、矢張り新しい生活は其烈しい戦争の中で営まれるんですね。……が、です、田舎へ来ると違います。田舎にはロマンチックが残ってます。夢が残ってます、叙情詩《リリック》が残ってます。先刻も一人歩いていて然《そ》う思ったんですが、この静かな広い天地に自分は孤独だ! と感じてもですね、それが何だか恁《か》う、嬉しい様な気がするんです。切迫塞《ママ》った苦しい、意識を刺戟する感じでなくて、余裕のある、叙情的《リリカル》な調子《トーン》のある……畢竟《つまり》周囲の空気がロマンチックだから、矢張り夢の様な感じですね。……僕は苦しくって堪らなくなると何時でも田舎に逃げ出すんです。今度も然《そ》うです、畢竟、僕自身にもまだロマンチックが沢山残ってます。自分の芸術から言えば出来るだけそれを排斥しなきゃ不可《いけな》い。然しそれが出来ない！　抽象的に言うと、僕の苦痛が其努力の苦痛なんです、そして結局の所――』と激した語調《ちょうし》で続けて来て、

『結局の所、何方《どっち》が個人の生存――少なくとも僕一個人の生存に幸福であるか解らない！』と声を落とした。

智恵子は昵《じっ》と俯向《うつむ》いて、出来る丈け男の言う事を解そうと努めながら歩いていた。

『貴女は寂しい――孤独《ひとりぼっち》だと思うことがありますか？』

と、突然吉野が問うた。

『御座います！』と、智恵子は低く力を籠めて言って、男の横顔を仰いだ。

『貴女は親兄弟にも友人にも言えない様な心の声を何に発表されるんです？　唱歌《うた》にですか、涙にですか？』

『神様に……。』

『神様に！』と、男は鸚鵡《おうむ》返しに叫んだ。『神様に！　然うですねえ、貴女には神があるんですねえ！』

『僕にはそれが無い！　以前にはそれを色彩《いろ》と形に現せると思っていたんですが、又、実際

幾分ずつ現していたんですが、それがもう出来なくなった。』と言い乍ら、吉野は無雑作に下駄を脱ぎ裾を捲《まく》って、ひた〳〵と川原の石に口づけている浅瀬にざぶ〳〵と入って行く。

『モウパッサンという小説家は自己の告白に堪えかねて死んだと言いますがねえ……あ、気持が好い、怎《ど》うです、お入りになりませんか？』

『は。』と言って智恵子は嫣乎笑《にっこり》った。そして、矢張り跣足《はだし》になり裾を遠慮深く捲って、真白な脛の半ばまで冷かな波に沈めた。

『まあ、真個《ほんと》に……！』

吉野は膝頭の隠れる辺まで入って行く。二人はしばし言葉が断《き》れた。蛍が飛ぶ。子供らも二人の態《さま》を見て、我先にと裾を捲って水に入った。

相対した彼岸の崖には、数知れぬ蛍がパーッと光る。川の面が一面に燐でも燃える様に輝く。

『あれっ！』『あれっ、新坊さんが！』と魂消《たまげ》った叫声《さけびごえ》が女児《こども》らと智恵子の口から迸った。五歳の新坊が足を浚われて、呀《あっ》という間もなく流れる。と見た吉野は、突然手を挙げて智恵子の自ら救わんとするを制した。

『大丈夫！』唯一言、手早く尻をからげてざぶ〳〵と流れる子供の後を追う。子供は刻々中流へ出る、間隔は三間許りもあろう。水は吉野の足に絡《からま》る。川原に上がった子供らは声を限りに泣き騒いだ。

五

川底の石は滑かに、流れは迅い。岸の智恵子が俄かの驚きに女児等《こども》の泣き騒ぐも構わず、はら〳〵してる間に、吉野は危き足を踏みしめて十二三間も夜川の瀬を追駆《おっか》けた。波がざぶ〳〵と腰を洗った。

蛍の光と星の影、処々に波頭の蒼白く翻える間を、新坊はつぶ〳〵と流れて行く。ぐいと手を延ばすと、小さい足が捉《つかま》った。

『大丈夫！』と吉野は声高く呼んだ。

『捉《つかま》りましたか？』と智恵子の声。

『捉った！』

吉野は、濡れに濡れて呼吸《いき》も絶えたらしい新坊の体を、無造作に抱擁《だきかか》えて川原に引き返した。其処へ、騒ぎを聞いて通行の農夫《ひゃくしょう》が一人、提灯を下げて降りて来た。

『何したべ？　誰が死んだがな？』

『何有《なあに》、大丈夫！』と、吉野は水から上った。丁度橋の下である。

『新坊さん、新坊さん！』と、智恵子は慌てゝ子供に手を添えて、『まあ真個《ほんと》に！　怎うしましょう！』と顫《ふる》えている。

『大丈夫ですよ！』と吉野は落ち着いた声で言って、子供の両足を持って逆様に、小さい体を手荒く二三度振ると、吐出した水が吉野の足に掛った。

女児等《こども》は恐怖に口を噤んで、ぶる〳〵顫えて立っている。小さいのはしく〳〵泣いていた。

『瀬が迅《はや》えだでなナ！　こりゃはぁ先生許《とこ》の子供だな。』

と、農夫は提灯を翳《かざ》した。

と、吉野は手早く新坊の濡れた着衣を脱がせて、砂の上に仰向に臥《ね》せた。そして、それに跨る様にして、徐々《そろそろ》と人工呼吸を遣り出す。

可憐な小さい体を、提灯の火が薄く照らした。

智恵子は、しっかりと吉野の脱ぎ捨てた下駄を持った手を、胸の上に組んで、口の中で何か祈禱をしながら、熱心に男のする態を見て居た。

大きい蛍が一疋、スイと子供の顔を掠めて飛んだ。

『畜生！』恁《か》う言って農夫がそれを払った。

『わあ——』と、眠りから覚めた様な鈍い泣声が新坊の口から洩れた。

『新坊さん！』と、智恵子は驚喜の声を揚げて、矢庭に砂の上の子供に抱着いた。

『生きた！　生きた！』と女児等《こども》も急に騒ぐ。

新坊の泣き声も高くなった。眼も開いた。

『死んだんじゃないんだよ、初めっから。』と、吉野もホッと安心した様な顔を上げて、笑いながら女児等《こども》を見廻わした。

『はあ、大丈夫だ。』と農夫も安心顔。

『何とはあ、此処ぁ瀬が迅《はや》えだで、小供等《わらしゃど》にゃ危《あぶ》ねえもんせえ。去年もはあ……』と、暢気《のんき》に喋り立てる。

『わあ──』と新坊はまた泣く。

『その着物を絞って下さい、日向様《さん》、いや、それより温《あった》めてやらなくちゃ。』と、吉野は裙やら袖やら濡れた己が着物の帯を解いて、肌と肌、泣く児をぴったりと抱いて前を合わせる。

『私抱きましょう。』と智恵子が言った。

『構いません。冷くて気持が好いですよ。さ、もう泣かなくて可い、好い児だ！　好い児だ！……いや、係《かか》うしてるよりゃ家へ帰って寝かした方が好い。然《そ》う為《し》ましょう日向様《さん》！　此儘お送りしますから。温《あった》めなくちゃ、悪い！』

『そんだ、其方が好《よ》うがんす。』と農夫も口を添える。

『済みません、貴方！』と智恵子は心を籠めて言って、

『私がうっかりしていて這麼事《こんなこと》になって……。』

『然《そ》うじゃない、僕が悪いんです。僕が先に川に入って見せたんだから！』

『否《いいえ》、私……夢見る様な気持になっていて、つい……。』

その顔を、吉野はチラと見た。

六

星影疎《まば》らに、川瀬の音も遠くなった。熟した麦の香が、暗い夜路に漂うている。

先に立つ女児等《こども》の心々は、まだ何か恐怖に囚われていて、手に手に小さい蛍籠を携えて、密々《ひそひそ》と露を踏んでゆく。訳もなく歔欷《すすりあ》げている新坊を、吉野は確乎《しっか》と懐に抱いて、何か深い考えに落ちた態で、その後に跟《つ》いた。

智恵子は、片手に濡れた新坊の着物を下げて、時々心配顔に子供の顔を覗き乍ら、身近く吉野と肩を並べた。胸は感謝の情に充溢《いっぱい》になっていて、それで、口は余り利けなかった。

『阿母様《おっかあ》！』と、新坊は思い出し様に時々呼んで、わあと力なく泣く。

『もう泣かないの、今阿母様《おっかさん》の処へ伴れてって下さるわ。ねえ、新坊さん、もう泣かないの。』

と、智恵子は横合から頻りに慰める。

『真個《ほんと》に私、……貴方《あなた》が被来《いらっしゃ》らなかったら、私奈何《どう》したで御座いましょう！』

『其麼事《そんなこと》はありません。』

『だって私、萬一の事があったら、宿の小母さんに甚麼《どんな》にか……』

『日向様《さん》！』と吉野は重々しい語調《ちょうし》で呼んだ。『僕は貴女に然《そ》う言われると、心苦しいです。誰だってあの際あの場処に居たら、あれ位の事をするのは普通《あたりまえ》じゃありませんか？』

『だって、此児の生命《いのち》を救けて下すったのは、現在貴方じゃ御座いませんですか！』

『日向様《さん》！』と吉野は又呼んだ。『も少し真摯《まじめ》に考えて見ましょう……若しあの際、彼処《あそこ》に居たのが貴女でなくて別の人だったらですね、僕は同じ行動《こと》を行《や》るにしても、もっと違った心持で行《や》ったに違いない。』

『まあ貴方《あなた》は、……』

『言って見れば一種の偽善だ！』

然《そ》う言う顔を、智恵子は暗《やみ》ながら昵《じっ》と仰いだ。何か言おうとしても言えなかった。

『偽善です！』と、男は自分を叱り付ける様に重く言った。渠《かれ》は今、自分の心が何物かに征服される様に感じている。それから脱れ様として恁麽事《こんなこと》を言うのだ。『偽善です！　人が善という名の付く事をする、その動機は二つあります。一つは自分の感情の満足を得る為め、畢竟《つまり》自分に甘える為め、も一つは他に甘える為めです。』

『貴方《あなた》は――』と言うより早く、智恵子の手は突然男の肩に捉まった。烈しい感動が、女の全身に溢れた。強く強く其顔を男の二の腕に摩《こす》り付けて、

『貴方は……貴方は……』と言い乍ら、火の様な熱い涙が瀧の如く、男の肌に透る。

吉野は礑《はた》と足を留めて、佶《きっ》と唇を噛んだ。眼も堅く閉じられた。

『わあ――』と、驚いた様に新坊が泣く。

はしたない事をした、という感じが矢の如く女の心を掠めた。と、智恵子は、も一度『貴方は！』迸しる様に言って、肩に捉った手を烈しく男の首に捲いた。

『先生！』と、五六間前方《さき》から女児等《こども》が呼ぶ。

『行きましょう！』と男は促した。

『は。』と云うも口の中。身も世も忘れた態《さま》で、顔は男の体から離しともなく二足三足、足は男に縺れる。

『日向様《さん》』と男は足を留めた。

『お許し下さい！』と絶え入る様。

『僕は東京へ帰りましょう！』と言う目は昵《じっ》と暗い処を見ている。

『……何故《なぜ》で御座います？』

『……余り不思議です、貴女と僕の事が。』

『…………』

『帰りましょう！　其方が可《い》い。』

『遣《や》りません！』と智恵子は烈しく言って、男の首を強く絞める。

『あゝ――』と吉野は唸る様に言った。

『お、お解りになりますまい、私のこ、心が……』

『日向さん！』と、男の声も烈しく顫えた。『其言葉を僕は、聞きたくなかった！』

矢庭に二つの唇が交された。熟した麦の香の漂う夜路に、熱かい接吻の音が幽かに三度四度鳴った。

七

其夜、母に呼ばれて母屋《おもや》へ行った静子が、用を済まして再び庭に出て来た時は、もう吉野の姿が見えなかった。植込の蔭、築山の上、池の畔、それとなく尋ね廻って見たが、矢張り見えなかった。

客は九時過ぎになって帰った。父の信之は酔倒れて了った。お柳は早くから座を脱して寝ていたが、

『静や、吉野様《さん》はもうお寝みになったのかえ。』

『否《いいえ》、酔ったから散歩して来るって出てらしってよ。』

『何時頃?』

『二時間も前だわ。何処へ被行《いらし》たでしょう!』

『昌作さんとかえ?』

『否《いいえ》、お一人。松蔵でもお迎いにやって見ましょうか?』

『然《そ》うだねえ。』

『大丈夫だよ。』と言い乍ら、赤い顔をした信吾が入って来た。

『彼奴《こっ》の事た、橋の方へでも行ってぶら〳〵してるだろう。それより俺は頭が痛くて為様《しよう》がないから寝かして呉れよ。』

『お先に？』

『帰ったら然う言って呉れ。そして床を延べて置いてやれ、あ、酔った！』

で、静子は下女に手伝わして、兄を寝かせ、座敷を片付けてから、一人離室《はなれ》に入った。夜気が湿《しっと》りと籠って、人なき室に洋燈が明るく点いている。

一枚だけ残して雨戸を閉め、散乱《ちらか》った物を丁寧に片寄せて、寝具も布き、蚊帳も吊った。不図静子は、「智恵子さん許《とこ》へ被行《いらし》たのかしら！」という疑いを起こした。「だって、夜だもの。」「然し。」「豈夫《まさか》。」という考えが霎時《しばし》胸に乱れた。

「それにしても奈何《どう》なすったろう！」静子は、何がなしに此室に居て見たい様な気がした。で、夏座布団を布いた机の前に坐って、心持洋燈《ランプ》の火を細くした。

『秋になったら私が此室《ここ》にいる様にしようか知ら！』

机の上には、書《ほん》が五六冊。不図其中に、黒い表紙の写生帳が目に付いた。静子は何気なく其れを取って、或所を披《ひら》いた。

と、静子の眼は輝いた。顔が染った。人なき室をきょろ〳〵と見廻して又それを熱心に見る。

——鉛筆の走書の粗末ではあるが、書かれてあるのは擬《まが》いもなく静子自身の顔ではないか！

Erste《ルステ》 Eindruck《アインドルック》（第一印象）と、独逸語で其上に書かれた。それは然し、何の事やら静子には解らなかった。

静子は、気がさした様に、俄かにそれを閉じて以前の書《ほん》の間に重ねた。そして、逃げる様に室を出た。心はそこはかとなく動いて、若々しい鼓動が頻りに胸を打った。

次の頁にも、その次の頁にも、智恵子の顔の書かれてあることは、静子は遂に知らなかった。間もなく庭に下駄の音がした。静子は妙に躊躇《ためら》った上で、急いで又離室《はなれ》に来た。一枚残した雨戸から、丁度吉野が上るところ。

『怎《ど》うも遅くなっちゃって。』

『否《いいえ》。お帰り遊ばせ。』

恁《か》う云ったが、男の顔を見る事は出来なかった。俯向《うつむ》いた顔は仄《ほんの》りと紅かった。急いで洋燈《ランプ》を明るくする。

『実に済みませんでした。這麽《こんな》に遅くなる積もりじゃなかったんですが……』

『否《いいえ》、貴方。あの、兄はお酒を過して頭痛がすると言って、お先に……』

『然《そ》うですか。僕は悉皆《すっかり》醒めちゃった。もう何時頃でしょう?』

『十時、で御座いましょう。』

吉野はどかりと机の前に坐った。と静子は、今し方自分が其処に坐った事が心に浮かんで、

『お寝み遊ばせ。』と言うより早く障子を閉めて縁側に出た。吉野はぐたりと首を垂れて眼を瞑った。着衣はしっとりと夜気に萎《な》えている。裾やら袖やら、川で濡らした此着衣を、智恵子とお利代が強《た》って勧めて乾かして呉れたのだ。その間、吉野は誰の衣服を着ていたか!

「智恵子! 智恵子!」と吉野の心は叫んだ。密《そっ》と左の二の腕に手を遣って見た。其処に顔

を押し付けて何と言った!?
『貴方は……貴方は……!』

【其十】

一

吉野が新坊の命を救けた話は、翌朝朝飯の際に吉野自身の口から、簡単に話された。同じ話がまた、前夜其場に行き合わせた農夫《ひゃくしょう》が、午頃《ひるごろ》何かの用で小川家の台所に来た時、やや詳しく家中の耳に伝えられた。老人達は心から吉野の義気に感じた様に、それに就いて語った。信吾と静子は、顔にも言葉にも現されぬ或る異った感想《かんじ》を抱かせられた。

昌作はまた、若しもそれが信吾によって為された事なら甚麼《どんな》にか不愉快を感じたろうが、何がなしに虫の好く吉野だったので、その豪いことを誇張して継母《はは》などに説き聞せた。そして、かの橋下の瀬の迅《はや》い事が話の起因《もと》で、吉野に対《むか》って頻りに水泳に行く事を慫慂《すす》めた。昌作の吉野に対する尊敬が此時からまた加った。

其翌日か翌々日、叔母と其子等は盛岡に帰って行った。この叔母は、数ある小川家の親戚の中でも、殊更お柳と気心が合っていた。というよりは、夫《おっと》が非職の郡長上りか何かで、家が余り裕《ゆた》かで無いところから、お柳の気褄《きづま》を取っては時々恁《か》うして遣って来て、その都度家計《うち》向の補助を得てゆくので。お柳は、松原からの縁談がもう一月の余もばたりと音沙汰がないのを内々心配していたので、密かにこの叔母に相談した。女二人の間には人知れず何事かの手筈が決められた。叔母は素知らぬ顔をして帰って了った。

叔母を送って好摩の停車場《ステーション》に行った下男と下女は、新しい一人の人物《ひと》を小川家に導いて帰った。それは他ではない、信之の次男、静子とは一歳《ひとつ》劣りの弟の、志郎という士官候補生だ。

志郎は兄弟中の腕白者、お柳の気には余り入らぬが、父の信之からは此上なく愛されている。静子と縁談の持ち上がっている松原家の三男の涓介《けんすけ》とは小さい時からの親友で、一緒に陸軍に志し試験も幸いと同時に及第して士官学校に入った。一日から二十日間の休暇を一週間許り仙台に遊んで、確《しか》とした前知らせもなく帰って来たのだ。

或る日、母のお柳は志郎を呼んで、それとなく松原中尉の噂を訊いてみた。その返事は少からずお柳を驚かせた。

『松原の政治か！　彼奴《あいつ》ぁ駄目だよ、阿母様《おっかさん》、涓介なんかも兄貴に絶交して遣ろうなんて云っていた。』

『奈何《どう》してだい、それはまた？』

『奈何してって、那麼《あんな》馬鹿はない。そりゃ評判が悪いよ、此年《ことし》の春だっけかなぁ、下宿していた素人屋の娘を孕《はら》ませて大騒ぎを行《や》ったんだよ。友人なんか仲に入って百五十円とか手切金を遣ったそうだ。那麼奴《あんな》ぁ吾々軍人の面汚しだ。』

お柳は猶その話を詳しく訊いた上で、その事は当分静子にも誰にも言うなと口留めした。

志郎は淡白《きさく》な軍人気質《かたぎ》、信吾を除いては誰とも仲が好い、緩々《ゆるゆる》話をするなんかは大嫌いで、毎日昌作と共に川にゆく、吉野とも親しんだ。——

常ならぬ物思いは、吉野と信吾と静子の三人の胸にのみ潜んだ。そして、三人とも出来るだけそれを顔に表さぬ様に努めた。智恵子の名は、三人とも怎《ど》うしたものか成るべく口に出すことを避けた。

吉野は医師の加藤と親んで、写生に行くと言っては、重ねて其家を訪ねた。

智恵子は唯一度、吉野も信吾も居らぬ時に遊びに来たっ限《きり》であった。

暑い〳〵八月も中旬になった。蛍の季節も過ぎた。明日は陰暦の盂蘭盆という日、夕方近くなって、門口から噪《はしや》いだ声を立てながら神山富江が訪ねて来た。

二

富江が来ると、家中が急に賑かになって、高い笑声が立つ。暑熱《あつさ》盛りをうつら〳〵と臥ていたお柳は今し方起き出して、東向の縁側で静子に髪を結わしてる様子。その縁側の辺から、富江の声が霎時《しばらく》聞こえていたが、何やら鋭く笑い捨てゝ、縁側伝いに足音が此方へ来る。

信吾も昼寝から覚めた許り、不快な夢でも見た後の様に、妙に燻んだ顔をして胡座《あぐら》を掻いていた。富江の声や足音は先刻から耳についている。が、心は智恵子の事を考えていた。

或は一人、或は吉野と二人、信吾は此月に入ってからも三四度智恵子を訪ねた。二人の話はもう以前の様に逸《はず》まなくなった。吉野が来てからの智恵子は、何処となく変わった点が見える。さればと言って別に自分を厭う様な様子も見せぬ。

かの新坊の溺死を救けた以来、吉野が一人で、或は昌作を伴れて、智恵子を訪ねることも、信吾は直ぐに感付いていた。二人の友人の間には何日しか大きい溝が出来た。信吾は苛々《いらいら》して不快な感情に支配されている。

いっそ結婚を申込んでやろうか、と考えることがないでもない。が、信吾は左程までに深く智恵子を思ってるのでもないのだ。高が田舎の女教員だ！　という軽侮が常に頭にある。確固《しっかり》した女だとも思う。確固《しっかり》した、そして美しい女だけに、信吾は智恵子をして他の男――吉野を思わしめたくない。何という理由なしに。自分には智恵子に思われる権利でもある様に感じている。「吉野を帰して了う工夫はないだろうか！」恁麽《こんな》考えまでも時として信吾を悩ました。

そして又、静子の吉野に対する素振《そぶり》も、信吾の目に快くはなかった。総じて年頃の兄が年頃の妹の男に親しもうとするのを見るのは、楽しいものではない。平生恋というものに自由な信條を抱いてる男でも、其麽《そんな》場合には屹度自分の心の矛盾を発見する。

『戸籍上は兎も角、静子はもう未亡人じゃないか！』

信吾の頭には恁麼《こんな》皮肉さえも宿っている。これと際立つところはないが静子が吉野の事といえば何より大事にしている、それが唯癪に障る。理由もなく不愉快に見える——。

『まあ、起きてらっしったんですか！』と、富江は開け放した縁側に立った。

『貴女《あなた》でしたか！』

『おや、別の人を待っていたの？』

『ハッハハ。不相変不減口《あいかわらずへらずぐち》を吐く！　暑いところを能《よ》くやって来ましたね。』

『貴方が昼寝してるだろうから、起こして上げようと思って。』

『屹度神山さんが来ると思ったから、恁うしてちゃんと起きて待ってたんですよ。』

『其麼事《そんなこと》誰方から習って？　ホホ、、まあ何という呆然《ぼんやり》した顔！　お顔を洗って被来いな。』

と言い乍ら、遠慮なく坐った。

『敵《かな》わない、敵はない。それじゃ早速仰せに従って洗って来るかな。』

『然《そ》うなさいな。もう日が暮れますから。』と言って、無雑作に其処に落ちている小形の本を取る。

立ち上がった信吾は、『あ、其奴《そいつ》ぁ可《い》けない。』と、それを取り返そうとする。

娘らしい態《しな》をして、富江は素早く其手を避けた。『何ですの、これ？　小説？』

黄ろい本の表紙には、“True Love”と書かれた。文科の学生などの間に流行《はや》っている密輸入のアメリカ版の怪しい書だ。

『ハッハハ。』と信吾は手を引込ませて、『まあ小説みたいなもんでさ。』

『みたいななんて……確乎《しっかり》教えたって好いじゃありませんか？　私は読めるんじゃなし……。』

『それが読めたら面白いですよ。』と、信吾はにや〳〵笑っている。

『日向様《さん》の真似をして私も英語をやりましょうか？』と言って、富江は皮肉に笑ってる眼で男を仰いだ。

そして直ぐ何か思い出した様に声を落として、『然う〳〵信吾さん、面白い話がありますよ。』

『甚麼《どんな》？』

『まあ、お顔を洗ってらっしゃいな。』

三

顔を洗って来た信吾は、気も爽々《さっぱり》した様で、にや〳〵笑いながら座についた。

『あら、貴方のお髭は洗っても落ちませんね。』

『冗談じゃない。それより何です、面白い話というのは？』

『詰まらない事ですよ。』

『其麼《そんな》に自重《もた》せなくても可いじゃないですか?』

『其麼《そんな》に聞きたいんですか?』

『貴女《あなた》が言い出して置いた癖に。』

『ホホ、、。そんなら言いましょうか。』

『聞いて上げましょう。』

『あのね……』と、富江は探る様な目付をして、笑い乍ら真正面に信吾を見ている。

信吾は、其話が屹度智恵子の事だと察している。で、恁《か》う此女に顔を見られると、擽られる様な、かつがれてる様な気がして、妙に紛らかす機会《はずみ》がなくなった。

『何です?』と、少し苛々《いらいら》した調子で言った。

『ホホ、、。』と富江は又笑った。『或る人がね。』

『或る人って誰?』

『まあ。』

『可《よ》し〳〵。その或る人が怎《ど》うしたんです?』

『あの方をね。』と離室《はなれ》の方を頤で指す。

『吉野を。』と信吾の眼尻が緊った。

『ホホ、、。』

『吉野を怎《ど》うしたんです?』

『……ですとさ。ホホ、、。』

『豈夫《まさか》？　神山様《さん》の口にゃ戸が閉《た》てられない。』と言って、何を思ってか膝を揺って大きく笑った。

目的《あて》が外れたという様に、富江は急に真面目な顔をして、『真個《ほんとう》ですよ。』

『豈夫？　誰が其麼事《そんなこと》言ったんですか？』

『矢張り聞きたいんでしょう？』

『聞きたいこともないが……然し其奴《そいつ》ぁ珍聞だ。』

『珍聞？』と、また勝誇った眼付をして、『貴方も余程《よっぽど》頓馬ね！』

『怎《ど》うして？』

『怎うしてだと！　ホ、、、。』と、持っている書《ほん》で信吾の膝を突く。

『それより神山さん、誰が其麼事《そんなこと》言ったんですか？』

『確かな所から。』

『然し面白いなぁ。ハッハハ。真個《ほんと》だったら実に面白い。可しく、一つ吉野に揶揄《からか》ってやろう。』と二人わざと面白そうに言う。

『其麼《そんな》に面白くって？』

『面白いさ。宛然《まるで》小説だ！』

『然《そ》うね。この話は誰より一番信吾さんに面白いの。ね、然《そ》うでしょう？』

『それはまた、怎《ど》うした訳です？』

『ね、然《そ》うでしょう？　然うでしょう？』

と、男を圧迫《おしつけ》る様に言って探る様な眼を異様に輝かした。そして、弾機《ばね》でも外れた様に
『ホホ、、。』と笑った。

『ハハ、、。』と、信吾も為方《しかた》なしに笑って、『実に詭弁家だな神山さんは！』

『詭弁家？　怎《ど》うせ然《そ》うよ。今の話も私が拵えたんだから！』

『否《いや》、其意味じゃないんですよ。誰です、それを言ったのは？』

其顔を嘲る様に昵《じっ》と見て、『矢張り気に懸るわね、信吾さん！』

『莫迦な！』と言ったが、女に自分の心を探られているという不快が信吾の頭を掠めた。『それより奈何です、その吉野の方へ行ってみませんか？』

『行きましょう。』

信吾はつと立って縁側に出ると、『吉野君』と大きく呼んだ。

『何だ？』と落ち着いた返事。

『昼寝してたんじゃないのか！　今神山さんが来たが、其方へ行っても可《い》いか？』

『来たまえ。』

『行きましょう。』と富江を促して、信吾は先に立つ。富江は何か急に考えることでも出来た様な顔をして、黙ってその後に跟いた。縁側伝い、蔭った庭の植込に蜩《ひぐらし》が鳴き出した。

四

今年の春の巴里のサロンの画譜を披いて、吉野は何か昌作に説明して聞かしていた。

一通りの挨拶が済むと、富江はすぐ立って、壁に立掛けてある書きかけの水彩画を見る。信吾はごろりと横になって、その画のことを吉野と語る。

『昌作さん。』と富江が呼びかけた。『貴方昨日町へ被行《いらし》って？』

『行った。山内へ見舞に。』

『奈何《どう》でしたの、御病気は？』と笑っている。

『そりゃ可哀想ですよ。臥《ね》たり起きたりだが、今年中に死ぬかも知れないなんて言ってるもの。』

『其麼《そんな》に悪いかねえ。そりゃ可哀想だ。何しろあの体だからなぁ。』と、信吾は別に同情した風もなく言う。

『盛岡に帰るそうだ。四五日中に。』

『昌作さん。』と富江は又呼んだ。そして急しく吉野と信吾の顔を見廻して、

『好い物上げましょうか、貴方に？』

『何です？』

『好い物なら僕も貰いたいな。』

『信吾さんにはいや。ねえ昌作様《さん》、上げましょうか?』

『何だろうな!』と昌作は躊躇する。

『二人が喧嘩しちゃ可けないから僕が貰いましょうか?』

と吉野は淡白《きさく》に笑う。

『ねえ昌作さん、誰方《どなた》にも見せちゃ可けませんよ。』

『可《よ》し、志郎と二人で見る。』

『否《いいえ》、貴方《あなた》一人で見なくちゃ可けないの。』と言いながら、富江は何やら袂から出して掌に忍ばせて昌作に渡す。

昌作は極り悪るそうにそれを受けた。そして、『可し、可し。』と言いながら庭下駄を穿いて、『おい、志郎! 好い物があるぞ。』と声高に母屋の方へ行く。

『あら可けませんよ。人に見せちゃ。』と富江は其後《うしろ》から叫んで、そして、面白そうにホホホ、と笑った。

二人は好奇心に囚われた。『何です、何です?』と信吾が言う。

『何でもありませんよ。』と、済し返って、吉野の顔をちらと見た。

『怪しいねえ、吉野君。』

『ハッ、、。』

『豈夫《まさか》! 信吾さんたら真個《ほんと》に人が悪い。』と何故か富江は少し慎《つつま》しくしている。

其処へ、色のい、甜瓜《まくわうり》を盛った大きい皿を持って、静子が入って来た。『余り甘味《おいし》くないんですけど……。』

『何だ？　甜瓜《まくわうり》か！　赤痢になるぞ。』と信吾が言った。

『ま、兄様《にいさん》は！』と言って、『真個《ほんと》でしょうか神山様《さん》、赤痢が出たってのは？』

『真個《ほんと》には真個《ほんと》でしょうよ。隔離所は三人とか収容したってますから。ですけれど大丈夫ですわねえ、余程離れた処ですもの。』

『ハ、、、。神山さんが大丈夫ってのなら安心だ。早速やろうか。』と信吾が最先に一片《ひとつ》摘む。

やがて、裾短かの筒袖を着た志郎と昌作が入って来た。

『やあ志郎さん、今まで昼寝ですか？』と吉野が手巾に手を拭き乍ら言った。

『否《いいえ》、僕は昼寝なんかしない。高畑へ行って号令演習をやって来て、今水を浴《かぶ》ったところです。』

『驚いた喃《なあ》。君は実に元気だ！』

昌作は何か亢奮してる態で、肩を聳かして胡座《あぐら》をかいた。

『何だい彼物《あれ》は、昌作さん？』と信吾が訊く。

『莫迦だ喃！』と昌作は呟く様に言って、眤と眼鏡の中から富江を見る。『然し俺は山内に同情する。』

富江は笑いながら、『あら可けませんよ、此処で喋《しゃべ》っては。』

『僕も見た。』と志郎は口を入れた。『おい昌作さん、皆に報告しようか？』

『言え、言え。何だい？』と信吾は弟を唆かす。昌作は黙って腕組をする。

『言おう。』と志郎は快活に言って、『あれは肺病で将に死せんとする山内謙三の艶書です。終わり。』

『まあ、志郎さんは酷い！』と、流石に富江も狼狽する。

『艶書？』と、皆は一度に驚いた。

『それが怎《ど》うしたの、志郎さん！』と静子が訊く。

呆れている信吾の顔を富江は烈しい目で凝視《みつ》めていた。

【其十二】

一

前日に富江が来て、急に夕方から歌留多会を開くことになり、下男の松蔵が静子の書いた招待状を持って町に馳せたが、来たのは準訓導の森川だけ。智恵子は病気と言って不参。到頭肺病になって了った山内には、無論使者《つかい》を遣らなかった。

智恵子の来なかったのは、来なければ可いと願った吉野を初め、信吾、静子、さては或る計画を抱いていた富江の各々に、歌留多に気を逸《はず》ませなかった。其夜は詰まらなく過ぎた。

静子の生涯に忘るべからざる盆の十四日の日は、朗々《ほがらほがら》と明けた。風なく、雲なく、麗かな静かな日で、一年中の愉楽《たのしみ》を盆の三日に尽くす村人の喜悦は此上もなかった。村に禅寺が二つ、一つは町裏の宝徳寺、一つは下田の喜雲寺、何れも朝から村中の善男善女を其門に集めた。静子も、母お柳の代理で、養祖母のお政や子供等と共に、午前のうちに参詣に出た。

その帰路である。静子は小妹《いもうと》二人を伴れて、宝徳寺路の入口の智恵子の宿を訪ねた。智恵子は、何か気の退《ひ》ける様子で迎える。

『怎《ど》うなすったの、智恵子さん？　風邪《かぜ》でもお引きなすって？』

『否《いいえ》、今日は何とも無いんですけれど、昨晩丁度お腹が少し変だった所でしたから……折角お使を下すったのに、済みませんでしたわねえ。』

『心配しましたわ、私。』と、静子は真面目に言った。『貴女が被来《いらっしゃ》らないもんだから、詰らなかったの歌留多は。』

『あら其麼事《そんなこと》は有りませんわ。大勢被行《いらし》ったでしょう、神山さんも？』

『けれどもねえ智恵子さん、怎《ど》うしたんだか些とも気が逸《はず》まなかってよ。騒いだのは富江さん許り……可厭《いやぁ》ねあの人は！』

『……那麼《あんな》人だと思ってりゃ可いわ。』

静子は、その富江が山内の艶書を昌作に呉れた事を話そうかと思ったが、何故か二人の間が打解けていない様な気がして、止めて了った。三十分許り経って暇乞をした。

二人は相談した様に、吉野のことは露程も口に出さなかった。

静子が家へ帰ると、信吾は待ち構えていたという風に自分の室へ呼んで、そして、何か怒ってる様な打切棒《ぶっきらぼう》な語調で智恵子の事を訊いた。

静子はありの儘《まま》に答えた。

『然《そ》うか！』と言った信吾の態度は、宛然《さながら》、其麼事《そんなこと》は聞いても聞かなくても可いと言った様であったが、静子は征矢《そや》の如く兄の心を感じた。そして、何という事なしに、『兄様に宜しくと言ってよ、智恵子様が！』と言って見た。智恵子は何とも言ったのではないが。

『然《そ》うか！』と、信吾は又卒気《そっけ》なく答えた。

信吾が出かけて間もなくである。月の初めに子供らを伴れて来た、盛岡の叔母が、見知らぬ一人の老人を伴れて来た。叔母は墓参の為めと披露した。連の男は松原家から頼まれて来たのだとは直ぐ知れた。言うまでもなく静子の縁談の事で。

父の信之、祖父の勘解由、母お柳、その三人と松原家の使者《つかい》とは奥の間で話している。叔母も其席に出た。静子は今更の様に胸が騒ぐ。兄の居ないのが恨めしい。若しや此話から、自分と死んだ浩一との事が吉野に知れはしまいかと思うと、その吉野にも顔を見せたくなかった。

室に籠ったり、台所へ行ったり、庭に出たり、兎角して日も暮れかゝった。信吾はそれでも帰って来ない。夕方から一緒に盆踊を見に行く筈だったのだが。

晩餐の時、媒介者《なこうど》が今夜泊まるのだと叔母から話された。信吾は全く暗くなっても帰らぬ。母お柳の勧めで、兄とは町へ行って逢うことにして、静子は吉野と共に小妹《いもうと》達や下女を伴れて踊見物に出ることになった。

二

丁度鶴飼橋へ差掛った時、円い十四日の月がゆら〳〵と姫神山の上に昇った。空は雲一片なく穏かに晴れ渡って、紫深く黝んだ岩手山が、くっきり夕照の名残の中に浮かんでいる。仄《ほんの》りと暗い中空には、弱々しい星影が七つ八つ、青ざめて瞬いていた。月は星を呑んで次第〳〵に高く上る。町からはもう太鼓の響が聞こえ出した。

たとえ何を言ったとて小妹《いもうと》共には解る筈がない。吉野と肩を並べて歩みを運ぶ静子の心は、言う許りなく動悸《ときめ》いていた。家には媒介者《なこうど》が来ている。松原との縁談は静子の絶対に好まぬ所だ。その話の成行《なりゆき》が係《か》うして歩いてい乍らも心に懸らぬではない。否、それが心に懸ればこそ、静子は種々《いろいろ》の思いを胸に畳んだ。

「若し此人（吉野）が自分の夫になる人であったら！　否、若し此人が現在自分の夫であったら！」

月明かりに静かな四辺《あたり》の景色と、遠い太鼓の響とは、静子の此心持に適合《ふさわ》しかった。静子は小妹《いもうと》共の罪なき言葉に吉野と声を合わして笑い乍ら、何がなき心強さと嬉しさを禁ずることが出来なかった。よし何事が次いで起こらなかったにしても、静子は此夜の心境《ここち》を忘れる事は出来ぬであろう。

松原からの縁談は、その初め、当の対手の政治に対する嫌悪の情と、自分が其人の嫂であったことに就ての、道徳的な考えやら或る侮辱の感やらで、静子は兄に手頼《たよ》って破談にしようとした。が、一度吉野を知ってからの静子は、今迄の理由の外に、も一つ、何と自分にも解らぬが、兎にも角にも心の底に強い頼みが出来た。

丁度橋の上に来た時である。

『此処で御座いましたわねえ、初めてお目に懸ったのは！』

伝《か》う静子は慣々《なれなれ》しく言ってみた。月は其夢みる様な顔を照した。

『然うでしたねえ！』と吉野は答えた。そして、何か思い出した様に少し俯向《うつむ》いて黙った。

その態度は、屹度あの時の事を詳しく思い出してるのだと静子に思わせた。静子も強いて其時の事を思い出して見た。二人が今、互いに初めて逢った時を思い出してるという感が、女の心に言う許りなき満足を与えた。

が、吉野の胸にあったのは其事ではなかった。渠《かれ》は、信吾が屹度智恵子の家にいると考えた。そして今自分らが訪ねて行ったら、何と信吾が嘘を吐いて、夕方までに帰らなかった申訳をするだろうと想像していた。

町に入ると、常ならぬ華やかな光景が、土地慣れぬ吉野の目に珍しく映った。家々の軒には、怪し気な画や「豊年萬作」などの字を書いた古風の行燈や提灯が掲げてある。街路の両側には、門々に今を盛りと樺火《かばび》が焚いてある。其赤い火影が、一筋町の賑いを楽しく照して、晴着を飾った往来《ゆきき》の人の顔が何れも〳〵酔ってる様に見える。

町は楽し気な密話《さざめき》に充ちた。寄太鼓の音は人々の心を誘う。其処此処に新しい下駄を穿いた小児《こども》らが集まって、樺火で煎餅などを焼《や》いている。火が爆《は》ぜて火花が街路に散る。年長《としかさ》な小児らは勢い込んで其列《なら》んだ火の上を跳ねてゆく。丁度夕餉の済んだところ。赤い着物を着て女児共は打ち連れて太鼓の音を的にさゞめいて行く。

町も端れの智恵子の宿の前には、消えかゝった樺火を取巻いて四五人の小児等がいた。『梅ちゃん！　梅ちゃん！』と小妹《いもうと》共が先ず駆け寄る。其後から静子は、『梅ちゃん、先生は？』と優しく言いながら近づいた。

静子は直ぐ気が付いた。梅ちゃんの着ている紺絣の単衣は、それは嘗て智恵子の平常着《ふだんぎ》であった！

あな我が君のなつかしさよ、
まみゆる日ぞまたるる。

君は谷の百合、峰のさくら、
うつし世にたぐひもなし。

家の下からは幽かに讃美歌の声が洩れる。信吾は居ない！　恁《か》う吉野は思った。

『先生！　先生！』と梅ちゃんは門口から呼ぶ。

三

智恵子に訊《き》くと、信吾は一時間許り前に帰ったという。

『まあ何処へ行ったんでしょうねえ。夕方までに帰って、私達と一緒に又出かける筈でしたのよ。これから何処へ行くとも言わなかったんでしょうか？』

『否《いえ》、何んとも、別に。』と言って、智恵子は意味ありげに、目で吉野を仰いで、そして俯向《うつむ》いた。

『歩いていたら逢うでしょうよ。』と吉野は鷹揚に言った。

『怎《ど》うです。日向さんも被行《いらっしゃ》いませんか、盆踊を見に？』

『は、……まあお茶でも召し上がって……』

『直ぐ被行《いらっしゃ》いな、智恵子さん。何か御用でも有って？』

と静子も促す。

『否《いいえ》。』

『行きましょう！　僕は盆踊は生まれて初めてなんです。』

と、吉野はもう戸外へ出る。

で、智恵子は一寸奥へ行って、帯を締直して来て、一緒に往来に出た。

樺火は少し頽《すた》れた。踊がもう始まったのであろう。太鼓の音は急に高くなって、調子に合っている。唄の声も聞こえる。人影は次第々々にその方へながれて行く。

提灯を十も吊した加藤医院の前には大束の薪がまだ盛んに燃えていて、屋内は昼の如く明るく、玄関は開け放されている。大形の染の浴衣に水色縮緬をぐる〳〵巻いた加藤を初め、清子、薬局生、下女、皆玄関に出て往来を眺めていた。

『やあ、皆様《みなさん》お揃いですな。』と、加藤から先《ま》ず声をかける。

『お涼みですか。』と吉野が言って、一行はぞろ〳〵と玄関に寄った。

『Guten《グーテン》 Abend《アベンド》, Herr《ヘル》 Yosino《ヨシノ》!　ハハ、、、。』と、近頃通信教授で習ってるという独逸語を使って、加藤は肥った体を揺さぶる、晩酌の後で殊更機嫌が可いと見える。

『さ、まァお上りなさい、屹度被来《いらっしゃ》ると思ったからちゃんと御馳走が出来てます。』

『それは恐れ入った。ハハ、、、。』

傍では、静子が兄の事を訊いている。

『先刻《さっき》一寸被行《いらっしゃ》ってよ。晩にまた来ると被仰って直ぐお帰りになりましたわ。』と清子が言った。

『うん、然《そ》う〳〵。』と加藤が言った。

『吉野さん、愈々盆が済んだら来て頂きましょう。先刻《さっき》信吾さんにお話したら夫れは可い、是非書いて貰えと被仰《おっしゃ》ってでしたよ。是非願いましょう。』

『小川君にお話しなすったですか！　僕は何日《いっ》でも可いんですがね。』

『真個《ほんと》に、小川さんに被居《いらっしゃ》るよりは御不自由で被居《いらっしゃ》いましょうが、お書き下さるうちだけ是非何卒《どうぞ》……』と清子も口を添える。そして静子の方を向いて、

『あの、何ですの、宅《うち》があの阿母様《おっかさん》の肖像を是非吉野さんに書いて頂きたいと申すんで、それで、お書き下さる間、宅に被行って頂《いただ》きたいんですの。』

『大丈夫、静子さん。』と加藤が口を出す。

『お客様を横取りする訳じゃないんです。一週間許り吉野さんを拝借したいんで……直ぐお返ししますよ。』

『ホ、、、左様で御座いますか！』と愛相よく言ったもの、、静子の心は無論それを喜ばなかった。

吉野は無理矢理に加藤に引っ張り込まれた。女連《おんなづれ》は霎時《しばらく》其処に腰を掛けていたが、やがて清子も一緒になって出た。

町の丁度中程の大きい造酒家《さかや》の前には、往来に盛んに篝火を焚いて、其周囲、街道《みち》なりに

楕円形な輪を作って、踊が始まっている。輪の内外には沢山の見物。太鼓は四挺、踊子は男女、子供らも交って、まだ始まりだから五六十人位である。太鼓に伴れて、手振り足振り面白く歌って廻る踊には、今の世ならぬ古色がある。揃いの浴衣に花笠を被《かぶ》った娘等もある。編笠に顔を隠して、酔った身振りの可笑しく、唄も歌わず踊り行く男もある。月は既に高く昇って、楽し気に此群を照した。女連は、睦し気に語りつ笑いつし乍ら踊を見ていた。

と、軽く智恵子の肩を叩いた者があった。静子清子が少し離れて誰やら年増の女と挨拶してる時。

四

振り向くと、何時医院から出て来たか吉野が立っている。

『あら！』

と智恵子は慥《か》う小声に言って、若い血が顔に上った。何がなしに体の加減が良くないので、立っていても力が無い。幾挺の太鼓の強い響きが、腹の底までも響く。――今しもその太鼓打が目の前を過ぎる。

吉野は無邪気に笑った。

二人は並んで立った、立並ぶ見物の後《うしろ》だから人の目も引かぬ。

（私ーとー）と、好い声で一人の女が音頭を取る。それに続いた十人許りの娘共は、直ぐ声を合わせて歌い次いだ。——

（——お前ーはーぁ御門ーのーとびーらーぁ、朝ーにーぃわかーれーてぇ、ー晩に逢う——）

同じ様な花笠に新しい浴衣、淡紅色《ときいろ》メリンスの襷を端長く背に結んだ其娘共の中に、一人、背の低い肥ったのがあって、高音中音《ソプランアルト》の冴えた唄に際立つ次中音《テノル》の調子を交えた。それがわざと道化た手振りをして踊る。見物は皆笑う。

ド、ドンと、先頭の太鼓が合《あい》を入れた。続いた太鼓が皆それを遣る。調子を代える合図だ。踊の輪は淀んで唄が止む、下駄の音がぞろ〳〵と縺れる。

（ドヾドコドン、ドコドン——）と新しく太鼓が鳴り出す。——ヨサレ節というのがこれで。——淀んだ輪がまたそれに合わせて踊り始める。何処やらで調子はずれた高い男の声が、最先に唄った——

（ヨサレー茶屋のかーぁ、花染ーのーたすーきーぃー）

『面白いですねえ。』と、吉野は智恵子を振り返った。『宛然古代《まるでむかし》に帰った様な気持じゃありませんか！』

『えゝ。』智恵子は踊にも唄にも心を留めなかった様に、何か深い考えに落ちた態《さま》で悩ましく気に立っていた。

と見た吉野は、『貴女《あなた》何処かまだ悪いんじゃないんですか？　お体《からだ》の加減が。』

『否《いいえ》、たゞ少し……』

俄かに見物が笑いどよめく。今しも破蚊帳《やぶれがや》を法衣《ころも》の様に纏って、顔を真黒に染めた一人の背の高い男が、経文の真似をしながら巫山戯《ふざけ》て踊り過ぎるところで。

『吉野さん！』智恵子は思い切った様に恁《か》う囁いた。

『何です？』

『あの……』と、昵《じっ》と俯向《うつむ》いた儘《まま》で、『私今日、あの、困った事を致しました！』

『……何です、困った事って？』

智恵子は不図顔を上げて、何か辛そうに男を仰いだ。

『あの、私小川さんを憤《おこ》らして帰してよ。』

『小川を!?　怎《ど》うしたんです？』

『そして、暸然《きっぱり》言って了いましたの。……貴方には甚麼《どんな》に御迷惑だろうと思って、後で私……』

『解りました、智恵子さん！』恁う言って、吉野は強く女の手を握った。『然《そ》うでしたか！』

と、がっしりした肩を落す。

智恵子はぐんと胸が迫った。と同時に、腹の中が空虚になった様でふら〳〵とする。で男の手を放して人々の後に蹲《しゃが》んだ。

目の前には真黒な幾本の足、彼方の篝火がその間から見える。――智恵子は深い谷底に一人落ちた様な気がして涙が溢れた。

『あら、先刻《さっき》から被来《いらし》って？』と後ろに静子の声がした。

吉野の足は一二尺動いた。

『今来た許りです。』

『然《そ》うですか！　兄は怎《ど》うしたんでしょう、今方々探したんですけれど。』

『学校ですよ、屹度。』と清子が傍から言う。

『おや、日向さんは？』と、静子は周囲を見廻す。

智恵子は立ち上がった。

『此処にいらしったわ！』

『立ってると何だかふら〳〵して、私蹲《しゃが》んでいましたの、先刻《さっき》から。』

『然《そ》う！　まだお悪いんじゃなくって。』と静子は思い遣り深い調子で言った。そして（悪いところをお誘いしたわねえ）（家へ帰ってお寝みなすっては？）と、同時に胸に浮かんだ二つの言葉は、何を憚ってか言わずに了った。

『何処かお悪くって？』と、清子は医師の妻。

『否《いいえ》、少し……も少し見たら私帰りますわ。』

五

そうしてる間にも、清子は嫁の身の二三度家へ行って見て来た。その度、吉野に来て一杯飲めと加藤の言伝《ことづ》てを伝えた。

信吾は来ない。

月は高く昇った。其処此処の部落から集まって来て、太鼓は十二三挺に増えた。笛も三人許り加った。踊の輪は長く〳〵街路《みち》なりに楕円形になって、その人数は二百人近くもあろう。男女、事々しく装ったのもあれば、平常服《ふだんぎ》に白手拭の頬冠《ほほかむり》をしたのもある。十歳位の子供から、酔の紛れの腰の曲がったお婆さんに至るまで、夜の更け手足の疲れるも知らで踊る。人垣を作った見物は何時しか少なくなった。——何れも皆踊の輪に加ったので——二箇所《ふたところ》の篝火は赤々と燃えに燃える。

月は高く昇った。

強い太鼓の響き、調子揃った足擦れの音、華やかな、古風な、老も若きも恋の歌を歌っている此境地から、不図目を上げて其静かな月を仰いだ心境《こころ》は、何人も生涯に幾度となく思い浮かべて、飽かずも其甘い悲哀に酔おうとするところであろう。——殊にも此夜の智恵子は思う人と共にいる楽しみと、体内《みうち》の病苦と、喚る様な素朴な烈しい恋の歌と、そして、何がなき頼りなさに心が乱れて、その沈んで行く気持を強い太鼓の響に掻き乱される様に感じながら、踊りには左程の興もなく、心持眉を顰めては昵と月を仰いでいた。

怒りと嘲りを浮かべた信吾の顔が、時々胸に浮かんだ。智恵子は、今日その信吾の厚かましくも言い出でた恋を、小気味よく拒絶して了ったのだ。

立ったり蹲《しゃが》んだりしてる間に、何がなしに腹が脹って来て、一二度軽く嘔吐を催すような気分にもなった。早く帰って寝よう、と幾度か思った。が、この歓楽の境地に──否、静子と共に吉野を一人置いて行くことが、矢張り快くなかった。居たとて別に話──智恵子は今日の出来事を詳しく話したかった──をする機会もないが、矢張り一寸でも長く男と一緒にいたかった。

やがて、下腹の底が少しずつ痺《しび》れる様に痛み出した。それが段々烈しくなって来る。隙を見て、智恵子は思い切ってつと男の傍へ寄った。

『私、お先に帰ります。』

『其麼《そんな》に悪くなりましたか？』

『少し……少しですけれどもお腹がまた痛んでくる様ですから。』

『可けませんねえ！　怎《ど》うです加藤さんに被行《いらし》ったら？』

『否《いいえ》、ほんの少しですから……あの、明日でも彼来《いらし》て下さいませんか？　何卒《どうぞ》。』

『行きます、是非。』と言って、吉野は強く女の手を握った。女も握り返した。

『好い月ですわねえ！』

智恵子は猶去り難げに恁《か》う言った。そして、皆にも挨拶して一人宿の方へ帰ってゆく。月を浴びた其後姿を、吉野は少し群から離れた所に蹲《しゃが》んで、遠く見送っていた。

智恵子は痛む腹に力を入れて、堅く歯を喰縛りながら、幾回《いくたび》か背後《うしろ》を振り返った。町の賑いは踊の場所に集まって、十間離れたらもう人一人いない。霜の置いたかと許り明るい月光に、所々樺火の跡が黒く残って、軒々の提灯や行燈は半ば消えた。

天心の月は、智恵子の影を短く地に印した。太鼓の音と何十人の唄声とは、その月までも届くかと、風なき空に漂うてゆく。——華やかな舞楽の場から唯一人帰る智恵子は、急に己が宿が厭になった。

と言って、足は矢張り宿の方へ動く。送って来てくれぬ男を怨めしくも思った。あの人が東京へ帰ると、屹度今夜のことを手紙に書いて寄越すだろうと思った。そして、二人の間に取交された約束が、唯一生忘るまいという事だけなのを思って、智恵子は今夜という今夜、初めて切実に、それだけでは物足らぬことを感じた。智恵子も女である。力強き男の腕に抱かれたら、あわれ、腹の痛みも忘れようものを！

二町許り来る、と智恵子は俄かに足を早めた。不図、怺《こら》えきれぬ程に便気を催して来たので。

六

程なく吉野や静子等も帰路に就いた。信吾には遂に逢はなかった。吉野は智恵子の病気の気に懸らぬではないが、寄って見る訳にも行かぬ。

それから小一時間も経った。

富江の宿の裏口が開いて、月影明るい中へひょくりと信吾が出た。続いて富江も出た。

『好い月！』恁《か》う富江が言った。信吾は自ら嘲る様な笑いを浮かべて、些《ち》と空を仰いだが別に興を催した風もない。ハ、、と軽く笑った。

太皷の響と唄の声が聞こえる、四辺《あたり》は森として、何処やらで馬の強く立髪を振る音。

『一寸、其麽《そんな》に済まさなくたって可いわよ。』

『疲れた！』と、信吾は低く呟く様に言った。

『ま酷《ひど》い！　散々人を虐《いじ》めて置いて。』

『ハ、、。じゃ左様なら！』

『一寸々々《ちょいちょい》、真個《ほんと》よ明日の晩も。』

『ハ、、。』と男は再妙《また》に笑ってすたくと歩き出す。富江は家へ入った。

人なき裏路を自棄《やけ》に急ぎながら、信吾は浅猿しき自嘲の念を制することが出来なかった。

少し下向いた其顔は不愉快に堪えぬと言った様に曇った。

『莫迦！』と声を出して罵った。それは然し誰に言ったのでもない。

信吾の心が生まれてから今日一日ほど動揺した事がない。また今日一日ほど自分で見識を下げたと思ったことはない。彼は智恵子を訪うと、初めは盛んに気焔を吐いた。現代の学者を糞味噌に罵倒し尽くし、言葉を極めて美術家仲間の内幕などを攻撃した。そして甚麽《どんな》話の機会からか、智恵子を口説いてみた。彼は有らゆる美しい言葉を並べた。女は昵《じっ》と俯向《うつむ》いていた。

最後に信吾は言った。

『智恵子さん、貴女は哀れな僕の述懐を、無論無意味には聞いて下さらないでしょうね？』

『………』

『智恵子さん！』と、情が迫ったという様に声を顫した。

『僕は貴女から何の報酬を望むのではありません。智恵子さん、唯、唯、です、僕は貴女から、僕が常に貴女の事を思っても可《い》いと許して頂けば可いんです、それだけです。それさえ許して頂けば、僕の生涯が明るくなります……。』

『小川さん！』と女は屹《きっ》と顔をあげた。其顔は眉毛一本動かなかった。『私の様なものゝことを然《そ》う言って下さるのはそりゃ有難う御座いますけれど。』

『は!?』

『何卒その事は二度と仰しゃって下さらない様にお願いします。』

信吾は昵《じっ》と腕を組んだ。

『失礼な事を申す様ですが……』

『う、……何故でしょう?』

『……別に理由はありませんけれど……。』

『あゝ、貴女には僕の切ない心がお解りにならないでしょう!』と、さも落膽《がっかり》した様に言って、『然しです、何か理由が、然う被仰《おっしゃ》るからには有ろうじゃありませんか? それを話して戴く訳にはいかないいんですか?』

『………』

『智恵子さん! ぼくがこれだけ恥を忍んで言ったのに、理由なくお断りになるとは余りです、余りに侮辱です。』

『ですけれど……』

『そんならです。』と、信吾は今迄の事は忘れて新しい仇の前にでも出た様に言った。其眼は物凄く輝いた。

『僕は唯一つ聞かして頂きたい事があります。智恵子さん、怎《ど》うでしょう、聞かして下さいますか?』

『……私の知っております事ならそれは……』

『無論御存じの事です。』と信吾は肩を聳かした。『話は全然《まるで》別の事です。僕は僕の一切を犠牲にして、友人たる貴女と吉野の幸福を祝います。』

智恵子は胸を刺されたようにぴくりとした。然し一寸も動かなかった。顔色も変えなかった。

『怎《ど》うです。』と男は更に突込んだ。『貴女は僕の祝いを享けて下さいますか、それを聞かして下さい。』

『…………』

『僕は今言った事を凡て取消して、友人としての真心からお二人の為に祝います。怎《ど》うです、享けて下さいますか？』

『…………』

『何卒享けて下さい！』と信吾は毒々しく迫る。

智恵子の顔はかっと許り紅くなった。そして、『有難う御座います。』と明瞭《はっきり》言い放った。

七

智恵子の宿から出た信吾の心は、強い屈辱と憤怒と、そして、何かしら弱い者を虐めてやった時の様な思いに乱れていた。恁《か》うなると彼は、今日自分の遣った事は、豫《あらか》じめ企んで遣ったので、それが巧く思う壺に嵌って智恵子に自白さしたかの様に考える。我と我を軽蔑《さげす》もうとする心を、強いて其麼《そんな》風に考えて抑えて見た。

信吾は、成るべく平静な態度《ふり》をして、その足で直ぐ加藤医院を訪ね、学校を訪ねた。彼は夕方までに帰って、吉野や妹共と一緒に踊を見物に出る約束を忘れてはいなかった。が、何の意味もなく、ふんと心で笑ってそれを打ち消した。

其時の信吾は、平常《ふだん》よりも余程機嫌が好い様に見えた。然し彼は、詰まらぬ世間話に大口を開いて笑えば笑う程、何か自分自身を嘲ってる様な気がして来て、心にも無い事を一口言えば一口言う丈、胸が苛立《いらだ》って来る。高い笑声を残して、彼は遂に学校から飛び出した。

もう日暮近い頃であった。

自嘲の念は烈しく頭脳《あたま》を乱した。何故那麼事《あんなこと》をいったろう？　莫迦な、もう智恵子の顔を見ることが出来なくなった！　と彼は悔いた。何故もっと早く、——吉野の来ないうちに言わなかったろう!?

『畜生奴！　到頭白状させてやった。』恁《か》う彼は口に出して言って見た。が、矢張り彼は女から享けた拒絶の恥辱《はじ》を、全く打ち消すことが出来なかった。よし彼女を免職させる様にしてやろうか！　否、それよりは何《ど》うかして吉野を追払おう！

彼の心は荒れに荒れた。町端れから舟綱橋まで、国道を七八町滅茶苦茶に歩いて、そして、恐ろしい復讐を企てながら帰るともなく帰って来た。が、彼は人に顔を見られたくない。町端れから再《また》引き返して、今度は旧国道を門前寺村の方へ辿った。

月が昇った。

途断《とぎ》れ〳〵に、町へ来る近村の男女に会った。彼は然しそれに気がつかぬ。何時しか彼は吉野との友情を思い出していた。

『何有《なあに》！　知らん顔をしていればそれで済む。豈夫智恵子が言いは為《し》まい。』と彼は少し落ち着いて来た。

『然し。』と彼は復《また》しても吉野が憎くなる。『あの野郎奴、（有難う御座います。）とはよくも言いやがった！』

信吾の憤りは再《また》発した。（有難う御座います。）その言葉を幾度か繰り返して思い出して、遂に、頭髪を掻き捔りたい程腹立たしく感じた。そして、彼の癖の、ステッキを強く揮って、自暴《やけ》にヒュゥと空気を切った。

『信吾さん！』と女の声。彼は驚いた様に顔を上げると、富江が白地の浴衣に月影を滴らせて、近づいて来る。草履を穿いてるのか足音がしない。

『信吾さん！』と富江は又呼んだ。

『あ、神山さんでしたか！』と一寸足を留めて、直ぐまた歩き出そうとする。

『まあ、何処へ被行《いらっしゃ》るの？』

答もせずに信吾は五六歩歩いて、そしてぐるりと自暴《やけ》に体を向き直した。

『ハハ、、。何処へ行ったんです貴女こそ？』

『生徒の家へ招待《よば》れて、門前寺の……一人で散歩するなんて気が利かないじゃありませんか、貴方は！』

『貴女だって一人じゃないか！』

『ホ、、、どうして智恵子様《さん》を誘って上げなかったの？』

『莫迦《ばか》な！』

『あら、月夜の散歩にはハイカラさんの手でも曳かなくちゃ詰まらないじゃありませんか？真個《ほんと》に！』

『何を言うんです。』と信吾は苛々《いらいら》しく言った。そして、突然富江の手を取って、『僕は貴女の迎いに来たんだ！』

『まあ巧い事を！』と富江は左程驚いた風もなく笑っている。

信吾は、女の余りに平気なのが癪に障った。そして、不図怖ろしい考えが浮かんだ。物言わずに女の手を堅く握る。

富江もしばしは口を利かないで、唯笑っていた。そして、『私の手なんか駄目よ、信吾さん！女の手の様じゃないでしょう？』

『………』

『私は女じゃないんですよ。』

『富江様《さん》。』と言いながら、信吾は無遠慮に女の肩に手をかけた。『そんなら貴女は第三性ですか？　ハハ、、。』

『あ重い！』と言ったが逃げ様ともせぬ。そして、急に真面目な顔をして眤《じっ》と男の顔を見ながら、『真個《ほんとう》よ。私石女《うまずめ》なんですもの。子供を生まない女は女じゃないんでしょう?』そして、袂を口にあて、急にホホ、、と笑い出した。

其夜は信吾は十時過までも富江の宿にいた。宿の主人の老書記は臨時に隔離病舎に詰めている。主婦や子供らは踊に行って留守であった。

で、彼が家へ帰ってくると、玄関の戸がもう閉《しま》っていた。信吾は何がなしにわが家ながら閾《しきい》が高い様な気がして、成るべく音を立てぬ様にして入った。

八

家に入った信吾の心は、妙に臆《ひる》んでいた。彼は富江と別れて十幾町の帰路を、言うべからざる不愉快な思いに追われて来た。強烈《はげ》しい肉の快楽《たのしみ》を貪った後の浅猿《あさま》しい疲労が、今日一日の苛立《いらだ》った彼の心を弥更《いやさら》に苛立たせた。

『浅猿しい、浅猿しい！』と、彼は幾度か口に出して自分を罵った。彼はもう此儘人知れず何処かへ行って了いたい様な気がした。飽くを知らざる富江の餓えた顔を思い出すと、言うべからざる厭悪の念が起こる。そして又、段々家へ近付くにつれて、恋仇の吉野に対する自暴腹《やけっぱら》な怒りが強く発した。其怒りが又彼を嘲る。信吾は人に顔を見られたくなかった。

で、成るべく音立てぬ様に縁側伝いに自分の室に行く。家中もう寝て了ったと見えて、森としていた。と、離室に続く縁側に軽い足音がして、静子が出て来た。四辺《あたり》は薄暗い。

『あら兄様《さん》、遅かったわねえ。何処に居たんですか、今迄?』

『何処でも可いじゃないか!』と、声は低く、然し慳貪《けんどん》だ。

『まあ!』

信吾は、わが仇の吉野の室に妹が行っていたと思うと、抑えきれぬ不快な憤怒が洪水の様に頭に溢れた。

『貴様こそ何処に行ってるんだ? 夜《よる》夜中人が寝て了ってから!』

静子は驚いて目を丸くして立っている。それが、何か厳しく詰責でもされる様で、信吾の憤怒は更に燃える。

『莫迦野郎! 何処に行ってるんだ?』と言うより早く一つ静子を擲った。

静子は矢庭に袂を顔にあてた。

『兄様《さん》……其様《そんな》……』

『此方へ来い。』と、信吾は荒々しく妹の手を引っ張って、自分の室に入ると、どっと突倒した。

『此畜生! 親や兄の眼を晦まして、……』

『わっ。』と静子は倒れた儘《まま》で声をあげた。先刻《さっき》町から帰ってから、待てども〳〵兄が帰らぬ。母も叔母も何とも言ってくれぬだけ媒介者《なこうど》との話の成行《なりゆき》が気にかゝった。自分から聞かれる事でもなく、手頼るは兄の信吾、その信吾が今日媒介者が来たも知らずにいると思うと、もう心配で〳〵堪らなくなって、今も密《そっ》と吉野の室に行って、その帰りの遅きを何の為かと詰していたのである。

静子は故なき兄の疑いと怒が、悔《くや》しい、恨めしい、弁解をしようにも喉が塞《つま》って、たゞ堅く〳〵袖を噛んだが、それでも泣き声が洩れる。

『莫迦野郎！』と、信吾は再《また》しても唸る様に言って、下唇《くちびる》を喰縛り、堅めた両の拳をぶるぶる顫わせて、恐しい顔をして突立っている。

静子は死んだ様に動かない。

『よし。』と信吾はまた唸った。『貴様はもう松原に遣《や》る。貴様みたいなものを家に置くと、何をするか知れない。』

『ま。』と言って、静子はガバと起きた。『兄様《さん》……其松原から今日人が来て……それで……』

手荒く襖が開いて、次の間に寝ている志郎と昌作が入って来た。

『怎《ど》うしたんだい兄様《さん》？』

『黙れ！』と信吾は怒鳴った。『黙れ！　貴様らの知った事か。』

そして、乱暴に静子を蹴る、静子は又どたりと倒れて、先よりも高くわっと泣く。

『何だ？』と言い乍ら父の信之も入って来た。『何だ？　夜更《よふけ》まで歩いて来て信吾は又何を其麽《そんな》に騒ぐのだ?』

『糞っ。』と云いさま、信吾は又静子を蹴る。

『何をするっ、此莫迦!』と、昌作は信吾に飛びつく。志郎も兄の胸を抑える。

『糞っ。』と、信吾はもう無中に咆り立って、突然志郎と昌作を薙倒す。

『こらっ』と父も声を励して、信吾の肩を摑んだ。『何莫迦をするのだ! 静は那方《あっち》へ行け!』

『糞っ。』と許り、信吾は其手を払って手負猪の様な勢いで昌作に組みつく。

『貴様、何故俺を抑えた!?』

『兄様《さん》!』

『信吾っ!』

ドタバタと騒ぐ其音を聞いて、別室の媒介者《なこうど》も離室の吉野も駆けつけた。帯せぬ寝巻の前を押えて母のお柳も来る。

『畜生! 畜生!』と信吾は無暗矢鱈に昌作を擲った。

【其十二】

智恵子は、前夜腹の痛みに堪えかねて踊から帰ってから、夜一夜苦しみ明した。お利代が寝ずに看護してくれて、腹を擦ったり、温めたタオルで罨法《あんぽう》を施《や》ったりした。とろ〳〵と交睫《まどろ》むと、すぐ烈しい便気の塞迫と腹痛に目が覚める。翌朝の四時までに都合十三回も便所《はばかり》に立った。が、別に通じがあるのではない。

夜が清々《すがすが》と明放れた頃には、智恵子はもう一人で便所にも通えぬ程に衰弱した。便所は戸外《そと》にある。お利代が医者に駆付けた後、智恵子は怺《こら》えかねて一人で行った。行くときは壁や障子を伝って危《あぶ》な気に下駄を穿《つっ》かけたが、帰って来てそれを脱ぐと、もう立ってる勢いがなかった。で、台所の板敷を辛《やっ》と這って来たが、室に入ると、布団の裾に倒れて了った。抉られる様に腹が痛む。子供等はまだ起きてない。家の中は森としている。窓際の机の上にはまだ洋燈《ランプ》が曚然《ぼんやり》点《とも》っていた。

智恵子は堅く目を瞑って、幽かに唸りながら、不図、今し方戸外へ出た時まだ日の出前の水の様な朝光《あさかげ》が、快く流れていた事を思い出した。

「もう夜が明けた。」と覚束なく考えると、自分は何日からとも知れず、長い〱間恁《か》うして苦しんでいた様な気がする。程経てから前夜の事が思い出された。それも然し、ずっとずっと以前の事のようだ。

「今日あの方が来て下さるお約束だった！　然うだ、今日だ、もう夜が明けたのだもの！……。すると今日は盆の十五日だ。昨日は十四日……然うだ、今日は十五日だ！」

喧しく雀が鳴く。智恵子はそれを遥《ずっ》と遠いところの事の様に聞くともなく聞いた。

『先生……先生！』と遠くで自分を呼ぶ。不図気がつくと、自分は其処で少し交睫《まどろ》みかけたらしい。お利代は加藤医師を伴れて来て、心配気な顔をして起こしている。

『先生、まあ恁麼《こんな》所に寝て、お医師様《いしゃさん》が被来《いらっしゃ》いましたよ。』

『まあ済みません。』然う言ってお利代に手伝われ乍ら臥床の上に寝せられた。

室には夜っぴて点《つ》けておいた洋燈《ランプ》の油煙やら病人の臭気《におい》やらがムッと籠っていた。お利代は洋燈《ランプ》を消し、窓を明けた。朝の光が涼しい風と共に流れ込んで、髪乱れ、眼凹み、皮膚《はだ》の沢《つや》なく弛んだ智恵子の顔が、もう一週間も其余も病んでいたもの丶様に見えた。

加藤は先ず概略《あらまし》の病状を訊いた。智恵子は痛みを怺えて問うがまゝに答える。

『不可《いけ》ませんなぁ！』と医師は言った。そして診察した。

脈も体温も少し高かった。舌は荒れて、眼が充血している。そして腹を見た。

『痛みますか？』と、少し脹っている下腹の辺を押す。

『痛みます。』と苦し気に言った。

『此処は？』

『其処も。』

『ふむ。』と言って、加藤は腹一帯を軽く擦《さす》りながら眉を顰めた。

それからお利代を案内に裏の便所へ行って見た。

「赤痢だ！」と智恵子は其時思った。そして吉野に逢えなくなるという悲みが湧いた。

智恵子の病気は赤痢——然もやや烈しい、チブス性らしい赤痢であった。そして午前九時頃には担架に乗せられて隔離病舎に収容された。お利代の家の門口には「交通遮断」の札が貼られて、家の中は石炭酸の臭気《におい》に充ち、軒下には石灰が撒かれた。

丁度智恵子が隔離病舎に入った頃、小川の家では、信吾が遅く起きて、そして、今日の中に東京に帰らして呉れと父に談判していた。父は叱る、信吾は激昂する。結局「勝手になれ」と言う事になって、信吾は言いがたい不愉快と憤怒を抱いてふいと発《た》った。それは午後の二時過。

吉野は加藤との約束があるので、留まる事になった。そして直ぐにも加藤の家に移る積もりだったが、色々と小川家の人達に制《と》められて、一日だけ延ばした。小川家には急に不愉快な、そして寂しい空気が籠った。

日が暮れると、吉野は一人町へ出た。そして加藤から智恵子の事を訊かされた。吉野は直ぐ智恵子の宿を訪ねた。町には矢張り樺火が盛んに燃えていた。彼は裏口から廻って霎時《しばらく》お利代と話した。そして、石炭酸臭い一封の手紙を渡された、それは智恵子が鉛筆の走り書。

——恁う書いてあった。

御心配下さいますな。決して御心配下さいますな。お目にかゝれないのが何より——病の苦痛《くるしみ》より辛う御座います。吉野様、何卒私がなほるまでこの村にいて下さい。何卒、何卒。屹度四五日で癒ります。あなたは必ず私のお願ひを聞いて下さる事と信じます。

ちえ

よしの様まいる

【其十三】

一

智恵子の容体は、最初随分危険であった。隔離病舎に収容された晩などは知覚が朦朧になり、妄語《うわごと》まで言った位。てっきりチブス性の赤痢と思って加藤も弱ったのであるが、三日許りで危険は去った。そして二十日過になると、赤痢の方はもう殆んど癒ったが、体が極度に衰弱しているところへ、肺炎が兆した。そして加藤の勧めで、盛岡の病院に入ることになった。

吉野は病める智恵子と共に渋民を去った。彼は有らゆるものを犠牲に払っても、必ず智恵子を助けねばならぬと決心していた。

信吾去り、志郎去り、智恵子去り、吉野去って二月の間に起こった種々《いろいろ》の事件《こと》が、一先《ま》ず結末を告げた。

八月も末になった。そして、静子は新しく病を得た。

静子の縁談は本人の希望通りに破れて了った。この事で最も詰まらぬ役を引き受けたのは例の叔母で、月の初めに来た時、お柳からの秘かの依頼で、それとなく松原家を動かし、媒介者《なこうど》を同伴して来るまでに運んだのであるが、来て見るとお柳の態度は思いの外、対手の松原中尉の不品行（志郎から聞いた）を楯に、到頭破談にして了った。

静子は、何処ということなく体が良くなかった。加藤は神経衰弱と診察した。そして、毎日散歩ながら自分で薬取に行く様に勧めた。で、日毎に午前九時頃になると、何がなしに打沈んだ顔をして静子は、白ハンカチに包んだ薬瓶を下げて町にゆく姿が、鶴飼橋の上に見られた。

そして静子は、一時間か二時間、屹度清子と睦しく話をして帰る。

或る日の事であった。二人は医院の裏二階の瀟洒《さっぱり》した室で、何日もの様に吉野の噂をしていた。

静子は怎《ど》うした機会《はずみ》からか、吉野と初めて逢った時からの事を話し出して、そして、かの写生帖の事まで仄めかした。

清子は熱心にそれを聞いていた。

『静子さん。』と清子は、昵《じっ》と友の俯向《うつむ》いた顔を見ながら、しんみりした声で言った。『私よく知ってるわ。貴女の心を！』

『あら！』と言って静子は少し顔を赤めた。『何？　清子さん私の心って？』

『隠さなくても可《よ》かなくって、静子さん？』

『…………』

黙って俯向《うつむ》いた静子の耳が燃える様だ。清子は、少し悪い事を云ったと気がついて、接穂《つぎほ》なくこれも黙った。

『清子さん。』と、ややあってから静子は言った。其眼は湿んでいた。『私……莫迦だわねえ！』

『あら其麼《そんな》！　私悪い事言って……。』

『じゃなくってよ。私却って嬉しいわ……。』

『…………』

清子の眼にも涙が湧いた。

『ねえ、清子さん！』と又静子は鼻白《はなじら》んで言った。『詰まらないわねえ、女なんて！』

『真個《ほんと》よ、静子さん。』と、清子は全く同感したという様に言って、友の手を取った。

『然《そ》う思って、貴女《あなた》も？』と、清子の顔を見るその静子の眼から、美しい涙が一雫二雫頬に伝った。

『静子さん！』と、清子は言った。『貴女……私の事は誤解してらっしゃるわね！』

然う言って、突然静子の膝に突伏した。

『あら、貴女《あなた》の事って何《なあに》？』

二

二人はしばし言葉が無かった。

静子はそれを、屹度兄の信吾の事と察した。が、兄の事を思うだけに、何と訊いて可いか解らなかった。

ややあってから、『え？　何の事私が誤解してるって？』と静子が再言《また》う。

『言わずに置くわ、私。』と、思い切り悪く言って、清子は漸く首を上げる。

『あら怎《ど》うして？』

『兄の事……じゃなくって？』

清子は羞し気に俯向《うつむ》いた。

『清子さん、私何も貴女の事悪くなんか思ってやしなくってよ。』

『あら然《そ》うじゃなくってよ。それは私だって能く知っててよ。』

二人は懐し気に眼を見合わせた。

『私此の家に嫁《き》た事、貴女可怪《あなたおかし》いと思ったでしょう？』とややあって清子は極り悪相に言った。

『でもないわ……今になっては。』と、静子は心苦し気である。静子は、あの事あって以来兄信吾の心が解りかねた。そして、その兄の不徳を、今一つ聞かねばならぬという気がすると、流石に兄妹であれば辛くない訳に行かぬ。が、又、目の前の清子を見ると、この世に唯一の自分の友が此人だと言う限りない慕しさが胸に湧いた。

『済まないわ、このお話するのは！』

『ま、清子さん！……貴女其麼《そんな》に……私になら何だって言って下すったって可《い》いわ。貴女許りよ、私姉さんの様に思ってるのは！』

『……私ね……真個《ほんと》の姉妹になりたかったの、貴女と。』然う言って清子は静子の手を握る。

『解ってよ。』と、静子は聞こえるか聞こえぬかに言って、昵《じっ》と眼を瞑《と》じた。其眼から涙が溢れる。

『嬉しいわ、私は。』と清子は友の手を強く引く。二人の涙は清子の膝に落ちた。

そして言った。『私信吾さんに逢って頂いてよ、此方《こっち》の方の話があった時……忘れないわ、去年の七月二十三日よ、鶴飼の上の観音様の杜で。』

『……………』

『私甚麼《どんな》に……男の方は矢張り気が強いわねえ！』

『何と言って其時、兄が？』

『……此家へ来る事を勧めて下すったわ、あの、兄様《さん》は。』

『ま、然《そ》う！』静子は強く言って。そして、『済まなかったわ清子様、真個《ほんと》に私……今迄知らなかったんですもの。』と言うなり、清子の膝に泣伏した。

『何も其様に！』と清子も泣声で言って、そして二人は相抱いてしばらく泣いた。

『詰まらないわね、女なんて！』と、ややあって静子はしみじみ言う。

『真個《ほんと》ねえ』と清子は応じた。

二人の親しみは増した。

九月が来た。

信吾の不意に発《た》って以来、富江は長い手紙を三四度東京に送った。が、葉書一本の返事すらない。そして富江は不相変《あいかわらず》何時でも喋《はしゃ》いでいる。

肺を病んだ五尺足らずの山内は、到頭八月の末に盛岡に帰って了った。聞けば智恵子吉野と同じ病院に入ったという。

浜野の家――智恵子の宿では、祖母の病が悪くもならず癒《よ》くもならぬ。

お利代は一生懸命裁縫に励んでいる。時には智恵子から習った讃美歌を、小声で小供らに歌って聞かしてる事もある。村では好からぬ噂を立てた。それはお利代も智恵子に感化《かぶ》れて、耶蘇信者になったので、早く祖母の死ぬ事を毎晩神に祈っているというので。――そして、祖母の死ぬのを待って函館の先の夫の許へ行くのだ、と伝えられた。

快く晴れた或日の午前であった。昌作は浮かぬ顔をして町を歩いていた。そして郵便局の前へ来ると、懐から二枚の葉書を出してポストに入れた。――昌作は米国に行くことも出来ず、明日発って十里許りの山奥の或小学校の代用教員に赴任することになった。——その葉書は盛岡の病院なる智恵子と山内に宛てたもの。山内には手短く見舞の文句と自身の方の事を書いたが、智恵子への一枚には、気取った字で歌一首。

『秋の声まづ逸早《いちはや》く耳に入るかゝる性《さが》有《も》つ悲むべかり』

渋民村に秋風が見舞った。


付記。この一篇は作者が新聞小説としての最初の試作なりき。回を重ぬる六十回。時歳末に際して豫期の如く事件を発展せしむる能はず、茲に一先《ひとま》ず擱筆するに到れるは作者の多少遺憾とする所なり。他日若し幸ひにして機会あらば、作者は稿を改めて更に智恵子吉野を主人公としたる本篇の続篇を書かむと欲す。

※初出：「東京毎日新聞」（一九〇八＝明治四一年一一月一日〜一二月三〇日）

我等の一團と彼

一

人が大勢集まっていると、おのずから其の間に色分けが出来て来る——所謂党派というものが生まれる。これは何も珍しいことではないが、私の此間までいたT——新聞の社会記者の中にもそれがあった。初めから主義とか、意見とかを立て、其の下に集まったというでもなく、又誰もそんなものを立てようとする者もなかったが、ただ何時からとなく五、六人の不平連がお互いに近づいて、不思議に気が合って、そして、一種の空気を作って了ったのだ。先《ま》ず繁々往来をする。遠慮のない話をする。内職の安著述の分け合いをする。時々は誘い合って、何処かに集まって飲む。——それだけのことに過ぎないが、この何処かに集まって飲む時が、恐らく我々の最も得意な、最も楽しい時だった。気の置ける者はいず、酒には弱し、直ぐもう調子よく酔って来て、勝手な熱を吹いては夜更かしをしたものだ。何の、彼のと言って騒いでるうちには、屹度社中の噂が出る。すると誰かが、赤く充血した、其の癖何処かとろんとした眼で一座を見廻しながら、慷慨演説でもするような口調で、「我党の士は大いにやらにゃ可《い》かんぞ。」などと言い出す。何をやらにゃ可かんのか、他《はた》から聞いては一向解らないが、座中の者にはよく解った。少なくとも其の言葉の表している感情だけは解った。「大いに然り。」とか、やるともとか即座に同意して了う。さあ、斯うなると大変で、何《ど》れも此れも火の出る様な顔を突き出して、明日にも自分等の手で社の改革を為遂げて見せるようなことを言う。平生から気の合わない同僚を、犬だの、黴菌《ばいきん》だの、張子《はりこ》だの、麦酒壜《ビールびん》だのと色々綽名をつけて、糞味噌に罵倒する。一人が小皿の縁を箸で叩きつけて、「一体社では我々紳士を遇するの途を知らん。あんな品性の下劣な奴等と一緒にされちゃ甚だ困る。」と力み出すと、一人は、胡座《あぐら》をかいた股の間へ手焙《てあぶ》りを擁《かか》え込んで、それでも足らずにじり〳〵と躙《にじ》り出しながら、「そうじゃ。徒らに筆を弄んで食を偸む。のう文明の盗賊とは奴等の事《こっ》ちゃ。社会の毒虫じゃ。我輩不敏といえども奴等よりはまだ高潔な心をもっとる。学問をせなんだ者は真に為様がないなあ。」と酒臭い息を吹いてそれに応ずる。——そして我々は、何時誰が言い出したともなく、自分等の一団を学問党と呼んでいた。

尤も、酔いが醒めて、翌日になって出勤すると、嵐の明くる朝と同じことで、まるで様子が違った。誰を見てもけろりと忘れたような顔をして済ましている。「昨夜は愉快じゃったなあ。」と偶《たま》に話しかけてみても、相手はただ、「うむ。」と言って妙な笑い方をして見せる位のことだ。命令が出ると何処へでも早速飛び出して行った。悪い顔をする者もなければ、怠ける者もなかった。他の同僚に対しても同じで、殊更に軽蔑するの、口を利かぬのということはしない。ただ少し冷淡だというに過ぎない。が、何かしら事があると、連中のうちで、紙片を円めたのを投げてやって、眼と眼を見合わせて笑うとか、不意に背中をどやしつけて、それに託《かこつ》けて高笑いをする位のことはやった。意気地がないと言えばそれまでだが、これは然しそうあるべき筈だった。反対派と言った所で、何も先方が此方に対抗する党派を結んでいたというでもない。言わば、我々の方で勝手に敵にしていただけの話だ。自分等が自分等の意見を行う地位にいないという外には、社に対してだって別に大した不平を持っていたのでもないのだから。——それに、之は余り人聞きの好いことではないが、T——新聞は他の社より月給や手当の割がずっと好かった……

この「我が党の士」の中に、高橋彦太郎という記者があった。我々の間では年長者の方で、もう三十一、二の年齢をしていたが、私よりは二、三箇月遅れて入社した男だった。先《ま》ず履歴から言うと、今のY——大学がまだ専門学校と言っていた頃の卒業生で、卒業すると間もなく中学教師になり、一年ばかり東北の方に行っていたらしい。それから東京へ帰って来て、或政治雑誌の記者になり、実業家の手代になり、遂々《とうとう》新聞界に入って、私の社へ来る迄に二つ、三つの新聞を歩いた。——ざっとこんなものだが、詳しいことは実は私も知らない。一体に自分に関した話は成るべく避けてしない風の男だった。が、何かの序に、経済上の苦しみだけは学生時代から随分嘗めたようなことを言ったことがある。地方へ教師になったのは、恩のある母（多分継母だったろう）を養う為で、それが死んだから早速東京へ帰ったのだという話も聞いたように記憶している。細君もあり、子供も三人かあったが、何処《ど》で何うして結婚したのか、それは少しも解らない。此方から聞いて見ても、「そんな下らぬ話をする奴があるものか。」というような顔をして、てんで対手にならなかった。第一我々の仲間で、その細君を見たという者は一人もない。郊外の、しかも池袋の停車場から十町もあるという処に住んでいて、人を誘って行くこともなければ、又、いくら勧めてももっと近い処へは引越して来なかった。

最初半年ばかりは、社中にこれという親友も出来たらしく見えなかった。何方かと言えば口が重く、それに余り人好きのする風采でもないところへ、自分でも進んで友を求めるというような風はなかった。「高橋さあん。」と社会部の編集長が呼ぶと、黙って立って其の前へ行く。「はい」と言って命令を聞き取る。上等兵か何かが上官の前に出た時のようだ。渡された通信の原稿を受け取って来て、一通り目を通す。それから出懸けて行く。急《せ》くでもない、急かぬでもない、他の者のように、「何だ、つまらない。」というような顔をすることもなければ、目を輝かして、獲物を見付けた猟犬のように飛び出して行くこともない。電話口で交換手に怒鳴りつけることもなければ、誂えた弁当が遅いと言って給仕に剣突《けんつく》を喰わせることもない。そして帰って来て書く原稿は、若い記者のよくやるような、頭っ張りばかり強くて、結末に行って気の抜けるようなことはなく、穏《おとな》しい字でどんな事件でも相応に要領を書きこなしてあるが、其の代わり、これという新しみも、奇抜なところもない。先《ま》ず誰が見ても世慣れた記者の筆だ。書いて了うと、片膝を両手で抱いて、頸窩《ぼんのくぼ》を椅子の背に載せて、処々から電燈の索《なれ》の吊り下った、煙草の煙りで煤びた天井を何処ということなしに眺めている。話をすることもあるが、話の中心になることはない。猶更子供染みた手柄話などをすることはなかった。つまり、一口に言えば、何一つ人の目を惹くようなところの無い、或は、為《し》ない男だった。

私も、この高橋に対しては、平生余り注意を払っていなかった。同じ編集局にいて、同じ社会部に属していたからには、無論毎日のように言葉は交わした。が、それはたゞ通り一遍の話で、対手を特に面白い男とか、厭な男とか思うような機会は一度もなかった。これは一人私ばかりでもなかったらしい。ところが或時、例の連中、(其の頃漸く親しくなりかけた許りだったが、)が或処に落ち合って、色々の話の末に、社中の誰彼の棚下しを始めた。先《ま》ず上の方から、羽振りの好い者から、何十人の名が大抵我々の口に上った。其の中に高橋の噂も出た。

『おい、あの高橋という奴な、彼奴も何だか変な奴だぜ。』と一人が言った。

『そうじゃのう。僕も彼奴に就いちゃ考えとるんじゃが、一体あの男あ彼《あ》の儘《まま》なんか、それとも高く留まってるんか?』

『高く留まってるんでもないね。』と他の一人が言った。

『何《ど》うもそうではないようだね。あれで却々《なかなか》親切なところがあるよ。僕は此間の赤十字の総会に高橋と一緒に行ったがね。』

最初の一人は、『それは彼奴《ママ》は色んな事を知っとるぜ。何時か寒石老人と説文《せつもん》の話か何かしとった。』

『そうじゃ。僕も聞いとった。何しろ彼の男あ一癖あるな。第一まあ彼《あ》の面《つら》を見い。ぽかんとして人の話を聞いとるが、却々《なかなか》油断ならん人相があるんじゃ。』

斯う言ったのは剣持という男だった。皆は声を合わせて笑ったが、心々に自分の目に映っている高橋の風采を思い浮かべてみた。中背の、日本人にしては色の黒い、少しの優しみもないほどに角ばった顔で、濃い頰髯を剃った痕が何時でも青かった。そして其の眼が――私は第一に其の眼を思い出したので――小さい、鋭い眼だった。そして言った。

『一癖はあるね、確かに。』

然し、それは言うまでもなく真《ほん》の其の時の思い付きだった。

剣持はしたり顔になって、『僕はな、以前から高橋を注意人物にしとったんじゃ。先《ま》ず言うとな、彼の男には二つの取柄がある。阿諛《おべっか》を使わんのが一つじゃ。却々頑としたところがある。そいから、我々新聞記者の通弊たる自己広告をせん事《こっ》ちゃ。高橋のべちゃくちゃ喋りおるのは聞いたことがないじゃろう？　ところがじゃ、僕の経験に拠ると、彼《あ》あした外観の人間にゃ二種類ある。第一は、あれっきりの奴じゃ。顔ばかり偉そうでも、中味のない奴じゃ。自己広告をせなんだり、阿諛を使わなんだりするのは、そんな事する才能がないからなんじゃ。所謂見かけ倒しという奴じゃな。そいから第二はじゃ。此奴は始末に了えん。一言にして言うと謀反人じゃな。何か知ら身分不相応な大望をもっとる。そうして常に形勢を窺うとる。僕の郷里の中学に体操教師があってな、其奴が体操教師の癖に、後になって解ったが、校長の椅子を覘っとったんじゃ。嘘のようじゃが嘘じゃない。或時其の校長の悪口が土地の新聞に出た、何でも芸妓を孕ましたとか言うんじゃ。すると例の教師が体操の時間に僕等を山に連れて行って、大きな松の樹の下に円陣を作らしてなあ、何だか様子が違う哩《わい》と思っとると、平生とはまるで別人のような能弁で以って、慷慨激越な演説をおっ始めたんじゃ。君達四年級は――其の時四年級じゃった――此の学校の正気《せいき》の中心じゃから、現代教育界の腐敗を廓清する為にストライキをやれえちゅうんじゃ。』

『やったんか?』

『やった。そうして一箇月の停学じゃ。体操の教師は免職よ。――其奴がよ、何処か思い出して見ると高橋に肖《に》とるんじゃ。』

『すると何か、彼の高橋も何か大望を抱いていると言うのか?』

『あえてそうじゃない。あえてそうじゃないが、然し肖とるんじゃ。実に肖とるんじゃ。高橋がよく煙草の煙をふうと天井に吹いとるな? あれまで肖とるんじゃ。』

『其の教師の話《はなし》は面白いな。然し剣持の分類はまだ足らん。』最初高橋の噂を持ち出した安井というのが言った。

『あんな風の男には、まだ一つの種類がある。それはなあ、外ではあんな具合に一癖ありそうに、構えとるが、内へ帰ると細君の前に頭が挙《あが》らん奴よ。しょっちゅう尻に布かれて本人も亦それを喜んでるんさ。愛情が濃かだとか何とか言ってな。彼《あ》あして鹿っべらしい顔をしとる時も、奚《なん》ぞ知らん細君の機嫌を取る工夫をしとるのかも知れんぞ。』

これには皆吹き出して了った。啻《ただ》に吹き出したばかりでなく、大望を抱いているという剣持の観察よりも、毎日顔を合わせながら別に高橋に敬意をもっていたでもない我々には、却って安井の此の出鱈目が事実に近い想像の様にも思われた。

が、翌日になって見ると、剣持の話した体操教師の語《はなし》が不思議にも私の心に刻みつけられたように残っていた。それは私自身も、剣持と同じく、半分は教師の煽動で中学時代にストライキをやった経験をもっていた為だったかも知れない。何だか其の教師が懐しかった。そして、それに関聯して、おのずと同僚高橋の挙動に注意するようになった。

四、五日経つと、其の月の社会部会の開かれる日が来た。我々の一団は、会議などになると、妙に皆沈黙を守っている方だった。で、其の日も、編集長の持ち出した三つか、四つの議案は、何の異議もなく三十分かそこいらの間に通過して了った。其の議案の中には、近頃社会部の出勤時間が段々遅れて、十一時乃至十二時になったが、今後昼の勤務に当たっている者は、午前九時までに相違なく出社する事、という一箇條もあった。

会議が済むと皆どやどやと椅子を離れた。そして、沓音《くつおと》騒がしく編集局に入って行った。我々も一緒に立った。が、何時もの癖で、立った機会に欠伸《あくび》をしたり、伸びをしたりして、二三人会議室の中に残った。すると、も一人我々の外に残った者があった。高橋だ。矢張皆と一緒に立ったが、其の儘《まま》窓際へ行って、何を見るのか、じっと外を覗いている。

安井は廊下の静かになるのを待ちかねたように、直ぐまた腰を掛けて、

『今日の会議は、何時もよりも些《ち》と意気地が無さ過ぎたのう？』

『何故君が黙っとったんじゃ？』剣持はそう言って、ちらと高橋の後姿を見た。そして直ぐ、

『若し君に何か言いたい事があったならじゃ。』

『大いにある、僕みたいなものが言い出したって、何が始まるかい？』

『始まるさ。何でも始まる。』

『これでも賢いぞ。』

『心細い事を言うのう。』

『然し、まあ考えて見い。第一版の締切が何時？　五時だろう？　午前九時に出て来て、何の用があるだろう？　十時、十一時、十二時……八時間あるぞ。今は昔と違ってな、俥もあれば、電車もある。乗ったことはないが、自動車もある世の中だ……』

『高橋君。』私は巻煙草へ火を点けて、斯う呼んで見た。安井はふっと言葉を切った。

『うむ？』と言って、高橋は顔だけ此方へ捻じ向けた。その顔を一目見て、私は、「何を見ていたのでもないのだ。」と思った。そして、

『今の決議は我々朝寝坊には大分徹《こた》えるんだ。九時というと、僕なんかまだ床の中で新聞を読んでいる時間だからねえ。』

『僕も朝寝はする。』

そう言って、静かに私の方へ歩いて来た。何とか次の言葉が出るだろうと思って待ったが、高橋はそれっきり口を噤《つぐ》んで、黙って私の顔を見ている。為方がないから、

『此間内《うち》の新聞の社説に、電車会社が営業物件を虐待するって書いてあったが、僕等だって同じじゃないか？　朝の九時から来て、第二版の締切までいると、彼是十時間からの勤務だ。』

『可いさ。外交に出たら、家へ寄って緩《ゆっく》り昼寝をして来れば同じ事《こっ》た。』

これが彼の答えだった。

剣持は探りでも入れるように、

『僕は又、高橋君が何とか意見を陳《の》べてくれるじゃろうと思うとった。』

『僕が？　僕はそんな柄じゃない。なあに、これも矢っ張り資本主《ぬし》と労働者の関係さ。一方は成るべく楽をしようとするし、一方はなるべく多く働かせようとするし……この社に限ったことじゃないからねえ。どれ、行って弁当でも食おう。』

そして入口の方へ歩き出しながら、独語のように、『金の無い者は何処でも敗けているさ。』

後には、三人妙な目付をして顔を見合わせた。

が、其の日の夕方、剣持と私と連れ立って帰る時、玄関まで来ると、一足先に帰った筈の高橋が便所から出て来た。

『何《ど》うだ飲みに行かんか?』

突然に私はそう言った。すると、

『そうだね、可いね。』と向こうも直ぐ答えた。

一緒に歩きながら、高橋の様子は、何となくそういう機会を得たことを喜んでいるようにも見えた。そして彼は、少し飲んでも赤くなる癖に、いくら飲んでも平生と余り違ったところを見せない男だった。飲んでは話し、飲んでは話しして、私などは二度ばかりも酔いが醒めかけた。それでも話は尽きなかった。いざ帰ろうとなった時は、もう夜が大分更けて、例の池袋の田舎にいる高橋には、乗って行くべき、汽車も、電車もない時刻だった。

『また社の宿直の厄介になるかな。』と彼は事も無げに言った。家へ帰らぬことを少しも気にしていないような様子だった。

『僕ん処へ行かんか?』

『泊《と》めるか?』

『泊めるとも。』

『よし行く。』

其の晩彼は遂々《とうとう》私の家に泊まった。

二

かくして、高橋彦太郎は我々の一団に入って来た。いや、入って来たというは適切でない。此方からちょっかいを出して引き入れて了った。

先《ま》ず私の目に付いたのは、それから高橋の様子の何ということなしに欣々としていることであった。何処《ど》が何うと取り立てて言うほどの事はなかったが、（又それほど感情を表す男ではなかったが。）同じ膝頭を抱いて天井を眺めているにしても、其の顔の何処かに、世の中に張り合いが出来たとでもいうような表情が隠れていた。私はそれを、或る探険家が知らぬ土地に踏み込んでいて、此処を斯う行けば彼処へ出るという様な見当をつけて、そしてそれに相違のないことを竊《そっ》と確めた上で、一人で楽しんでいるようなものだろうと思っていた。余りそぐはぬ比喩《たとえ》のようだが、その頃、高橋が我々と一緒に飲みに行って、剰《おま》けに私の家へまで泊まったのを、彼自身にしては屹度何か探険をするような心持だったろうと私は忖度していたのだ。

が、そんな様子は、一月か、二月の間《うち》には何時となく消えて無くなって了った。これは、私がそんな様子を見慣れて了ったのか、乃至は高橋自身そんな気持に慣れて了ったのか、其処はよく解らない。兎に角、見たところ以前の高橋に還って了った。然しそれかと言って、我々と彼との間に出来た新しい関係には、これと言う変化も来なかった。と言うよりも、初めは互に保留していた多少の遠慮も、日を経るとともに無くなって行った。そして、先《ま》ず最初に此の新入者に対する隔意を失ったのは、斯く言う私だった。私は何故か高橋が好きだった。

親しくなるにつれて、高橋の色々の性癖が我々の目に付いた。それは大体に於いて、今までに我々の見、若くは想像していたところと違わなかった。彼は孤独を愛する男だった。長い間不遇の境地に闘って来た人という趣きが何処かにあった。彼は路を歩くにも一人の方を好んだ。そして、無論余り人を訪問する方ではなかった。

が、時とすると、二晩も、三晩も続けて訪ねて来ることもあった。そういう時彼は何か知ら求めていた。たゞ其の何であるかゞ我々に解らぬ場合が多かった。それから彼は、平生の口の寡《すくな》いに似合わず、よく調子よく喋り出すことがあった。そしてそれには随分変わった特徴があった。

例えば我々が、我々の従事している新聞の紙面を如何に改良すべきか、又は社会部の組織を如何に改造すべきかに就て、各自意見《めいめい》を言い合うとする。高橋も初めはちょくちょく口を利いているが、何時とはなしに口を噤んで了って、煙草をぷかぷか吹かしながら、話す者の顔を交る交る無遠慮に眺めているか、さもなければ、ごろりと仰向けに臥て了う。この仰向けに臥て、聞くでもなく、聞かぬでもなく人の話を聞いて居るのが彼の一つの癖だった。そして、皆があらまし思う事を言って了った頃に、ひょくと起きて、『それは夢だ。今からそんな事を言っていると、我々の時代が来るまでには可い加減飽きて了うぞ。』というようなことを言う。

其の所謂我々の時代のまだ〳〵来ないこと、恐らくは永久に来る時の無いことをば、我々もよく知っていた。我々ももう野心家の教師に煽《おだ》てられてストライキをやるような齢ではなかった。が、高橋にそう言われると、不思議なことには、「成程そうだった。」という様な気になった。つまり高橋は、走って来る犬に石でも抛り付けるように、うまく頃合を計って言葉を挿むから、それで我々の心に当たるのだ。そして、妙に一種の感慨を催して来る。それを見て高橋は、「は、、、。」と格別可笑しくも無さそうに笑う。

一体高橋には、人の意表に出でようとしていたのか、或はそれが彼の癖だったのか解らないが、人が何か言うと、結末になって、ひょいと口を入れて、それを転覆《ひっくら》かえして了うような、反対の批評をする傾向があった。その癖、それが必ずしも彼の本心でないような場合が多かった。

社の同僚に逢坂《おうさか》という男があって、その厭味たっぷりな、卑しい、唾でもひっ掛けてやりたいような調子が、常に我々の連中から穢い物か何ぞのように取り扱われていた。或時安井が其奴から、「君は何時でも背広ばかり着ているが、いくら新聞記者でも人を訪問する時にゃ相当の礼儀が必要じゃ。僕なんか貧乏はしちょるが、洋服は五通り持っとる。」と言われたと言って、ひどく憤慨していたので、我々もそれにつれて逢坂の悪口を言い出した。すると、黙った聞いていた高橋はひょいと吸いさしの巻煙草を遠くの火鉢へ投げ込んで、

『僕は然しさほどにも思わないね。』

如何にも無雑作な調子で言った。

『何故？』と剣持は叱るように言った。

『何故って、君、逢坂にゃあれで却々《なかなか》可愛いところがあるよ。』

安井は少しむきになって、

『君は彼《あ》あいう男が好きか？』

『好き、嫌いは別問題さ。だが、君等のように言うと、第一先《ま》あ逢坂と同じ社にいるのが矛盾になるよ。それほど彼奴が共に齢《よわい》すべからざる奴ならばだ、……先《ま》あ何方《どっち》にしても僕は可いがね。』

そう言って何と思ったか、ごろりと横になって了った。

『可くはないさ。聞こう、聞こう。』安井は追っ掛けるように言った。『君が何故あんな奴を好《す》くんか、それを聞こう。』

高橋は一寸の間、恰度安井の言葉が耳に入らなかったように、返事もしなければ、身動きもしなかった。「何故斯う人の言うことに反対するだろう？」私はそう思った。すると、弾《ば》機仕掛《ねじかけ》みたいにむくりと起き返って、皮肉な目付をして我々の顔を一わたり見渡した。そして、

『言っても可いがね。……言うから、それじゃあ結末《しまい》まで聞き給え。可いかね？　君等は何というか知らないが、無邪気ということは悪徳じゃあないね？　賞めるべきことでは決してないが、然し悪徳じゃないね、可いかね？　逢坂は無邪気な男だよ。実に無邪気な男だよ。——』

『それはそうさ。然し——』と私は言おうとした。

高橋は鋭い一瞥を私に与えて、『例えばだ、社で誰が一番給仕に怒鳴りつけるかというと、政治部の高見と僕等の方の逢坂だ。高見君はありゃ、鉛筆が削っても、削っても折れると言って、小刀を床《ゆか》に敲《たた》き付ける癇癪持だから、為様がないが、逢坂のまあ彼の声は何という声だえ？　それに彼《あ》の格好よ。まるで給仕を嚙み殺して了いそうだ。そうして其の後で以て直ぐ、○○だとか、△△だとか、すべて自分より上の者に向かうと彼《あ》の通りだ。世の中にゃ随分見え透いた機嫌の取り方をする者もあるが、あんなのは滅多にないよ。他《はた》で見ていて唾を引っ掛けたくなる。それに、暇さえあれば我々の間を廻って歩いて、彼の通り幇間染みた事を言う。かと思うと又、機会さえあれば例の自画自賛だ。でなければ何さ、それ、「我々近代人」と来るさ。ははは。一体彼奴《あいつ》は、今の文学者連中と交際してるのが、余っ程得意なんだね。そして其奴等の口真似をして一人で悦《えつ》に入ってるんだ、淫売婦が馴染客に情死を迫られて、逃げ出すところを後から斬り付けられた記事へ、個人意識の強い近代的女性の標本だと書いた時は、僕も思わず噴き出したね。ね？

ところがだ、考えてみると、それが皆僕の前提を肯定する材料になる。無邪気でなくて誰があんな真似が出来る？　我々自身を省るが可い。我々だって、何時でも逢坂を糞味噌に貶《けな》しているが、底の底を割ってみれば彼奴と同じじゃないか？　下の者には何も遠慮をする必要がない。上の者には本意、不本意に拘らず、多少の敬意を表して置く。こりゃ人情だ。同時に処世の常則だよ。同僚にだってそうだ、誰だって悪く云われたくはないさ。又自分の手柄は君等にしろ、無論僕にしろ、成るべく多くの人に知らせたいものだよ。流行《はやり》言葉も用《つか》って見たしな。たゞ違うのは、其の同じ心を、逢坂が一尺に発表する時に、我々は一寸か二寸で済まして置くだけのことだ。何故其の違いが起こるかと云うと、要するに逢坂が実に無邪気な人間だというに帰する。所謂天真爛漫という奴さ。そうしてだね、何故我々が、其の同じ心を逢坂のように十分、若くは、十分以上に発表することをあえてしないかというと、之は要するに、何の理由か知らないが、兎に角我々には自分で自分に気羞かしくそんな事が出来ないんだ。そして其の理由はというと、――此処ではっきり説明は出来ないがね。――正直に先《ま》あ自分の心に問うて見給え。決して余り高尚な理由ではないぜ。――』

『君は無邪気、無邪気って云うが、君の言うのは畢竟教養《カルチュア》の問題なんじゃ。』剣持はしたり顔になって言った。

『そうじゃないか？　教養と人格の問題よ。其処が学問党と、非学問党の別れる処なんじゃ。』

『すると、何か？　人格という言葉は余り抽象的な言葉だから、しばらく預かるとして、教養ということだね。つまるところ、教養があるということと、自己を欺く――少なくとも、自己を韜晦《とうかい》するということと同じか？』

『高橋君。』安井が横合から話を奪って、『君は、無邪気は悪徳だとか、悪徳でないとかいうが、そんなことは我々に全く不必要じゃないか？　我々の言っとったのは、善悪の問題じゃあ無い。好悪の問題だよ。逢坂の奴の性質が無邪気であるにしろ、ないにしろ、兎に角奴の一挙一動に表われるところが、我々の気に喰わん。頭の先から足の先まで気に喰わん。気に喰わんから、気に喰わんというに、何の不思議もないじゃないか？』

『それがさ。――あ、面倒臭いな。――先《ま》あ考えてみるさ。気に喰わんから気に喰わんというに何の不思議はない。それは、我々が我々の感情を発表するに何の拘束も要らんということだ。それも可いさ。然し発表したって何《どう》なる？　可いかね？　君はまさか逢坂がいくら気に喰わんたって、それで以て逢坂と同じ日の下に、同じ空気を吸ってることまで何《ど》うかしようとは思わんだろう？　現に同じ社にいる。同じ社会部に属している。誰だってあんな奴と一緒に生きてるのが厭だと言って死ぬ莫迦はないさ。先方を殺す者もない。そう言うと大袈裟だが、実際我々が、感情の命令によって何れだけ処世の方針を変えて可いかは、よく解ってる話じゃないか？――逢坂が昨日、自分の方が先に言い付けたのに、何故外の用を先にしたと言って給仕を虐《いじ》めていたっけが、感情を発表するに正直だという点では、我々は遠く逢坂に及ばないよ。そうだろう？　若し其の逢坂が我々の唾棄すべき人間ならばだ、我々の今の様な言動を同時に唾棄しなくっちゃならんじゃないか？　あんな奴の蔭口を利くより、何かもう少し気の利いた話題はないもんかねえ。』

高橋は一座を見廻した。我々は誰も皆、少し煙に捲かれたような顔をしていた。

『それはそうさ。話題はいくらでもあるが、然し可いじゃないか？　我々は何も逢坂を攻撃して快とするんじゃない。言わば座興だもの。』と私は言った。

『座興さ、無論。それは僕だって解ってるよ。僕が言ったんだって矢張座興だよ。故意に君等を攻撃したんじゃないよ。』

『此奴は随分皮肉に出来てる男さね。——つまり君のいうのは平凡主義さ。それはそうだよ。人間なんて、君、そんなに各自《めいめい》違ってるもんじゃないからねえ。』

安井は妙な所で折れて了った。一人、剣持だけはまだ何か穏《おだや》かでない目付をしていた。

『はは、、。』と高橋は、取って着けたように、戯談らしい笑い方をした。『然し僕は喋ったねえ。僕はこんなに喋ることは滅多にないぜ。——然し実を言うと、逢坂は僕も嫌いだよ。あんな下劣な奴はないからねえ。』

『そうだろう？』安井は得意になった。

『君も何だね、随分彼奴を虐待しとるのう？』

逢坂がぶく〳〵に肥った身体を、足音を偸むようにして運んで来て、不恰好な鼻に鼻眼鏡を乗せた顔で覗き込むようにしながら、「君の今朝の記事には大いに敬服しましたよ。M——新聞で書いとるのなんか、ちっとも成っちょらん。先刻彼処の社会部長に会ったから、少し僕等の方の記事を読んでみて下さいと言ってやった。」などと言うと、高橋は、先《ま》ずしげ〳〵対手の顔を見て、それから外方《そっぽ》を向いて、「いくらでも勝手に敬服してくれ給え。」といったような言い方をするのが常だった。

私は横合から口を出して、

『君は一体、人に反対する時に限って能弁になる癖があるね。——余っ程旋毛曲《つむじまが》りだと見える。よく反対したがるからねえ。』

『そうじゃないさ。』

『そうだよ。』

『僕は公平なんさ。物にはすべて一得、一失有りってね。小学校にいる頃から聞いたんじゃないか？　両面から論じなくちゃあ議論の正鵠は得られない。』

『嘘を吐《つ》け！』

『嘘なもんか。——と言うとまた喧嘩になるか！——尤もそういう所もあるね。僕にはね。人が何か言うと、自分で何か考える時でもそうだが、直ぐそれを別の立場に移して考える癖があるんだ。其の結果が時として好んで人に反対するように見えるかも知れない。』

『それは何方《どっち》が正直で言う言葉か？』

『僕は何時でも正直だよ。——然し、正直でも不正直でも可いじゃないか？　君は一体余り単純だから困るよ。此処にいる連中は、何《ど》れだって多少不穏な人間共にゃ違いないが、就中《なかんづく》不穏なのは君だよ。人の言葉を一々正直か、不正直か、極めてかかろうとするし、言ったことは直ぐ実行したがる。余り単純で、僕から見ると危険で為様がない。危険なばかりじゃない、損だよ。単純な性格は人に愛せられるけれども、また直ぐ飽かれるという憂いがあるからね。』

『それはそうじゃ。よく当たっとる。』と剣持も同意した。

『それが亀山（私の名）の長所で、同時に欠点よ。』

『飽《あい》たら勝手に飽くさ。』と私は笑った。

三

その頃だった。

或晩高橋が一人私の家へやって来て、何時になくしめやかな話をした。「剣持は豪いところが有るよ。彼の男は屹度今に発展する。」そんな事も言った。それが必ずしもわざとらしく聞こえなかった。其の晩高橋は何でも人の長所ばかりを見ようと努めているようだった。

『僕にもこれで樗牛にかぶれていた時代が有ったからねえ。』

何の事ともつかず、高橋はそんな事を言った。そして眼を細くして、煙草の煙を眺めていた。煙はすうっと立って、緩かに乱れて、机の上の真白な洋燈の笠に這い纒った。戸外には雨が降っていた。雨に籠もって火事半鐘のような音が二、三度聞こえた。然し我々はそれを聞くでもなかった。

『僕はこれで夢想家《ドリイマア》に見えるところがあるかね？』

高橋はまたそんなことも言った。そして私の顔を見た。

『見えないね。』私は言下に答えた。『然し見えないだけに、君の見てる夢は余程しっかりした夢に違いない。……誰でも何かの夢は見てるもんだよ。』

『そうかね？』

『そう見えるね。』

高橋は幽かに微笑んだ。

ややあってまた、

『僕等は、まだまだ修行が足らんね。僕は時々そう思う。』

『修行？』

『僕は今までそれを、つまり僕等の理解が、まだ足らん所為《せい》だと思っていた。常に鋭い理解さえ持っていれば、現在の此の時代のジレンマから脱れることが出来ると思っていた。然しそうじゃないね。それも大いに有るけれども、そればかりじゃないね。我々には利己的感情が余りに多量にある。』

『然しそれは何《ど》うすることも出来ないじゃないか？ 我々の罪じゃない、時代の病気だもの。』

『時代の病気を共有しているということは、あらゆる意味に於いて我々の誇りとすべき事じゃないね。僕が今の文学者の「近代人」がるのを嫌いなのも其処だ。』

『無論さ。——僕の言ったのはそういう意味じゃない。何《ど》うかしたくっても何《ど》うもすることが出来ないというだけだ。』

『出来ないと君は思うかね？』

『出来ないじゃないか。我々が此の我々の時代から超逸しない限りは。――時代を超逸するというのは、樗牛が墓の中へ持って行った夢だよ。』

『そうだ。あれは悲しい夢だね。——然し僕は君のように全く絶望してはいないね。』

「絶望」という言葉は不思議な響を私の胸に伝えた。絶望！そんな言葉を此の男は用《つか》うのか？私はそう思った。

二人は暫らく黙っていた。やがて私は、

『そんなら何《ど》うすれば可い？』

『何《ど》うと言って、僕だってそう確かな見込がついてるんじゃないさ。技師が橋の架替《かけかえ》の設計を立てる様にはね。——然し考えて見給え。利己という立場は実に苦しい立場だよ。これと意識する以上はこんな苦しい立場は無いね。そうだろう？つまり自分以外の一切を敵とする立場だものね。だから、周囲の人間のする事、言う事は、みんな自分に影響する。善にしろ、悪にしろ、必ず直接に影響するよ。先方が其の積もりでなくっても此方の立場がそれだからね。そしてしょっちゅう気の休まる時が無いんだ。まあ見給え。利己的感情の熾《さか》んな者に限って、周囲の景気が自分に都合がよくなると直ぐ思い上る。それと反対に、少しでも自分を侵すような、気に食わんことが有ると、急に気が滅入って下らない欝霽《うさ》らしでもやってみたくなるんだね。そんな時は随分向こう見ずな事もするんだよ。――そりゃ世の中にはそういう人間は沢山有るがね。有るには有るけれども、大抵の人はそれを意識していないんだね。其の時、其の時の勝手な弁解で自分を欺いてるんだね。』

『そりゃそうだ。』

『ところが気が付いて見給え。こんな苦しいことは無いだろう？　一方では常に気を休めずに周囲の事に注意しながら、同時に常にそれによって動く自分の感情を抑えつけていなくちゃならんことになるんだ。だから一旦そういうジレンマに陥った者が、それから脱れよう、脱れようとするのは、もう君、議論の範囲じゃないよ。必至だよ。出来る、出来ないは問題じゃ無いんだ。時代の病気だから何《ど》う、斯うと言うのは、畢竟まだ其処まで行かん人の言うこったよ。或は其処まで行く必要の無い人かね。』

「敗けたな！」と私は思った。そして、『いや、僕も実は其処ん処まで行っていないよ。――然し可いじゃないか？　僕は可いと思うな。感情が動いたら動いたで、大いに動かすさ。誰に遠慮も要《い》らん。――要するに僕は、自由に呼吸していさえすれば男子の本領は尽きると思うね。』

『君の面目が躍如としてる。君は羨むべき男さ。』そう言って高橋は無遠慮に私の顔を眺めた。

まるで私を弟扱いにでもしてるような眼だった。

『失敬な事を言うな。』言いながら私は苦笑いをした。

『僕はまだこんな話をしたことは無いがねえ。』とやがて又彼は言い出した。『僕はこれでしょっちゅう気の変わる男だよ。僕みたいに気の変わり易い男はまあ無いね。しょっちゅう変わる。』

『誰だってそれはそうじゃないか？』

『そうじゃないね。――それにね、僕はこれでも自惚《うぬぼ》れを起こすことがあるんだぜ、自惚れを。滑稽さ。時々斯う自分を非凡な男に思って為様が無いんだ。ははは。尤も二日か、三日だがね。長くても一週間位だがね。そうして其の後には反動が来る。――あんな厭な気持はないね。何《ど》うして此の身体《からだ》を苛《さいな》んでやろうかと思うね。』

高橋は拙い物でも口に入れたような顔をした。

『ふむ。』と私は考える振りをした。然しいくら考えたとて、私の頭脳《あたま》は彼の言葉の味を味うことが出来なかった。「何して斯う自分を虐めてるんだろう？ たゞこんなことを言って見るのか知ら？」私はそう心の中で呟いた。

「意志だ。意志を求めているんだ。然し意志の弱い男じゃないがなあ。」やがて又私はそう思った。すると私の心は、恰度其の頃内職に翻訳しかけていた或本の上に辷って行った。其の本の著者はロオズヴェルトだった。意志という言葉とロオズヴェルトという名とは、不思議にも私の頭脳の中で結び着き易かった。

高橋は堅く口を結んで、向かい合った壁側の本箱を見ていた。其処には凹凸のある硝子戸に歪んだなりの洋燈の影が映ってささやかな蔵書の背革の金字が冷かに光っていた。単調な雨滴の音が耳近く響いた。

『大きい手を欲しいね、大きい手を。』突然私はそう言った。『僕はそう思うね。大きい手だ。社会に対しても、自分に対しても。』

「然うだ。」という返事を期待する心が私にあった。然し其の期待は外れて了った。

高橋は眉も動かさなかった。そして前よりも一層堅く口を結んだ。私は何かしら妙な不安を感じ出した。

『大きい手か！』ややあって彼は斯う言った。何となく溜息を吐くような調子だった。『君ならそう言うね。──今君と僕の感じた事は、多分同じ事だよ。ね？　同じでなくても似たり寄ったりの事だよ、それを君の形式で発表すると、「大きい手」という言葉になるね。』

『君ならそれじゃあ何と言う？』

『僕か？　僕なら、──要するに何方でも可い話だがね。──僕なら然しそうは言わないね。第一、考えて見給え。「大きい手」という言葉には誇張が有るよ。誇張はつまり空想だ。空想が有るよ。我々の手というものは、我々の意志によって大きくしたり小さくしたりすることは出来ない。如何に医術が進んでもこれは出来そうがない。生まれつきだよ。』斯う言って、人並みはずれて小さい、其の癖ぼく〳〵して皮の厚そうな、指の短い手を出して見せた。

『つまり大きい手や大きい身体は先天的のものだ。露西亜人や、亜米利加人は時としてそれを有《も》っててるね。ビスマアクも有っていた。然し我々日本人は有たんよ、我々が後天的にそれを欲しがったって、こりゃ畢竟空想だ。不可能だよ。』

『それで君なら何と言う?』私は少し焦り出した。

『僕なら、そうだね。――仮に言うとすると、まあそうだね、兎に角「大きい手」とは言わないね。――冷たい鉄の玉を欲しいね、僕なら。――「玉」は拙《まず》いな。「鉄の如く冷たい心」とでも言うか。』

『同じじゃないか? 大きい手、鉄の如き心、強い心臓……つまり意志じゃないか?』

『同じじゃないね。大きい手は我々の後天的にもつことが出来ないけれども、鉄の如き冷たい心なら有つことが出来る。――修行を積むと有つことが出来る。』

『ふむ、飽くまでも君らしい事を言うね。』

『君らしい?』反響《こだま》のようにそう言って、彼はひたと私の眼を見つめた。其の眼……何という皮肉な眼だろうと私は思った。

『君らしいじゃないか。』

高橋はごろりと仰向けて臥て了った。そして両手を頭に加《か》いながら、

『君等は一体僕を何う《ど》見てるのかなあ。何んな男に見えるね? 僕は何んな男だかは、僕にも解らないよ。――誰か僕の批評をしとった者は無いか?』

私は肩の重荷が軽くなって行くように感じた。此処から話が変わって行くと思ったのだ。そして、思い出した儘《まま》に、我々がまだ高橋と親しくならなかった以前、我々の彼に就いて語ったことを話して聞かせた。例の体操教師の一件だ。そればかりではない。高橋が話の途中から起き上がって、恰度他人の噂でも聞くように面白そうにしているのに釣り込まれて、安井の言った無駄口までつい喋って了った。――後で考えるに、高橋が其の時面白そうにしていたのも無理は無い。彼は自分に関する批評よりも、其の批評をした一人、一人に就いて何か例の皮肉な考え方をしていたに違いない……

が、私の話が済むと、彼は急に失望した様な顔をして、また臥転《ねころ》んで了った。そして言うには、

『其の批評は、然し、当たってると言えば皆当たってるが、当たらないと言えば皆当たらないね。』

『ははは。それはそうさ。僕等がまだ君に接近しない時の事だもの。――然し当たったとすれば何の程度まで当たってる?』

『そうさね。先ず《ま》其の細君の尻に布《し》かれるという奴だね。此奴は大分当たってるよ。僕は平生、平気で尻に布かれてるよ。全くだよ。尤も余り重いお尻でも無いがね。夫婦というものが君、互いに自分の権利を主張して、しょっちゅう取っ組み合いをしたり、不愉快な思いをしたりしてるよりは、少し位は莫迦らしくても、機嫌を取って、賺《すか》して置く方が、差引勘定して余っ程得《とく》だよ。時間も得だし、経済上でも得だよ。それ、芝居を好きな奴にゃ、よく役

者の真似をしたり、声色をつかったりして得意になってる奴があるだろう？　僕は彼《あ》あいう奴にゃ、目の玉を引っ繰り返して妙な手付をしてるところを活動写真に撮《と》っておいて、何時か正気でいる時見せてやると可いと思うね。そうしたら大抵の奴は二度とやらなくなるよ。夫婦喧嘩もそれだね。考えるとこれ程莫迦らしい事は無いものな。それよりゃ機嫌を取っておくさ。先方がにこ〳〵していりゃ此方だって安んじていられる。……というと大分甘《あま》く取れるがね。然し正直のところ、僕は僕の細君を些《ちっ》とも愛してなんかいないよ。これは先方もそうかも知れない。つまり生活の方便さ。それに、僕の細君は美人でも無いし、賢夫人でも無いよ。無くっても然し僕は構わん。要するに、自分の眼中に置かん者の為に一分でも時間を潰して、剰《おま》けに不愉快な思いをするのは下らん話だからね。』

『そりゃァ少し酷《ひど》い。』

『酷くても可いじゃないか？　先方がそれで満足してる限りは。』と言いながら起き上った。

『尤も口ではそう言っても、其処にはまた或調和が行われているさ。』

『それはそうかも知れない。――然し兎に角我々の時代は、もう昔のような、一心両体というような羨ましい夫婦関係を作ることが出来ない約束になって来てるんだよ。自然主義者は旧道徳を破壊したのは俺だというような面《つら》をしているが、あれは尤も本末を顛倒してる。旧道徳に裂隙《ひび》が割れたから、其の裂隙から自然主義という様なものも芽を出して来たんだ、何故其の裂隙が出来たかというと、つまり先祖の建てた家が、我々の代になって玄関の構えだの、便所の付け処だの、色々不便なところが出来て来た様なものだ。それを大工を入れて修繕しようと、或は又すっかり建て代えようと、それは各自の勝手だが、然しいくら建て代えたって、家其のものの大体には何の変化も無い。形と材料とは違っても、土台と屋根と柱と壁だけは必ず要《い》る。破壊なんて言うのは大袈裟だよ。それから又、其の裂隙を何とかして弥縫しようと思って、一生懸命になってる人も有るが、あれも要するに徒労だね。我々の文明が過去に於て経来った径路を全然変えて了わない以上は、漆を詰めようが砂を詰めようが、乃至は金で以て塗りつぶそうが、裂隙は矢張り裂隙だ。そうして我々は、其の裂隙を何《ど》うすれば可いかという事に就いちゃ、まだまるで盲目なんだ。彼《あ》あか、斯うかと思うことは有る。然しまだそれに決めて了うまでには考えが熟していない。また時機でもない。先《ま》あ東京の家を見給え。今日の東京は殆どあらゆる建築の様式を取り込んでいる、つまり彼《あ》れなんだ。何時とはなく深い谷底に来て了って、何方へ行って可いか、方角が解らない。そこで各自勝手に、木の下に宿を取る者もあれば、小屋掛けをする者もある。それからそれ、岩窟《いわあな》を見つける者もある。ね？　色々の事をしているが、たゞ一つ解ってるのは、それが皆其の晩一晩だけの仮の宿だということだ。明日になれば何方かへ行かなければならんということだ。』

『君の言うことは実に面白いよ。――然し僕には、何《ど》うも矢っ張り唯面白いというだけだね。第一、今の日本が君の話のように、そう進歩してるか知ら――若しそれが進歩というならだね。それに何だ、そりゃ道徳にしろ、何にしろ、すべての事が時代と共に変わっては行くさ。変わっては行くけれども、其の変わり方が、君の言うような明瞭な変わり方だとは僕は思わんね。我々が変わったと気の付く時は、もう君、代わりのものが出来てる時じゃないのか？ そして、其の新旧二つを比較して、我々が変わったと気が付くのじゃないのか？ ――例えば我々が停車場に人を送って行くね。以前は皆汽笛がぴいと鳴ると、互いに帽子を脱《と》って頭を下げたもんだよ。ところが今は必ずしもそうでない。現に僕は、昨日も帽子を脱らず、頭も下げないで友人と別れて来たよ。然しそれを以て直ぐ、古い礼儀が廃れて新しい礼儀がまだ起こらんとはいえん。我々は帽子を脱る代わりに握手をやったんだからな。――しかもそれが、帽子を脱ることを止めようと思ってから握手という別の方法に考え及んだのか、握手をするのも可いと思ってから帽子を脱るのを止めたのか解らないじゃないか。そればかりじゃない。僕は現在時と場合によって帽子を脱ることもあれば、握手することもある。それで些とも不便を感じない。――世の中というものは実に微妙に推移して行くものだと僕は思うね。常に新陳代謝している。其の間に一分間だって間隙《かんげき》を現すことは無いよ。君の言う裂隙なんて、何処を見たって見えないじゃないか！』

高橋は笑った。『そう言う見方をしたって見えるものか。――そして其の例は当たらないよ。』

『何故《なぜ》当たらん？』

『君の言うのは時代の社会的現象のことだ。僕の言ったのは時代の精神のことだよ。』

『精神と現象と関係が無いと言うのか？』

『現象は――例えば手だ。手には神経はあるけれども思想はない、手は何にでも触ることが出来るけれども、頭の内部には触ることは許されない。――』

『そうか。そんなら先《ま》あそれでも可いよ。――そうすると今の細君問題は何《ど》うなるんだ?』

『何《ど》うと言って、別に何《ど》うもならんさ。』

『矢っ張りその何か、甘くない意味に於て尻に布かれるということになるんか?』

『つまりそうさ。夫婦関係の問題も今言った一般道徳と同じ運命になって来てるんだ。個人意識の勃発は我々の家庭組織を不安にしてる。――不安にしてるが、然し、家庭其のものを全然破壊するほど危険なんじゃないぜ。之は僕は確実に主張するよ。――これだけは君も認めるね? 今は昔と違って、未亡人の再婚を誰も咎めるものはないからな。それから何んだ、何方か一人が夫婦関係を継続する意志を失った際には、我々はそれを引止める何の理由も有たん。――之は君の言葉を一寸拝借したんだぜ。此間佐伯が細君に逃げられた時、君はそう言ったからな。――尤もこれらは誰にも解る皮相の事さ。然し兎も角、我々の夫婦というものに就いての古い観念が現状と調和を失ってるのは事実だ。今もそうだがこれからは益々そうなる。結婚というもの丶条件に或修正を加えるか、乃至は別に色々の但書を付加へなくちゃあ、何時まで経ってももう一度破れた平和が還って来ない。考えて見給え。今に女が、私共が夫の飯を食うのはハウスキイピングの労力に対する当然の報酬ですなんて言うようになって見給え。育児は社会全体の責任で、親の責任じゃ無いとか、何とか、まだ、まだ色々言わせると言いそうな事が有るよ。我々男は、口では婦人の覚醒とか、何とか言うけれども、誰だってそんなに成ることを希望していやせんよ。否でも、応でも喧嘩だね。だから早く何とかしなくちゃならんのだが、困ることには我々にはまだ、何《ど》の條項を何《ど》う修正すれば可いか解らん。何んな但書を何処に付け加えれば可いか解らん。色々考えが有るけれども、其の考と実際とはまだ却々《なかなか》距離が有る。其処で今日のような時代では、我々男たる者は、其の破綻に対して我々の払わねばならぬ犠牲を最も少なくする方法を講ずるのが、一番得策になって来るんだ。そうして其の方法は二つある。』

『一つは尻に布かれる事だ。』

『そうさ。も一つは独身で、宿屋住いをして推通すことだ。一得、一失は有るが、要するに此の二つの外に無いね。――ところが此処に都合の可い事が一つ有るんだよ。ははは。それは外では無いが、日本の女の最大多数は、まだ明かに自分等の状態を意識してはいないんだ。何れだけ其の為に我々が助かるか知れないね。布かれて見ても案外女のお尻の重くないのは、全く其のお蔭だよ。比較して見たんじゃないがね。』

私は吹き出して了った。『君は実に手数のかゝる男だね。細君と妥協するにまでそんな手数がかゝるんか?』

『手数のかゝる筈さ。尻に布かれるってのは僕の処世のモットオだもの。』

『これで先《ま》あ安井の批評は片が付いた訳か。――そりゃ当たらなかったのは無理が無いね。

第一僕等は、君がこんな巧妙なる説話者だとは思い掛けなかったからなあ。』

『巧妙なる説話者か！　余り有難い戒名でも無いね。』

『は、、。──それからも一つは何《ど》うなんだ？　野心家だって方は？』

『ストライキの大将か！　それも半当たりだね。──いや、矢っ張り当たらないね。』

『然し君が何か知ら野心を抱いてる男だってことは、我々の輿論《よろん》だよ。』

『何んな野心を？』

『それは解るもんか、君に聞かなけりゃぁ。』

『僕には野心なんて無いね。』

『そんな事が有るもんか。誰だって野心の無い者は無いさ。──野心と言うのが厭なら希望と言っても可い。』

『僕には野心は無いよ。たゞ、結論だけはある。』

『結論？』

『斯くせねばならんと言うのではなく、斯く成らねばならんと言う──』

『君は一体、決して人に底を見せない男だね。余り用心が深過ぎるじゃないか？　底を見せても可い時にまで理屈の網を張る。』

『底？　底って何だ？　何処に底があるんだ？』

『心の底さ。』

『そんなら君は、君の心の底はこれだって僕に見せる事が出来るか?』

高橋は畳みかけるように、『人はよく、少し親しくなると、心の底を打明けるなんて言うさ。然しそれを虚心で聞いて見給え。内緒話《ないしょばなし》か、僻見《ひがみ》か空想に過ぎない。厭なこった。嬶の不足や、他《はた》で聞いてさえ気羞かしくなる自惚れを語ったたって何《ど》うなる? 社の校正に此の頃妙な男が入って来たろう? 此の間僕は電車で一緒になったから、「何《ど》うです、君の方の為事《しごと》は随分気が塞《つま》るでしょうね?」って言ったら、「いや、貴方だから打明けて言いますが、実に下らないもんです。」とか何とか、役者みたいな抑揚をつけて言ったよ。郷里の新聞で三面の主任をしたとか何とか言うんだ。僕は「左様なら。」って途中で下りて了った。』

私はそれには答えないで、

『君は社会主義者じゃないか?』

『何故?』

『剣持が此間《こないだ》そう言っとった。』

高橋は昵と私を見つめた。

『社会主義?』

『でなければ無政府主義か。』

世にも不思議な事を聞くものだと言いそうな、眼を大きくして呆れている顔を私は見た。其処には少しも疑いを起こさせるようなところは無かった。

やがて高橋は、

『剣持が言った？』

『じゃ無かろうかというだけの話さ。』

『僕は社会主義者では無い。』と高橋は言い渋るように言い出した。『――然し社会主義者で無いというのは、必ずしも社会主義に全然反対だということでは無い。誰でも仔細に調べて見ると、多少は社会主義的な分子を有ってるもんだよ。彼のビスマアクでさえ社会主義の要求の幾分を内政の方面では採用してるからね。――と言うのは、社会主義のセオリイがそれだけ普遍的な真理を含んでいるということよりも、寧ろ、社会的動物たる人間が、何れだけ其の共同生活に由って下らない心配をせねばならんかということを証拠立てているんだ。』

『よし。そんなら君の主義は何主義だ？』

『僕には主義なんて言うべきものは無い。』

『無い筈は無い。――』

『困るなあ、世の中というものは。』高橋はまた寝転んだ。『――言えば言ったで誤って伝えるし、言わなければ言わんで勝手に人を忖度する。君等にまで誤解されちゃ詰まらんから、それじゃ言うよ。』そう言って起きて、

『僕には実際主義なんて名づくべきものは無い。昔は有ったかも知れないが今は無い。これは事実だよ。尤も僕だって或考えは有っている。僕はそれを先刻結論といったが、仮に君の

言い方に従って野心と言っても可い。然し其の僕の野心は、要するに野心というに足らん野心なんだ。そんなに金も欲しくないしね。地位や名誉だってそうだ。そんな者は有っても無くても同じ者だよ。』

『世の中を救うとでも言うのか？』

『救う？　僕は誇大妄想狂じゃ無いよ。――僕の野心は、僕等が死んで、僕等の子供が死んで、僕等の孫の時代になって、それも大分年を取った頃に初めて実現される奴なんだよ。いくら僕等が焦心《あせ》ったってそれより早くはなりゃしない。可いかね？　そして仮令それが実現されたところで、僕一個人に取っては何の増減も無いんだ。何の増減も無い！　僕はよくそれを知ってる。だから僕は、僕の野心を実現する為めに何等の手段も方法も採ったことはないんだ。今の話の体操教師のように、自分で機会を作り出して、其の機会を極力利用するなんてことは、僕にはとても出来ない。出来るか、出来ないかは別として、従頭《てんで》そんな気も起こって来ない。起こらなくても亦可いんだよ。時代の推移というものは君、存外急速なもんだよ。色んな事件が毎日、毎日発生するね。其の色んな事件が、人間の社会では何んな事件だって単独に発生するということは無い。皆何等かの意味で関聯してる。そうして其の色んな事件が、また、何等かの意味で僕の野心の実現される時代の日一日近づいてる事を証拠立てているよ。僕は幸いにして其等の事件を人より一日早く聞くことの出来る新聞記者だ。そうして毎日、自分の結論の間違いで無い証拠を得ては、独りで安心してるさ。』

『君は時代、時代というが、君の思想には時代の力ばかり認めて、人間の力——個人の力というものを軽く見過ぎる弊が有りはしないか？　僕は佛蘭西の革命を考える時に、ルッソオの名を忘れることは出来ない。』

『そうは言って了いたく無いね。僕はただ僕自身を見限ってるだけだ。』

『何《ど》うも僕にははっきり呑め込めん。何故自分を見限るんか？　それだけ正確と信ずる結論を有っていながら、其の為めに何等実行的の努力をしないという筈は無いじゃないか？　僕は人間の一生は矢張自己の発現だと思うね。其の外には意味が無いと思うね。』

『そうも言えないことは無いが、そうばかりでは無いさ。生殖は人間の生存の最大目的の一つだ。可いかね？　君の言葉をそれに適用すると、墮胎とか、避姙とかいう行為の説明が出来ないことになる。』

『それとこれとは違うさ。』

『僕は極めて利己的な怠け者だよ。——其の点を先《ま》ず第一に了解してくれ給え。——人間が或目的の為めに努力するとするね。其の努力によって費すところと、得るところと比べて、何方が多いかと言うと、無論費すところの方が多い。これは非凡な人間には解らないか知れないが、凡人は誰でも知っている。尤も、差引損にはなっても、何の努力もしないで、従って何の得るところも無いよりは優っているか知れないが、其処は怠け者だ。昔はこれでも機会さえ来るなら大いにやって見る気もあったが、今じゃもうそんな元気が無くなった。面倒くさいものね。近頃ではそんな機会を想像することも無くなっちゃった。――それに何だ。人類の幸福と――じゃなかった。僕は人類だの、人格だの、人生だの、凡てあんな大袈裟な、不確かな言葉は嫌いだよ。――ええと、うんそうか、人類じゃない、我々日本人がだ。可いかね? 我々日本人の国民的生活が、文化の或る当然の形式にまで進んで行くという事だ――それが果たして幸福か、幸福でないかは別問題だがね――それと、僕一個人の幸不幸とは、何の関係も無いものね。僕はただ僕の祖先の血を引いて、僕の両親によって生まれて、そして、次の時代《ネクストゼネレエション》の犠牲として暫らくの間生きているだけの話だ。僕の一生は犠牲だ。僕はそれが厭だ。僕は僕の運命に極力反抗している。僕は誰よりも平凡に暮らして、誰よりも平凡に死んでやろうと思ってる。』

　聞きながら私は、不思議にも、死んだ私の父を思い浮かべていた。父は明治十――二十年代に於て、私の郷里での所謂先覚者の一人であった。自由党に属して、幾年となく政治運動に憂身を窶《やつ》した挙句、ようよう代議士に当選したは可かったが、最初の議会の会期半ばに盲腸炎に罹って、閉院式の行われた日にはもう墓の中にあった。それは私のまだ幼い頃の事である。父が死ぬと、五、六萬は有ったらしい財産が何時の間にか無くなっていて、私の手に残ったのは、父の生前の名望と、其の心血を濺《そそ》いだという「民権要義」一部との外には無かった――。

　次の時代の犠牲! 私は父の一生を、一人の人間の一生として眺めたような気がした。父の理想――結論は父を殺した。そして其の結論は、子たる私の幸福とは何の関係も無かった。

……

高橋は、言って了うと、「はは。」と短い乾いた笑いを洩らして、両膝を抱いて、髯の跡の青い顋《あぎ》を突き出して、天井を仰いだ。その顋と、人並外れて大きく見える喉佛とを私は黙って見つめていた。喉佛は二度ばかり上ったり、下ったりした。私は対手の心の、静かにしているに拘わらず、余程いらいらしていることをそれとなく感じた。私の心は、先刻からの長い会話に多少疲れているようだった。そして私は、高橋の見ている世の中の広さと深さに、彼と私との年齢の相違を乗じてみた。然しそれは単に年齢の相違ばかりではないようでもあった。父に就いての連想は、妙に私を沈ませた。

『君はつまり、我々日本人の将来を何《ど》うしようと言うんだ？　――君はまだそれを言わんね。』

ややあって私はそう言った。

『夢は一人で見るもんだよ。ねえ、そうだろう？』

それが彼の答えだった。そして俄かに、これから何か非常に急がしい用でも控えてるような顔をした。

四

連中のうちに松永という男が有った。人柄の穏しい、小心な、そして蒲柳の質で、社の画工の一人だった。十三、四の頃から画伯のB――門に学んで、美術学校の日本画科に入っている頃は秀才の名を得ていたが、私《ひそか》に油絵に心を寄せて、其の製作を匿名で或私設の展覧会に出した。これが知れて師画伯から破門され、同時に美術学校も中途で廃《よ》して、糊口の為に私の社に入ったとかいうことだった。

不幸な男だった。もう三十近い齢をしていながら独身で、年とった母と二人限りの淋しい生活をしていたが、女にでも有りそうな柔しい物言い、挙動の裡に、常に抑えても抑えきれぬ不平を蔵していた。従って何方かというと狷介《けんかい》な、容易に人に親しまぬ態度も有った。

或時風邪を引いたと言って一週間ばかりも社を休んだが、それから後、我々は時々松永が、編集局の片隅で力の無い咳をしては、頰を赤くしているのを見た。妙な咳だった。我々はそれとなく彼の健康を心配するようになった。

二月ばかり経つと、遂に松永はまた社を休むようになった。「松永さんは肺病だとよ。」給仕までがそんな噂をするようになった。そろそろ暑くなりかける頃だった。間もなく一人の新しい画工が我々の編集局に入って来た。我々は一種の恐怖を以て敏腕な編集長の顔を見たが、其の事は成るべく松永に知らせないようにしていた。

高橋が或日私を廊下に伴れ出した。

『おい、松永は死ぬぞ。今年のうちに屹度死ぬぞ。』

『何故？　そんな事は無いだろう？』私は先《ま》ず驚いてそう言った。

『いいや、死ぬね。』高橋は何処までもそう信じているような口調だった。

『然し肺だって十年も、二十年も生きるのがあるじゃないか？　僕の知ってる奴に、もう六七年になるのが有る。適度の攝生さえやっていりゃ肺病なんて怖いもんじゃないって、其奴が言ってるぜ。』

『そういうのも有るさ。』

『松永はまだ咯血もしないだろう。』

『うん、まだしない。――僕はこれから行って見てやろうと思うが、君も行かんか？』

『今日は夜勤だから駄目だ。』

『そうか。それじゃ明日でも行ってやり給え。――死ぬと極った者位可哀そうなものは無いよ。』

そう言って、もう行きそうにする。私は慌て、呼び止めて、

『そんなに急に悪くなったんか？　四、五日前に僕の行った時はそんなじゃ無かったぜ。』

『別段悪くも見えないがね。――実はね、僕は昨日初めて見舞に行ったが、本人は案外暢気《のんき》な事を言ってるけれども、何となく斯う僕は変な気がしたんだ。それから帰りに医者へ行って聞いたさ。』

『そら可かった。』

『ところが可かないんだ。聞かない方が余っ程可かった。医者は松永のような不完全な胸膈は滅多に見たことが無いと言った。君、松永の肋骨が二本足らないんだとさ。』

『それは松永が何時か言ってたよ。』

『そうか。医者は屹度七月頃だろうと言うんさ。今迄生きていたのが寧ろ不思議なんだそうだ。それに松永の病気は今度が二度目だって言うぜ。』

『へえ！』

『尤も本人は知らんそうだ。医者が聞いた時もそんな覚えは別に無いと言ったそうだね。何でも肺病という奴は、身体の力が病気の力に勝つと、病気を一処に集めてそれを伝播させないように包んで了うような組織になるんだってね。医者の方のテクニックでは何とか言ったっけ――それが松永の右肺に大分大きい奴があるんだとさ。自分の知らないうちに病気をしてるなんて筈は無いって僕が言ったら、医者が笑ってたよ。貴方のお家だって、貴方の知らないうちに何度泥棒に覗われたか知れないじゃありませんかって。』

『ふむ。すると今度はそれが再発したんか？』

『再発すると同時に、左の方ももう大分侵されて来たそうだ。彼《あ》の身体で、彼《あ》の病気で、咯血するようになったらもう駄目だと言うんだ。長くて精々三月、或は最初のから咯血から一月と保《も》たないかも知れないと言うんだ。――人間の生命なんて実に剣呑なもんだね。ふっと吹くと消えるように出来てる。――』

私は兎角の言葉も出なかった。

何故高橋が、それから後、松永に対して彼《あ》れだけの親切を尽くしたか？　それは今だに一つの不思議として私の胸に残っている。松永と高橋とは決して特別の親しい間《なか》ではなかった。また高橋は美術というものに多くの同情を有っている男とも見えなかった。「画を描《か》いたり、歌を作ったりするのは、僕には子供らしくて兎てもそんな気になれない。」そう言う言葉を私は何度となく聞いた。そして、松永が高橋と同じような思想を有っていたとも思われず、猶更二人の性格が相近かったとは言われない。にも拘らず、その頃高橋の同情は全く松永一人の上に傾け尽くされていた。暇さえあれば彼は、市ヶ谷の奥の松永の家へ毎日のように行っている風だった。

初めは我々は多少怪んでも見た。やがて慣れた。そして、松永に関する事はすべて高橋に聞くようになった。彼も亦松永の事といえば自分一人で引き受けているように振る舞った。脈搏がいくら、熱が何度ということまで我々に伝えた。「昨日は松永を銭湯に連れてってやった。」そんなことを言ってることもあった。

或日私はまた高橋に廊下へ連れ出された。応接間は二つとも塞がっていたので、二人は廊下の突き当たりの不用な椅子などを積み重ねた、薄暗い処まで行って話した。其処には昼ながら一疋の蚊がいて、うるさく私の顔に纏った。

『おい、松永は到頭咯血《みより》しちゃった。』そう彼は言った。

医者が患者の縁辺の者を別室に呼んで話す時のような、事務的な調子だった。

『遂々《とうとう》やったか？』

言って了ってから、私は、今我々は一人の友人の死期の近づいたことを語っているのだと思った。そして自分の言葉にも、対手の言葉にも何の感情の現れていないのを不思議に感じた。

それから彼は、松永を郷里へ還すべきか、否かに就いて、松永一家の事情を詳しく語った。不幸な画工には、父も財産も無かったが、郷里には素封家の一人に数えられる伯父と、小さいながら病院を開いている姉婿とがあった。彼の母は早くから郷里へ帰るという意見だったが、病人は何《ど》うしても東京を去る気が無く、去るにしても、房州か、鎌倉、茅ヶ崎辺へ行って一年も保養したいような事ばかり言っていたという。

『それがね。』と高橋は言った。『僕は松永の看護をしていて色々貴い知識を得たが、田舎で暮らした老人を東京みたないな処へ連れて来るのは、一寸考えると幸福なようにも思われるが、そうじゃないね。寧ろ悲惨だね。知ってる人は無し、風俗が変わってるし、それに第一言葉が違ってる。若い者なら直ぐ直っちまうが、老人はそうは行かない。松永のお母さんなんか、もう来てから足掛四年になるんだそうだが、まだ彼の通り芸州弁まる出しだろう? 一寸町へ買物に行くにまで、笑われまいか、笑われまいかっておど〱している。交際というものは無くね。都会の圧迫を一人で背負って、毎日、毎日自分等の時代と子供の時代との相違を痛切に意識してるんだね。』

『そんな事も有るだろうね。僕の母なんかそうでも無いようだが。』

『それは人にもよるさ。——それに何だね、松永君は豫想外に孤独な人だね。彼《あ》あまでとは思わなかったが、僕が斯うして毎日のように行ってるのに、君達の外には誰も見舞に来やしないよ。気の毒な位だ。画の方の友達だって一人や、二人は有っても可《よ》さそうなもんだが、殆ど無いと言っても可い。境遇が然らしめたのだろうが、好んで交際を絶っていたらしい傾きも有るね。彼《あ》の子と彼《あ》の御母さんと――齢が三十も違っていてね。――毎日淋しい顔を突き合わしているんだもの、彼んな病気になるも無理は無いと僕は思った。』

『それで何か、松永君はまだ画の方の野心は持ってるんだね？』

『それがさ。』高橋は感慨深い顔色をした。

『随分苦しい夢を松永君も今まで見ていたんだね。そうして其の夢の覚め際に肺病に取っ付かれたというもんだろう。』

『今はもう断念したんか？』

『断念した――と言って可いか、しないと言って可いか。――断念しようにも断念のしようが無いというのが、松永君の今の心じゃないだろうか？』

『そうだろうね。――誰にしてもそうだろうね。』

言いながら私は、壁に凭れて腕組みをした。耳の辺には蚊が唸っていた。

『此の間ね。』高橋は言い続《つ》いだ。『何とかした拍子に先生莫迦に昂奮しちゃってね、今の其の話を始めたんだ。話だけなら可いが、結末《しまい》にゃ男泣きに泣くんだ。――天分の有る者は誰しもそうだが、松永君も自分の技術に就いての修養の足らんことは苦にしなかったと見えるんだね。そうして大きい夢を見ていたんさ。B——の家から破門された時が一番得意な時代だったって言ってたよ。それから其の夢が段々毀れて来たんで、止《よ》せば可いのに第二の夢を見始めたんだね。作家になる代わりに批評家になる積もりだったそうだ。——それ、社でよく松永君に展覧会の批評なんか書かしたね。あんなことが何《いづ》れ動機だろうと思うがね。——ところが松永君は、いくら考えても自分には、将来の日本画というものは何んなもんだか、まるで見当が付かんと言うんだ。そう言って泣くんだ。つまり批評家に成るにも批評の根底が見付からないと言うんだね。焦《あ》心《せ》っちゃ可かんて僕は言ったんだが、松永君は、焦《あ》心《せ》らずにいられると思うかなんて無理を言うんだよ。それもそうだろうね。——松永君は日本画から出て油画に行った人だけに、つまり日本画と油画の中間に彷徨してるんだね。尤もこれは松永君ばかりじゃない、明治の文明は皆それなんだが。——』

聞きながら私は妙な気持に捉われていた。眼はひたと対手の顔に注ぎながら、心では、健康な高橋と死にかゝっている肺病患者の話している様を思っていた。額に脂汗を浸ませて、咳入る度に頰を紅くしながら、激した調子で話している病人の衰えた顔が、まざ〳〵と見える様だった。そして、それをじろ〳〵眺めながら、ふん〳〵と言って臥転んでいる高橋が、何がなしに残酷な男のように思われた。

そうした高橋に対する反感を起こす機会が、それから一週間ばかり経ってまた有った。それは松永が退社の決心をして、高橋に連れられて社に来た時である。私は或る殺人事件の探訪に出かけるところで、玄関まで出て私の車夫を呼んでいると、恰度二人の俥が轅《かじ》を下した。松永はなつかしそうな眼をしながら、高橋の手を借りて俥から下りた。そして私と向かい合った。私はこの病人の不時の出社を訝《いぶか》るよりも、先《ま》ず其の屋外の光線で見た衰弱の甚だしさに驚いた。朝に烈しい雷鳴のあった日で、空はよく霽れていたが、何処か爽かな涼しさがまだ空気の中に残っていた。

私は手短かに松永の話を聞いた、声に力は無かったが、顔ほど陰気でもなく、却って怡々《いそいそ》しているようなところもあった。病気の為に半分生命を喰われている人とは思われなかった。

『そんなにしなくたって可さそうなもんだがなあ。秋になって涼しくなれば直ぐ恢復するさ。』

私はそんな風に言って見た。

『病気が病気ですからねえ。』

『医者も秋になったらって言うんだ。』と高橋は言った。

『だから松永君も僕も、転地は先《ま》あ病気の為に必要な事として、茅ヶ崎あたりが可いだろうって言うんだが、御母さんが聞かん。松永君も何だよ、先《ま》あ夏の間だけ郷里で暮らす積もりで帰るんだよ。』

『それにしても、退社までしなくったって可いじゃないか?』

『それは此の病人の主張だから、為方が無いんだ。今出て来る時まで僕は止めたんだけれど、頑として聞かん。』

『ははは。』と松永は淋しい笑い方をした。

それから二、三分の間話して私は俥に乗った。そして七八間も挽き出した頃に、振り返って見たが、二人の姿はもう玄関に見えなかった。その時私は、何ということもなく、松永の彼《あ》の衰え方は病気の所為《せい》ではなくて、高橋の残酷な親切の結果ではあるまいかというような気がした。医学者が或る病毒の経過を兎のような穏しい動物によって試験するように、松永も亦高橋の為に或る試験に供されていたのではあるまいかと……。

後に聞いたが、編集長は松永の退社に就いて、最初却々《なかなか》聞き入れなかったそうだ。半年なり、一年なり緩《ゆっく》り保養していても、社の方では別に苦しく思わない、そう言ったそうだ。松永は大分それに動かされたらしかった。然し遂に退社した。

間もなく我々は、もう再び逢われまじき友人と其の母とを新橋の停車場《ステーション》に送った。其の日高橋はさっぱり口を利かなかった。そして一人で切符を買ったり、荷物を処理したりしていた。やがて我々はプラットフォームに出た。松永の母は先《ま》ず高橋にくど〳〵と今までの礼を述べた。それから我々にも一人々々にそれを繰り返した。恰度私の番が済んだ時だった。不図私は高橋の顔を見た。――高橋は側を向いて長い欠伸をしていた。そして急がしく瞬きした。涙のようなものが両眼に光った。

汽車が立って了って、我々はプラットフォームを無言の儘《まま》に出た。そして停車場の正面の石段を無言の儘《まま》に下りた。

『ああ。』高橋は投げ出すような調子で背後《うしろ》から言った、『松永も遂々行っちゃったか！』

『やったのは君じゃないか？』

安井が調戯《からか》うように言って振り返った。

『僕がやった？　僕にそれだけの力が有るように見えるか？』

安井は気軽な笑い方をして、『誰か松永君の写真を持ってる者は無いか？　何時か一度撮っとくと可かったなあ。』

『剣持のところに、松永の画いた鉛筆の自画像があった筈だ。』と私が言った。

其の日我々の連中で見送りに来なかったのは、前の日から或事件の為に鎌倉へ出張している剣持だけであった。

五

『亀山君、君は碁はやらないのか？』

高橋は或日編集局で私にそう言った。松永に別れて、四、五日経った頃だった。

『碁は些《ちっ》とも知らん。君はやるか？』

『僕も知らん。そんなら五目並べをやろうか？　五目並べなら知っとるだろう？』

『やろうか。』

二人は卓子の上に放棄《うっちゃ》らかしてあった碁盤を引き寄せて、たわいの無い遊戯を始めた。恰度我々外勤の者は手が透いて、編集机の上だけが急がしい締切時間間際だった。

側には逢坂がいて、うるさく我々の石を評した。二人はわざと逢坂の指図の反対にばかり石を打った。勝負は三、四回あった。高橋は逢坂に、

『どうだ、僕等の五目並べは商売離れがしていて却って面白いだろう?』と調戯《からか》った。

『何をしとるんじゃ、君等は?』言いながら剣持が来て盤の上を覗いた。『ほう、何というこっちゃ! 髯を生やして子供の真似をしとるんか?』

『忙中閑ありとは此の事よ。君のように賭碁をやるように堕落しちゃ、こういう趣味は解らんだろう?』と私は笑った。

『生意気をいうなよ。知らんなら知らんと言うもんじゃ。そうしたら僕が本当の碁を教えてやる。』

『僕に教えてくれ給え。』高橋が言った。

『僕は以前《まえ》から稽古したいと思ってるんだが、余り上手な人に頼むのは気の毒でね。——』

『何? 僕を下手だと君は心得おるんか? そりゃぁ失敬じゃが君の眼ん玉が転覆《ひっくり》かえっちょる。麒麟未だ老いず、焉《いずく》んぞ駑馬視《どばし》せらるゝ理由あらんやじゃ、はは。』

『初めから駑馬なら何《ど》うだ?』私が言った。

『僕の首が短いというんか？　それは詭弁じゃ。凡そ碁というものは、初めは誰でも笊《ざる》に決まっとる。笊を脱いで而して麒麟は麒麟となり、駑馬は駑馬となって再び笊を被る。――』

『中には其の二者を兼ねた奴がある。』私は興に乗って無駄口を続けた。

『我々みたいに碁を知らん者に向かっては麒麟で、苟くも烏鷺《うろ》の趣味を解した者の前には駑馬となる奴だ。つまり時宜《じぎ》に随って首を伸縮させる奴よ。見給え。君はそうしてると、胴の中へ頭が嵌り込んだように見えるが、二重襟《ダブルカラー》をかけた時は些とは可い。少なくとも、頭と胴の間に多少の距離のあることを誰にでも認めさせる程度に首が伸びる。』

『愚《ぐ》な事を言うなあ。烏鷺の趣味を解せん者は、そんな事を言うて喜ぶんじゃから全く始末に了えん。』

『剣持君。』と高橋は横合から言った。『君本当に僕に碁を教えてくれんか？　教えるなら本当に習うよ。』

そう言う顔は強ち《あながち》戯談ばかりとも見えなかった。

『本当か、それは？』剣持は一寸不思議そうに対手の顔を見て、『……ああ、何か？　君は松永君が郷里へ帰ったんで、何かまた別の消閑法《ひまつぶし》を考え出さにゃならんのか？』

私は冷《ひや》りとした。

『戯談じゃない。肺結核と碁と結び付けられてたまるもんか。』そう言って高橋は苦笑いをした。

幸いと其の時、剣持は電話口へ呼び出された。高橋は給仕に石を片付ける事を云い付けて、そして巻煙草に火を点けて、何処へともなく編集局を出て行った。

其の頃から彼の様子はまた少し変わった。私は彼の心に何か知ら空隙《すき》の出来たことを感じた。そして其の空隙を、彼が我々によって満たそうとしてはいないことをも感じていた。

松永の病気以前のように、時々我々の家へ来ることは無くなった。社の仕事にも余り気乗りのしないような風だった。人に目立たぬ程度に於て、遅く出て来て早く帰った。急がしい用事を家に控えていて、一寸のがれに出歩いている人のように私には見えた。

『些《ち》とやって来ないか？　高橋さんは何《ど》うなすったろうって僕の母も言ってる。』などと言うと、

『ああ、君ん処にも随分御無沙汰しちゃったねえ。宜敷言ってくれ給え。今日は可かんが何れ其の内に行く。』そう言いながら矢張来るでもなかった。偶《たま》にやって来ても、心の落ち着かぬ時に誰もするように、たわいの無い世間話をわざと面白そうに喋り立てて、一時間とは尻を据えずに帰って行った。

『おい、亀山君、僕は此の間非常な珍聞を聞いて来たぞ。』或日剣持がそう言った。二人の乗った電車が京橋の上で停電に会って、いくら待っても動かぬところから、切符を棄てて直ぐ其処のビイヤホールで一杯やった時の事だった。

『何だい、珍聞た？』編集局の笑い物になっているあるか無しかの髭をナフキンで拭きなが

ら私は聞いた。

『珍聞じゃ。はは。然も隠れたる珍聞じゃ。』

『持たせるない。』

二人が其処を出て、今しも動き出したばかりの電車の、幾台も、幾台も空いた車の続くのを見ながら南伝馬町まで歩く間に、剣持は気が咎める様子で囁くように私に語った。――高橋の細君が美人な事。然も妙な癖のある美人な事。彼が嘗て牛込の奥に室借《まがり》をしていた頃、其の細君と隣室にいた学生との間に変な様子が有って、其の為に引越して了った事――それが其の話の内容だった。

何処から聞き込んだものか、学生の名前も、其の学生が現在若い文士の一人に数えられている事も、又其の頃高橋の細君には既に子供の有った事も、剣持はよく詳しく知っていた。

『何時聞いた?』電車に乗ってから私は言った。

『一月ばかり前じゃ。』

『もう外の連中も知ってるんか?』

『莫迦言へ。僕をそんな男と思うか?……社で知っとるのは僕一人じゃ。君もこんな事人に言っちゃ可かんぞ。安井なんか正直な男じゃが、おっちょこちょいで可かん。』

私は誓った。剣持は実際人の秘密を喋り散らして喜ぶような男では無かった。無遠慮で、口が悪くて、人好きはしなかったが、交際《つきあ》って見ると堅固な道徳的感情を有っている事が誰にも解った。彼は自分の職務に対する強い義務心と共に、常に弱者の味方たる性情を抱いていた。我々が不時の出費などに苦む時の最も頼母しい相談対手は彼だった。ただ彼には、時として、善く言えば新聞記者的とでもいうべき鋭い猜疑心を、意外な辺に働かしているような癖があった。私は時々それを不思議に思っていた。

それから間もなくのことであった。或晩安井が一人私の家へ遊びに来た。

『君は今日休みだったんか？　そうと知らずに僕は社で待っていて、つまらん待ぼけを喰っちゃった。』坐るや否や彼はそう言った。

『何か用か？』

『いゝや。ただ逢いたかったんだ。剣持は田舎版の編集から頼まれて水戸へ行ったしな――我が党の士が居らんと寂寥たるもんよ。それに何だ、高橋の奴今日も休みやがったよ。僕は高橋に大いに用が有るんだ。来たら冷評《ひやか》してやろうと思うとったら、遂々《とうとう》来なかった。』

『そうか。それじゃもう三日休んだね。――一体何の用が起こったんだろう、用なんか有りそうな柄じゃないが！』

『用なもんか。社の方には病気届を出しとるよ。』

『仮病か？』

『でなくってさ。彼の身体に病気は不調和じゃないか？』

『高橋君の仮病は初めてだね。――休んだのが初めてかも知れない。』

『感心に休まん男だね。』

『矢っ張り何か用だろう？』

『それがよ。』安井は勢い込んで、そして如何にも面白そうに笑った。『僕は昨日高橋に逢ったんだよ。』

『何処で？』

『浅草で。』

『浅草で？』

『驚いたろう？　僕も初めは驚いたよ。何しろ意外な処で見付けたんだものな。』

『浅草の何処にいたんだ。』

『まあ聞き給え。昨日僕は○○さんから活動写真の弊害調査を命ぜられたんでね。早速昨夜浅草へ行って見たんさ。可いかね？　そうして、二、三軒歩いてから、それ、キネオラマをやる三友館てのが有るだろう？　彼《あ》れへ入ったら、先生ぽかんとして活動写真を見ているんじゃないか。』

『ははは。活動写真をか！　そして何と言った？』

『何とも言わんさ。先《ま》あ可いかね。僕が入って行った時は何だか長い芝居物をやっていて、真暗なんだよ。それが済んでぱっと明るくなった時、誰か知ってる者はいないかと思って見廻していると、ずっと前の腰掛に、絽の紋付を着てパナマを冠った男がいるんだ。そして其奴が帽子を脱って手巾で額を拭いた時、おや、高橋君に肖《に》てるなと僕は思ったね。頭は角刈りでさ。そうしてると、其奴がひょいと後を向いたんだ。——何《ど》うだい。矢っ張りそれが高橋よ。』

『へえ！　子供でも連れて行ったんか？』

『僕もそう思ったね。そうでなければ田舎から親類でも来て、それで社を休んで方々案内してるんだろうと思ったね。』

『そうじゃないのか？』言いながら私は、安井の言う事が何となく信じられないような気持だった。

『一人さ。』安井は続けた。『何《ど》うも僕も不思議だと思ったね。そうして次の写真の間に、横手の、便所へ行く方のずっと前へ行っていて、こんだよく見届けてやろうと思って明るくなるのを待っていると、矢張擬《まが》いなしの高橋じゃないか。しかも頗る生真面目な顔をして、巻煙草を出してすぱすぱ吸いながら、花婿みたいに済まあしているんじゃないか！　僕は危く吹き出しちゃったね。』

『驚いたね。高橋君が活動写真を見るたあ思わなかった。——それで何か、君は言葉を懸けたんか？』

『懸けようと思ったさ。然し何しろ四間も五間も、離れてるしね。中へ入って行こうたって、彼《あ》の通りぎっしりだから入《はい》れやしないんだ。汗はだく〳〵流れるしね。よく彼んな処の中央《まんなか》へ入ってるもんだと思ったよ。』

『それじゃ高橋君は、君に見られたのを知らずにいるんか？』

『知らんさ。彼れ是れ一時間ばかり経って入れ代わりになった時、先生も立って帰るような様子だったから、僕も大急ぎで外へ出たんだが、出る時それでも二三分は暇を取ったよ。だから辛《やっ》と外へ出て来て探したけれども、遂々《とうとう》行方知れずさ。』

『随分振るってるなあ！　一体何の積もりで、活動写真なんか見に行ったんだろう？』

『解らんね、それが。僕は黙って、写真よりも高橋君の方ばかり見ていたんだが、其の内に段々目が暗くなるのに慣れて来てね。面白かったよ。悪戯小僧の写真なんか出ると、先生大口開いて笑うんじゃないか？　周囲の愚夫愚婦と一緒にね。』

話してるところへ、玄関に人の訪ねて来たけはいがした。家の者の出て挨拶する声もした。

『ああ、そうですか。安井君が。』そういう言葉が明瞭《はっきり》と聞こえた。

『高橋だ。』

『高橋だ。』

安井と私は同時にそう言って目を見合わした。そして妙に笑った。

『やあ。』言いながら高橋は案内よりも先に入って来た。燈火《あかり》の加減でか、平生《いつも》より少し背が低く見えた。そして、見慣れている袴を穿いていない所為《せい》か、何となく見すぼらしくも有った。

『やあ。』私も言った。『噂をすれば影だ。よくやって来たね。』

『僕の噂をしていたのか?』そう言って縁側に近い処に坐った。『病人が突然やって来て、喫驚《びっくり》したろう? 夜になっても矢っ張り暑いね。』

『君の病気はちゃんと診察してるよ。』それは安井が言った。

『当たり前さ。僕が本当の病人になるのは、日本中の人間が皆、梅毒と結核の為に死に絶えて了ってからの事だ。』

『それなら何故社を休んだ?』私は皮肉な笑い方をして聞いた。

『うむ。……少し用が有ってね。』

『其の用も知ってるぞ。』

『何の用だい?』

『自分の用を人に聞く奴があるか?』

『知ってると云うからさ。』

『君は昨夜《ゆうべ》何処へ行った?』

『昨夜《ゆうべ》か? 昨夜は方々歩いた。何故?』

『安井君、彼《あ》れは何時頃だったたい?』私は安井の顔を見た。

安井とわざと真面目な顔をしながら、『そうさのう、八時から九時までの間頃だ。』

『八時から九時……』高橋は鹿爪らしく小首を傾《かし》げて、

『ああ、其の頃なら僕は浅草で活動写真を見ていたよ。』

二人は吹きだして了った。

高橋は等分に二人の顔を見て、『何が可笑しいんだい？　君等も昨夜行ってたのか？』

『何《ど》うだ、天網恢々疎にして洩さずだろう？』安井は言った。

『ふむ、それが可笑しいのか？　そうか。君等も行ってたのか？　亀山君も？』

『僕は行かんよ。安井君が行ったんだよ。』

『道理で？……安井も大分近頃話せるようになったなあ。』そう言って無遠慮に安井の顔を見た。

安井は対手の平気なのに少し照れた様子で、『戯談じゃ無い。僕はまだ君のように、彼処へ行って大口開いて笑えやしないよ。』

『高橋君。』私は言った。『君こそ社を休んで活動写真へ行くなんて、近頃大分話せるようになったじゃないか？』

高橋は私の顔に目を移して、その子供のような声を立て丶笑った。

『そんな風に書くから社の新聞は売れるんだよ。君等は実に奇抜な観察をするなあ。』

『だってそうじゃないか？』私も笑った。

『そんなら活動写真と、君が社を休んだ理由と何れだけ関係があるんだ？』

『莫迦な事を言うなあ！　社を休んだのは少し用があって休んだんだよ。実は四、五日休んで一つ為事《しごと》しようかと思ったんだよ。それが出来なかったから、ぶら〳〵夕方から出懸けて行ったまでさ。』

『何んな為事だい？』

『為事か？　なあに、何《ど》うせ下らんこったがね。』

『ははは、活動写真よりもか？』

一寸間を置いて、高橋はやや真面目な顔になった。『君等は僕が活動写真を見に行ったって先刻《さっき》から笑うが、そんなに可笑しく思われるかね？　安井君は何《ど》うせ新聞の種でも探しに行ったんだろうが、先《ま》あ一度、そんな目的なしに彼処へ入って見給え。好い気持だよ。彼処には何百人という人間が、彼の通りぎっしり詰まってるが、奴等——と言っちゃ失敬だな——彼の人達には第一批評というものが無い。損得《そんとく》の打算も無い。各自急がしい用をもった人達にゃ違いないが、彼処へ来るとすっかりそれを忘れて、ただもう安い値を払った楽しみを思うさま味わおうとしてる。尤も中には、女の手を握ろうと思う奴だの、掏摸《すり》だの、それから刑事だのも入り込んでるだろうが、それは何十分の一だ。』

『僕は其奴等を見に行ったんさ。』と安井が口を入れた。

『そうだろう、僕もそう思っていた。新聞記者という者はそれだから厭だよ。輾《ころ》んでも只は起きない工夫ばかりしてる。』

私は促した。『それで活動写真の功徳は何処辺《どこいら》に在るんか？』

『つまり批評の無い場処だというところにあるさ。——此の間まで内の新聞に、方々の実業家の避暑に就ての意見が出ていたね。彼れを読むと、十人の八人までは避暑なんか為なくても可いように言ってる。ああ言ってるのはつまり、彼等頭取とか、重役とか、社長とかいう地位にいるものは、周囲の批評に比較的無関心で有り得る境遇にいるからなんだよ。山へ行きたいの、海へ行きたいのというのは、畢竟僕の所謂批評の無い場所へ行きたいという事なんだからね。ところが僕等のような一般人はそうは行かん。先《ま》あ誰にでも可いから、其の人の現在に於ける必要と希望とを満たして、それでもまだ余る位の金をくれて見給え。屹度海か、山へ行くね。十人に九人までは行くね。人がよく夏休みになると、借金してまで郷里へ帰るのは、一つは矢張りそれだよ。そうして復東京へ戻って来ると、屹度、「故郷は遠くから想うべき処で、帰るべき処じゃない。」というのも、矢張りそれだよ。故郷だって、山や河ばかりじゃない。人間がいる。然も自分を知ってる人間ばかりいる。二日や、三日は可いが、少し長くなると、其処にもまた批評の有る事を発見して厭になるんだ。』

高橋は入って来た時から放さなかった扇を畳んで、ごろりと横になった。そして続けた。

『僕なんかも、金と時間《ひま》さえあったら、早速何処かへ行くね。成るべく人のいない処へ行くね。だが、自然というものには、批評が無いと同時に余り無関心過ぎるところが有る。我々が行ったって些《ちっ》とも関《かま》っちゃくれない。だから僕みたいな者は、海や、山へ行くと、直ぐもう飽きちゃって、為る事に事を欠いて自分で自分の批評を始めるんだ。其処へ行くと活動写真は可いね。――僕は今迄、新聞記者の生活ほど時間の経つに早いものは無いと思っていたら、活動写真の方はまだ早い。要らないところはぐんぐん飛ばして行くしね。それに何だよ、活動写真で路を歩いてる人を見ると、普通に歩いてるのが僕等の駆け足位の早さだよ。駆けるところなんか滅法早い。僕は昨夜《ゆうべ》自動車競走の写真を見たが、向こうの高い処から一直線の坂を、自動車が砂煙を揚げて鉄砲玉のように飛んで来るところは好かったねえ。身体がぞくぞくした。あんなのを見ると些とも心に隙が無い。批評の無い場所にいるばかりでなく、自分にも批評なんぞする余裕が無くなる。僕は此の頃活動写真を見てるような気持で一生を送りたいと思うなあ。』

『自動車を買って乗り廻すさ。』安井は無雑作に言った。

六

松永に別れた夏――去年の夏は其のようにして過ぎた。高橋の言草では無いが、我々新聞記者の生活ほど慌しく、急がしいものは無い。誰かも言った事だが、我々は常に一般人より一日ずつ早く年を老《と》っている。人が今日《こんにち》というところをば昨日《さくじつ》と書く。明日《みょうにち》というべきところを今日と言う。朝起きて先《ま》ず我々の頭脳《あたま》に上る問題は、如何に明日の新聞を作るべきかという事であって、如何に其の一日を完成すべきかという事では無い。我々の生活は実にただ明日の準備である。そして決してそれ以上では無い。日が暮れて為事の終わった時、我々にはもう何も残っていない。我々の取り扱う事件は其の日、其の日に起こって来る事件で有って、決して前から豫期し、乃至は順序を立てて置くことを許さない。——春がそうして過ぎ、夏がそうして過ぎる。一年の間、我々は只人より一日先、一日先と駆けているのだ。

そういう私の身体にも、秋風の快さはそれとなく沁みた。もう町々の氷屋が徐々《そろそろ》店替をする頃だった。私にも新しい背広が出来た。或朝、私は平生より少し早目に家を出て電車に乗った。そして、ただ一人垢染みた白地の単衣を着た、苦学生らしい若い男の隅の方に腰掛けているのを見出した。「秋だ！」私は思った。——実際、其の男は私が其の日出会った白地の単衣を着たただ一人の男だった。私はそれとなく、此の四、五日の間に、東京中の家という家で、申し合わせたように、夏の着物を畳んで蔵って了ったことを感じた。

其の日私は、何の事もなく自分の為事を早く切り上げて、そして早々《さっさ》と帰って来た。恰度方々の役所の退ける時刻だった。

『貴方は亀山さんじゃありませんか？』

訛りのある、寂《さ》びた声が電車の中でそう言った。

『ああ、△△君でしたか！』私も言った。彼は私の旧友の一人だった。然も余り好まない旧友の一人だった。然し其の時、私は少しも昔の感情を思い出さなかった。そしてただ何がなしに懐しかった。

『三、四年振りでしたねえ。矢っ張りずっと彼時《あれ》から東京でしたか？』私は言った。

『は。ずっと此方《こっち》に。遂々《とうとう》腰弁になって了いました。』

恰度私の隣の席が空いたので、二人は並んで腰を掛けた。平たい、表情の無い顔、厚い唇、黒い毛虫のような眉……其れ等の一々が少しも昔と違っていないのを、私は何故か嬉しいように見た。それればかりではない。彼の白襯衣《ホワイト・シャツ》の汚れ目も、また周囲《あたり》構わぬ高声で話しかける地方人の癖をも、私は決して不快に思わなかった。二人は思い出す儘《まま》に四、五人の旧友に就いて語った。そして彼は、長く逢わずに、且つ私の方では思い出すこともなく過していたに拘らず、よく私の近況を知っていた。

『先月でしたか、静岡の製紙工場を視察にいらしたようでしたね?』そのように彼は言った。

『ええ。』私は軽く笑った。彼はT――新聞の読者だった。

家へ帰って来ると、何の理由もなく私は机の辺を片付けた。そして座蒲団から、縁先に吊した日避けの簾まで、すべて夏の物を蔵わせて了った。嬉しいような、新しい気持があった。そうして置いて、私は其の夜、新橋で別れて以来初めての手紙を、病友松永の為に書いた。

※生前未発表・一九一〇＝明治四三年五月〜六月稿

啄木の小説について

右遠俊郎

啄木が小説を思いたったきっかけ

（前略）啄木の小説というのは従来からあまり高く評価されていませんね。啄木はやはり詩人であり歌人であって、小説家啄木というふうには世間では見られていない。いや、啄木の小説も研究に値するんだ、と言い出したのは窪川鶴次郎という人だそうですが、その人の書いたものはぼくは読んでいないので、ぼくが読んでどう考えたか、そういうお話をしてみたいと思います。

啄木は明治十九年に生まれて、盛岡中学へ行って、新詩社の同人に推されて『明星』に歌や詩を発表して……ということですが、啄木が小説を書き出したのは明治三十九年、数え年二十一歳のときです。その前年に啄木の生活には大きな変化がありました。明治三十七年に東京に出てきて、三十八年には処女詩集『あこがれ』を出しています。そして、六年来ですか相思の仲だった堀合節子との結婚に踏みきって、盛岡に新居を設ける。ところが、生活できないわけですよ。現在よりももっと詩人や作家が原稿で食えなかった時代ですから、二十歳《はたち》やそこらの青年が、一冊の詩集を出したぐらいのことで飯が食えるはずはない。『小天地』とかいう雑誌を出したらしいですが、これで赤字をつくりこそすれ、生活の足しになるものではない。結局、故郷の渋民村へ帰ってきて、妻の節子の父親の世話で代用教員になる。この時期に初めて小説を書こうと思い始めるわけです。

詩から出発して小説に移行していく、あるいは詩と同時に小説を書く、こういうことはそれほど珍しいことじゃないですね。それはそれでいいんだけれども、ぼくは自分が小説を書く人間だから、啄木が小説を書こうと思い立ったきっかけは何だろうと考えるんです。直接のきっかけは、どうもこういうことらしい。渋民村の代用教員になって約二ヵ月、六月に入って、農繁休暇というのが十五日あったらしいんですが、彼はそのうちの十日間を使って東京に出てきているんです。与謝野夫妻の新詩社に行って、たぶんそこで寝泊まりしているんだと思うんですが、そのときに夏目漱石と島崎藤村を読んでいるんですね。かねがね小説を書こうと思っていたところに漱石と藤村を読んで、これなら自分にも書けそうだという自信を得た。漱石の何を読んだかというと、明治三十九年ですから当然『吾輩は猫である』の上編です。上編はその前の年の十一月に出ていますが、中編はまだ出ていません。藤村の作品は『破戒』ですね。これはその年の三月に出ていますから。それらを読んで、この程度なら書けるという自信を得た。〝この程度なら〟と思うとき、啄木の頭のなかにどっちがあったかというと、たぶん漱石のほうだと思います。

そのほかに、お金がほしいということがあったと思います。代用教員の月給は八円でしょう。父親は家出していますし妹も盛岡へ行っていますから、啄木夫婦とお母さんの三人の生活ですが、それにしても食えない。毎月上旬には前貸ししてもらう。そういうことの繰り返し。啄木は、教育の仕事も張りきってやっているんですね。八円分やるということではなくて、寝食を忘れてというか、一生懸命にやっている。生徒の信望もある。しかし、それを八円に上乗せするわけにいかない。なんとかお金がほしい。また、『小天地』を出したときの借金――でしょうか――の催促がきたり、村のなかのいろんな陰謀に巻き込まれてちょっと警察から呼ばれたり、盛岡の裁判所から召喚されたり、とにかくお金に苦しんでいたわけです。詩やエッセーよりは小説のほうがなんとかなりそうだというので、彼は、六月の末に東京から帰ってきて、七月の初めから小説を書き始めます。

最初に書いた小説が、「雲は天才である」。これはだれが見ても、夏目漱石の『吾輩は猫である』というのとどこかで張り合っている感じがありますね。題名の感じが似ています。ぼくは、啄木が小説を書くきっかけとして、これはちょっとまずかった――出会いだからしょうがないんだけれども――と思うんです。漱石の『吾輩は猫である』というのは、小説として、文学作品として一級のものじゃない。文明批評としては優れているけれども、そこに文学精神がこもっているとは思えないですね。ぼくはこれはインテリ講談だと思っているんですが、だから、啄木がこれなら書けると思ったのも無理はないけれども、これなら書けそうだというふうに低いところで乗り越えようとする精神、ここから優れたものが出てくるはずがない。

「雲は天才である」を書いている途中で、彼はちょっと筆をおいて別の作品を書いています。「面影」というのを書いているらしい。これを、その年の七月八日から十三日までのわずか六日間に百四十枚書いています。これもまた驚異的ですね。

彼はこれを、当時『新小説』という雑誌を出していた春陽堂へ送っています。ここには後藤宙外という人が編集長格でいました。啄木は東京で、たぶん与謝野鉄幹の新詩社をとおしてこの人と知り合いになって、それで送ったんでしょう。しかし、これはすぐ送り返されます。送り返された原稿を啄木は大事にもっていたんですが、後に（明治四十年）函館の火事のときに焼けてなくなったんです。ですから、この小説の中味はわかりません。

「雲は天才である」というのは、結局どこにも発表していません。出版社に送ってもいない。たぶん彼自身、自分の思いどおりに書ききったという感じがなかったんだろうと思います。この小説ははっきり二つに割れていて、だからテーマは何かよくわからないけれども、とにかく一つの時代があって、それにはまって動きがとれない——のちに言っている「時代閉塞の現状」ですね——それを破壊しなくちゃいけない、破壊者として動こうとするものはいつも社会から疎外される、疎外されて、働く場所を得ないで、転々とさすらうしかない、これが「雲」ということでしょう。流れゆく雲、これが世の中を破壊し、なんとか変えようとする人間の宿命だ、と。前半部は、そういう型にはまった因循な社会の一つの現われとしてS村の教育の現状が描かれ、啄木はそれを痛烈に批判しています。しかしそれは、だらしない校長一家への批判というふうに、矛先が非常に狭いところへいっていて、批評としてはあまり意味をもたない、ま、そういう小説です。

その年の暮れにもう一本書いています。「葬列」というもの。これもだらだら、だらだら書いてきて、最後に、ちょっと知恵遅れふうな男乞食と女乞食が銀杏の葉が散る朝、その木の下で踊る……という、どうも、与謝野晶子の歌を下敷きにして書いているような、その場面だけがよくて、あとはたいして意味がないという小説です。この五十七枚の小説も前半だけで終わっているんですが、わずか四日間で書いています。

散文精神が弱く、生活の焦りも

どうもこの人の思考の働き方は、瞬間にひらめくような形なんですね。一つのことを筋書きのうえに乗せてねばっこく追いかけていくという散文精神が、非常に弱い。これじゃ、いくら小説を書いてもだめだろうという感じがあるんですが、しかしわかりません。人はいつ変わるかわからないから。

彼はそういつまでも代用教員をやっている気もなかったし、一年で辞めて北海道に渡ります。北海道で新聞記者をして、転々とさすらう。啄木はさすらいの詩人なんて言われますが、さすらっている期間はせいぜい一年未満でして、それほどさすらっているわけじゃないですね。新聞記者としても非常に才能のある人らしくて、一番若いのにすぐ中心になってしまう。しかし〝出る杭は打たれる〟ですか、とにかく行ったところで問題を起こす人らしい。彼の胸のなかにはいつも、自分はこういう片田舎で、半端な新聞記者として才能を発揮するような人間じゃない、もう一回東京に出て自分の一番やりたいことをやるんだ、という思いがある。

結局、北海道の漂白時代には「漂白さすらい」という小説一本しか書いていません。これは当時函館で出していた『紅苜蓿《べにまごやし》』という同人雑誌に載せたものですが、友だちが三人砂浜で話をしているという、なんていうこともない小説――というか、小説にはなっていませんね、これは。だけどこの小説を読むと、「東海の小島の磯の白砂に……」がちょっとわかる感じはします。

明治四十一年、啄木は東京に出てきます。このときには、それまで小樽にいた家族を宮崎郁雨のいる函館に呼び寄せて、そこでひと部屋借りて、その家族の衣食の面倒を友だちの宮崎に頼んで、金を借りて東京に出るわけでしょう。のるかそるかというふうな決意をしているようですね。東京について、でも頼るところがないからやっぱり与謝野夫妻の新詩社に行く。それから盛岡中学時代の友だち――一年先輩ですか――金田一京助を訪ねる。たまたま金田一京助の下宿していた赤心館の二階があいたので、そこに入り込む。それが五月四日です。

そして五月八日から「菊池君」という小説を書き始めています。四日に赤心館に入って、八日から書き出している。ほかにすることもないんだから書いて当然なんだけれども、しかし、決意がかなり本気であったことがこれでわかりますね。これも早いんです。わずか一週間で六十六枚。それを十四日に書き終えて、十八日から「病院の窓」という小説を書いています。東京にきて最初に書いた小説は二つとも、釧路の新聞記者時代のことに材をとって書いています。

このへんをずっと見てくると、彼のなかには、このことが書きたいという主題がないんですね。早く作家になりたい、早く原稿を売りたいということがあって、どうしてもこのことを書かずにはおれないというものがない。というか、本人に見つかっていないんですね。妻子を友だちに預けている、赤心館の下宿代だって払えないで、金田一京助にカネを借りて払うしかない、そういう生活の逼迫、焦りがあるものですから、早く書こう、早く書こうとする。十四日に「菊池君」を書きあげ、十八日からはもう「病院の窓」という小説にかかっている。これは九日間で九十一枚書いています。だいたいこの人のスピードは一日十枚です。一日に平均十枚書くというのは驚異的なことです。たまたま筆が走って一日に十枚書いたとか、そういうことはありますけど、平均十枚というのは驚異的です。

これは、一つはいま言った焦りと、もう一つは、彼には散文というものがわかっていないんですね。とくに虚構、つまり小説という虚構の世界を散文でどう構築するか、散文精神がわかっていない。こうはいかないんですよ。だけど彼はサッとひらめいてすっと書いてしまう。どういう世界を、どういう事件展開で、どういうキャラクターを主人公にしてどう煮詰めていくか、そういう構想の時間がほとんどない。アマチュアなんです、こういうのは。だれでも初めはアマチュアなんだけれども、こういう調子で書いていったら、一つひとつ積み重ねていってだんだん自分の追求しようとするテーマが見えてくるというふうには、決してならないんですね。〝まずいことやってるなあ〟と、ぼくはハラハラしながら読んでいくわけですが。

しかし彼は焦っているものですから、「病院の窓」という小説を中央公論に送っています。中央公論には当時、瀧田樗蔭という編集者がいました。のちに（大正五年）宮本百合子を世に送り出した、あの名編集者です。しかし、これもすぐ返却されます。それで、彼はそれを書き直すわけです。

その後で「天鵞絨」という小説を書きます。この小説の文章はぐっと姿勢が低くなって、地面の上をゆっくり這っていくような、つまり小説の文章になってきているんです。それはなぜか。東京に来て最初に書いた二つの小説は釧路の新聞記者時代に取材しているでしょう。それらの場合、自分が描こうとする人物たちとの距離のとり方が半端なんですね。「天鵞絨」という小説は渋民村を舞台にとっています。田舎娘――もっともこれは貧乏人じゃありません。自作農の娘なんだけど――が、ちょっと変わった、東京で床屋をやっている男に誘われて東京に飛び出して行く、そして三日で帰ってきてしまうという筋で、農村の一般的な風俗を細かに書いている。ここには自然主義文学の影響が現われているんですね。あるいは、間違った影響と言ってもいいか。ここで何を書きたかったかというテーマがあまりないんです。これも彼は五日間で九十四枚書いているんですね。これはちょっと自信があったのかどうか、前の「病院の窓」という小説とこの「天鵞絨」という小説を森鷗外に頼んでいます。当時、鷗外のところで観潮楼歌会というのが開かれていて、啄木もそこに顔を出すことができるようになって、鷗外からわりと嘱望されていたんでしょう。鷗外は親切にも、それを春陽堂に持って行ったんです。つまり、六月四日に「天鵞絨」という小説を書き終わって、「病院の窓」

の書き直しを添えて鷗外に頼み、鷗外が春陽堂に持って行ったわけですね。たぶん、後藤宙外も困ったんでしょう、六月十一日、「天鵞絨」だけ返されています。「病院の窓」は、鷗外の顔を立てて後藤宙外が買いとることにしたんですね。しかし、結局『新小説』には載せなかった。原稿料もあまり払うつもりはなかったんだろうけれども、啄木がしきりに催促するので、翌年の二月かなんかに原稿料を払ったということになっています。

とにかく彼は百枚近い二本の原稿を鷗外に託して、若干は希望を持ったと思います。続けて「二筋の血」という三十三枚の小説を書いています。それを書きあげたのが六月十一日。その日に「天鵞絨」という、鷗外をとおして春陽堂に持って行ってもらった作品が返ってきています。

そのへんから日記のなかに、もう死んでしまいたいというような言葉がずっと出てきます。しかし、その後も頑張って小説を書いているんですね。だって、ほかにすることがないわけでしょう。与謝野鉄幹などの世話でちょっとしたバイトみたいなことはやっても、それはほとんど収入にはならないわけですから、やっぱり小説を書くしかない。その後も「刑余の叔父」とか「札幌」とか、そういう小説を書いているけれども、これは全然力が入っていませんね。

本人も悪いんです。「病院の窓」にしても「天鵞絨」にしても、もっときちんと構想を練って、一分もすきがないように形をつくって、事件のなかで主人公をずっと動かして、農村なら農村、新聞記者なら新聞記者の、時代のなかにおける抜き差しならぬ生き方をバーンと出す、それをやらなきゃ。それがやれないんだから、返却されるのはあたりまえなんです。にもかかわらず、せっぱ詰まって書いた小説が次から次にボツになったら、しばらくはちょっと書けないですよ。

そうすると下宿代も困るわけでしょう。昔の下宿というのは女中さんがいて、ご飯を出してくれて、部屋の掃除をしてくれたり炭を運んできてくれたりする。しかし、あまり下宿代を溜めると炭なんか持ってこなくなるんですね。金田一京助は見るに見かねて、自分の大事な蔵書を売って、啄木を連れて下宿を変わる。それが明治四十一年九月です。だけど、啄木の生活はもっともっと下降していく。東京毎日新聞に勤めていた明星の同人栗原古城がそれを見かねて、社長の島田三郎に啄木のことを話して、そこで、啄木にとっては生まれて初めての、そして最後の新聞小説「鳥影」が、二ヵ月間連載されることになります。

これを読むと、「雲は天才である」などの初期の作品の、意気は高いけれども何を叫んでいるのかよくわからないというのが、うそのようにすっとなくなっています。うまいんですよ。実際に渋民村に金矢という旧家があって、それをモデルにしたと本人が書いていますが、日露戦争後の、地方の、やや教養のある青年たちの交流、あるいはそこでの苦悩、そういうものを非常に落ち着いて書いているんです。青年のいろんな組み合わせがあって、それがすれ違ったり、次はどうなるのかなという期待をもたせるんですね。「雲は天才である」から二年たっているんだから、うまくなっているのはあたりまえなんだけど、そう簡単にこんなにうまくはなれない。これは、啄木が発表舞台を考え、自分は原稿料のとれる小説家だという印象を与えようと、いろんな意味で努力しているんですね。

どこかで小説を甘くみている

ただし、ここにもテーマがない。こういうことは、現在小説を書いているわれわれにもあるんです。胸にいっぱいものをもっているときには形なんか考えておれない。ワーッと叫ぶ。しかし、叫んでも届かないでしょう。どうしても訴えたい思想を、文学である限り形のなかで表現しなければ伝わらない。そのことを知る。今度は形をきちっとやっていく。そうすると、あれほど叫びたかったことが気がつかない間にどこかに消えている。いつもこの二つの間を揺れているわけですね。激しく訴えたいものがあって、それをかろうじて形で塞ぎとめる。形が崩れかかっているけれども崩れない。訴えは押さえられているけれども鬱々としている。そういうふうになっていかないと小説というのは人の心を打たない。ところが、啄木の場合にはそうならないんです。勉強が足りない。どこかで小説を甘くみている。

このときには彼はひと息ついたかもしれませんが、このあと苦しい時期があって、東京朝日新聞に同郷の佐藤真一という編集長がいて、その人の世話で校正の仕事をもらうわけですね。月給二十五円。ほかにひと晩で一円の夜勤手当てとか。とりあえずの生活は、一人だけならそれでなんとかなる。しかし、家族が函館で待っている。小説は思うようにいかない。

この年、明治四十一年十二月に『明星』が廃刊になります。そして翌年の正月から、森鷗外のもとに集まった人たちが『スバル』を出します。啄木はそこに「赤痢」とか「足跡」とか「葉書」とかいう小説を書きます。だいたいこの時期から、彼の書くものの舞台は渋民になってきます。だけど、小説を書く情熱はもうほとんどないですね。何のために書いているかわからない。自分でもわからない。未練で書いているという感じです。けれどもだんだんうまくなってくるんですね。しかし、うまくなっただけじゃしょうがない。

明治四十三年――このときにはもう家族も東京にきていますが――「道」という小説が『新小説』に載ります。これはどういう経過で載ったのかわかりませんが、『新小説』に載るというのはたいいへんなことなんですね、原稿料をくれるんですから。『新小説』というのは文芸雑誌でして、たくさんの文学を愛好する読者をもっているんですから。

それでふっと勇気づいたのかどうか、そのあと、五月の末から六月の上旬にかけて「我等の一團と彼」という小説を書きます。これもやっぱりよくわからない小説です。けれども、啄木がそれまで自分は何を書きたいのかと探りさぐり書いてきた小説の到達点です。啄木が書きたかったのはこのへんかな、これを基にして次は何か出そうだな、そういう感じがあるんですね。きちんと書けばテーマははっきりしてくるんです。ところが、啄木という人は小説をきちんと書かない。どうしてこうだらしないんだろうと思う。どこかで小説をばかにしているところがある。よくいえば、啄木のなかのもやもやっとしているものが、それだけ大きいとも言えるんですね。

一番強いものは批評精神

つまり、「我等の一團と彼」のなかで書こうとしているものは、この小説を読んだ限りではわからないんです。しかしこれを書いた二ヵ月後、彼は「時代閉塞の現状」という評論を書いています。これは非常にすっきりしている。現在読んでもこれは一級の評論ですね。つまり、評論では彼はきちっと書ける。しかし小説では書けない。つまり「我等の一團と彼」のなかで書こうとしたのは、たぶん「時代閉塞の現状」の主題だろうと思います。

彼は国木田独歩という作家を尊敬しています。日記のなかに「牛肉と馬鈴薯」を読んだというのが出てきますが、この「我等の一團と彼」というのは「牛肉と馬鈴薯」にちょっと似ているんです。いってみれば議論小説なんですね。ただ、独歩の議論小説は議論小説という形をきちんととるんだけれども、啄木の場合はそうじゃない。いろいろあって、ダラダラダラと議論に入っていき、ダラダラダラと戻っていく。一気呵成に書くんですね。頭がよすぎる。もうちょっと頭の悪い人は、腰を落として順序立てて書いていく。彼はひらめくものだから、ひらめいたものをそのまま書いていく。ほんとに優れたというか、困った人ですね（笑い）。

ただ、さっき言ったように、啄木が書きたかったもの、そして彼自身にもよくわからなかったものを、「我等の一團と彼」という小説のなかでおぼろにつかみかけた、そういう感じをもたせます。

しかし、このあと彼の小説はないんです。なぜないか。この六月、幸徳秋水事件、いわゆる「大逆事件」が起きます。彼は友人の平出修あたりからそれに関する文献を借りて、ずっと読んだり書き写したりしています。明治四十三年の後半はそれで暮れる。年が明けても彼の社会主義に対する接近はずっと続いていく。それと、明治四十四年の二月ぐらいから彼は結核が悪化して、もうだめなんです。それ以後も彼は詩を書きますね。歌もつくっている。エッセーふうなものも書いていると思います。しかし、小説はもう書けません。これは体力が要ります。少なくとも持続しなくちゃできない仕事です。

ぼくはいま、啄木は方法的に小説をどこかでばかにしている、構想を練る姿勢が弱い、と言いました。主人公を決めて、事件展開のなかで主題を追いかけていくということが、彼にはできなかった。なぜできなかったのか。啄木の小説をずっと読んできて、「我等の一團と彼」にたどりついてわかることは、彼の文学のなかで一番強いものは批評精神だったということです。

彼の短歌もそうでしょう。彼の短歌の特徴は、センチメンタリズムと批評だと思います。だから、ぼくが短歌の素人として言えば、啄木の短歌は決して一級ではない。ぼくは彼の歌は非常に好きで、自分の小説の題名にもよく借りてきて使っています。けれども、ぼくの文学の精神が一番高いところでは啄木の歌は要求していないですよ。二番目ぐらいです。彼の詩はどうか。これも素人の意見ですが、日本の近代詩の中において一級品だとは思えない。評論はどうか。「時代閉塞の現状」、これは一級品です。しかしそのほかのものは、おもしろいことはおもしろいけれども一級じゃない。小説にしたって二流です。詩でも短歌でも小説でも決して一級ではない。

しかし啄木全集をずっと読むと、これはまさに日本の一級の文学なんですね。いったいなぜなのか。偉大なる未完成品という言い方もあります。確かにそうだろうと思うけれども、でも、どうしてなんでしょう。啄木の日記、啄木の手紙、これはほんとうにおもしろい。文学として読んでもおもしろい。でも小説はおもしろくない。悔しいですね。なぜそれが逆にならないのか。彼が詩人であり小説家であるなら、日記や手紙なんか下手でいいんです。小説、ここで勝負しろと言いたい。もうちょっと彼に命を与えたら、たぶんそれは可能であったろう。非常に悔しい思いがします。

去年は啄木の生誕百年、ぼくは『民主文学』から啄木の小説について書けと言われて、準備したんです。しかし彼の生涯をずっと辿っていくと、途中でせつなくなってくるんですね。それで書けなかった。今回もこの話の準備のために年譜を読んでいて、明治四十三年ぐらいのところにくると、あ、もうちょっとで死ぬ、と、ドキドキしてくる。すでに死んでいる人なのに、なぜかそういう錯覚に陥るんですね。ほんとうに気になる詩人、あるいは歌人、あるいは小説家、この人をどう呼んでいいかわからないけれども、たぶん、日本の近代文学の最も優れた文学精神の持ち主だったと思います。（拍手）

※新日本歌人協会主催「啄木祭」における講演（＝一九八七年四月一二日、東京都飯田橋庁舎）に補筆。
『群狼』第二八号＝一九八七年六月＝収載。

＊右遠　俊郎（うどう　としお）＝一九二六年岡山県生まれ。作家。
『無傷の論理』で芥川賞候補（一九五九年下半年）。

『小説　朝日茂』で第二十一回多喜二・百合子賞受賞（一九八九年）。

著書に『右遠俊郎短篇小説全集』、『風青き思惟の峠に』、『国木田独歩の短篇と生涯』、『小林多喜二私論』など。

天鵞絨・他　石川啄木小説選

2020年7月9日　初版第1刷発行

著　者　石川　啄木
発行所　株式会社 本の泉社
〒113-0033 東京都文京区本郷 2-25-6
電話：03-5800-8494　Fax：03-5800-5353
mail@honnoizumi.co.jp ／ http://www.honnoizumi.co.jp
発行者　新舩海三郎
ＤＴＰ　田近　裕之
印　刷　音羽印刷　株式会社
製　本　株式会社　村上製本所

ISBN978-4-7807-1971-0　C0093